Büttner · Alf

Rainer Büttner

ALF™

Alles paradieso

Dialoge von Siegfried Rabe

Loewe

CIP-Titelaufnahme der Deutschen Bibliothek

Büttner, Rainer:
Alf/Rainer Büttner. – Bindlach: Loewe.
Alles paradieso. – 1. Aufl. – 1990
ISBN 3-7855-2317-3

ISBN 3-7855-2317-3 – 1. Auflage 1990

Licensed by: Merchandising München
Umschlagzeichnung: Ines Vaders-Joch
Umschlaggestaltung: Claudia Böhmer
Satz: Fotosatz Knab, Lintach
Druck und Bindung: Ebner Ulm
Printed in Germany

Inhalt

Ein Baby auf Probe

Eine der schwierigsten Aufgaben für Eltern ist es, einen Namen für ihr Kind zu finden. Einen richtigen Namen. Einen, mit dem es ein ganzes Leben herumlaufen kann, ohne von Klassenkameraden gehänselt zu werden. Einen, den man nicht in eine absolut unmögliche Koseform bringen kann.

Kate und Willie Tanner hatten dreimal guten Geschmack bewiesen. Lynn und Brian waren ordentliche Namen, mit denen man sich sehen lassen konnte. Und auch ALF war nicht übel. Wenn auch nach Kenntnis der Dinge Willie gelegentlich fand, daß „Rockyhorror“ besser zu dem Außerirdischen gepaßt hätte.

Aber andererseits wäre dieser Name wohl doch ein wenig zu lang gewesen. Und vermutlich hätte es auch Probleme bei der Taufe gegeben, gesetzt den Fall, dieses Kuschelmonster wäre eines Tages als ordentliches irdisches Lebewesen anerkannt worden. Nein, nein, es hatte schon alles seine Richtigkeit in dieser gutbürgerlichen amerikanisch-melmacschen Familie.

Doch jetzt, wo ein neues Baby ins Haus stand, ging die Sucherei unweigerlich von vorn los.

Vater und Mutter Tanner durchschmökerten zusammen mit Lynn Dutzende von Büchern mit Titeln wie „Der richtige Name für Ihr Kind“ oder „Das große Buch der Namenstage“, nur um festzustellen, daß letztlich doch überall dasselbe drinstand und daß Namen wie Eulalia, Bartholomäus oder Isidor irgendwie nicht ganz dem amerikanischen Durchschnittsgeschmack entsprachen.

„Okay, wie wär's mit Cameron, wenn's ein Junge wird, und Amanda, wenn's ein Mädchen ist?“ schlug Willie schließlich vor, der von der Blätterei schon ganz wunde Finger hatte.

Kate hatte eine andere Idee. „Weißt du, ich dachte, wenn es ein Mädchen ist, könnte es vielleicht den Namen meiner Mutter haben."

ALF, der sich bisher rausgehalten und statt dessen Brian und Jake zugesehen hatte, die auf dem Wohnzimmerboden mit ihren Modellautos Rennen veranstalteten, schaltete sich nun in die Diskussion ein.

Kates Vorschlag fand er total witzig. „Du willst sie wirklich ‚Schreckschraube' nennen?" fragte er ungläubig.

Auch Jake, der Popfan, kam nun mit ein paar Vorschlägen: „Wie wär's mit Whitney oder Sheila E.?"

ALF wußte eine weitere reizvolle Lösung: „Rin Tin Tanner!"

„Du willst dem Kind einen Hundenamen geben?" fragte Willie erschüttert.

„Es ist ein edler Hund. Ein tapferer Hund. Ein echter Lebensretterhund", gab ALF zu bedenken. „Und wenn's ein Mädchen wird, nennen wir sie Knirps."

Willie hatte die Blödelei statt. So kam man nicht weiter. Anscheinend nahm niemand die Sache so richtig ernst. Deshalb hielt er vorläufig eine Denkpause für angemessen und klappte sein Buch zu. Es war sowieso Zeit zum Abendessen.

Als alle, außer ALF, satt waren, beschloß der Hausherr, sich noch ein wenig dem zukünftigen Kinderzimmer zu widmen. Er hatte ein paar Freunde gebeten, ihm nach Feierabend bei den Umbauarbeiten zu helfen.

Wie schon seit Wochen, hämmerte und sägte man miteinander, daß es eine wahre Freude war.

ALF nutzte den Trubel, um sich heimlich in die Küche zu schleichen - für ein Après-Abendessen. Während er den Kühlschrank nach Eßbarem durchstöberte, platzte ausgerechnet Willie herein. Er wollte Kaffeewasser für seine fleißigen Helfer aufsetzen. „Was hab' ich dir gesagt, wie du dich verhalten sollst, wenn Besucher im Haus sind?" eröffnete Willie seine Standpauke. Er deutete zur Tür. „Also, marsch in die Garage! Und komm nicht wieder heraus, bevor die Arbeiter Schluß gemacht haben!"

ALF war grätzig. „Diese Arbeiter kommen jetzt schon vier Wochen. Wie lange kann es wohl dauern, so ein albernes Kinderzimmer zu bauen, frag' ich mich?"

„Doppelt so lange, wie sie versprechen, daß es dauern wird", erwiderte Willie. Er konnte ALFs Ungeduld verstehen. Auch er selbst hatte schon genug von der Hämmerei.

„Warum kommst du nicht mit mir?" schlug ALF vor. „Wir könnten ‚Wie krieg' ich den Auspuff an die Karre' spielen."

Willies Antwort war ein Blick, der ALF das Blut in den Adern gefrieren ließ. Der Melmac streckte sofort beschwichtigend beide Pfoten von sich und rief: „Halb so schlimm, wie's sich anhört." Aber nicht nur, daß Willie wenig Lust hatte, zusammen mit dem Außerirdischen an seinem alten Auto herumzubasteln - er hatte auch keine Zeit. „Kate und ich haben heute abend unsere erste Lamaze-Stunde", vertraute er ALF an.

„Was'n das?" wollte der wissen.

„Da bereiten sich die zukünftigen Eltern auf die Geburt des Babys vor. Heute üben wir vor allem das Atmen", erzählte der werdende Vater.

ALF grübelte ein paar Sekunden nach, dann behauptete er: „Das Atmen könnte ich dir auch beibringen." Er führte Willie gleich vor, wie simpel diese Übung seiner Meinung nach war. „Eins: einatmen. Zwei: ausatmen."

Willie machte den Spaß mit, und ALF klopfte ihm anerkennend auf die Schulter. „Gut, du hast bestanden! Jetzt brauchst du nicht mehr hin.“

Willie schüttelte den Kopf und lachte. „Wenn das Leben immer nur so einfach wäre, wie ALF es sich vorstellt“, dachte er. Laut aber sagte er: „Nichts zu machen. Kate und ich werden gemeinsam das Atmen lernen!“

ALF ahnte, woher der Wind wehte: „Gib's zu, Willibald. Dieses Baby ist bei dir zur Besessenheit geworden.“

Vater Tanner bestritt das nicht einmal. „Ein Baby ist das Wunder des Lebens. Das Wunder der Menschwerdung. Das Mysteriums des Seins.“

„Herzlichen Glückwunsch. Das klingt so romantisch wie ‚Vom Winde verweht‘“, meinte ALF sarkastisch.

Willie wurde einmal mehr bewußt, daß sein zotteliger Hausgenosse es immer dann an Gefühl vermissen ließ, wenn's drauf ankam. Aber auch für den Melmac kam es in den nächsten Tagen dicke. Selbst beim Abendessen drehte sich alles nur noch um ein Thema ...

In aller Auführlichkeit erzählte Kate ihrer Familie vom Besuch beim Frauenarzt, den sie am Nachmittag hinter sich gebracht hatte. Wie der Doktor das Ultraschallgerät auf ihren Bauch gerichtet hatte und wie sie und Willie den Kopf und die Beine des Babys gesehen hatten. „Und dann haben wir sogar sein Herz schlagen sehen“, schwärmte die werdende Mutter schließlich, während sie sich ein Butterbrot strich.

ALF legte sein Messer beiseite. „Bitte, Kate!“ sagte er. „Einige von uns sind noch beim Essen.“ Er fand diese Schilderungen wenig appetitlich.

Lynn hingegen war eher amüsiert. „Seit wann bist du so empfindlich?“ fragte sie lachend.

ALF brauste auf: „Seit ihr pausenlos über diesen Parasiten redet, der im Bauch deiner Mutter wächst und sich dauernd verändert."

Kate blieb die Spucke weg, während Willie dem melmacschen Gefühlsausbruch mit Ironie begegnete. „Apropos Parasit: Möchtest du vielleicht ein fünftes Mal vom Hackbraten?" spottete er.

ALF stellte sich dumm. „Wenn du mich darum bittest", sagte er höflich und griff herzhaft zu. Er nahm sich gleich zwei Stücke.

Endlich meldete sich auch Brian zu Wort. „Wenn das Baby da ist, dürfen wir ihm dann sagen, daß ALF auch da ist?" fragte er kauend.

Willie nickte und meinte mit einem bedauernden Augenaufschlag: „Das werden wir müssen, aber nicht gleich."

Inzwischen hatte Lynn über etwas nachgedacht, was sie schon einige Zeit bewegte. „Wißt ihr, das Komische an diesem Baby ist, daß es mit ALF zusammen aufwachsen wird", sinnierte sie. „Es wird für das Baby überhaupt nichts Außergewöhnliches sein, sondern was ganz Normales."

ALF setzte eine besonders gelangweilte Miene auf, doch jeder merkte, daß er betroffen war. „Laß dich nicht stören. Ich habe es gern, wenn ich hier als außergewöhnlich durchgehechelt werde", sagte er spitz.

Lynn hatte den Eindruck, daß sie vielleicht ein wenig zu weit gegangen war, und entschuldigte sich. Aber ALF hatte es ihr sowieso nicht sonderlich krummgenommen. „Daß mir das aber nicht wieder vorkommt", sagte er und drohte scherzhaft mit einem seiner behaarten Finger. Das war für die nächsten Minuten seine letzte bemerkenswerte Tat. Denn da klingelte es an der Haustür, und ALF hatte sich mal wieder in die Küche zu verziehen.

Rachel Ochmonek und Laverne Litwak gaben sich die

Ehre, ihren Nachbarn einen lieben Besuch abzustatten. Die beiden drucksten reichlich geheimnisvoll herum. „Und wie geht es der kleinen Mami, der künftigen?" fragte Rachel, ganz in der Art, als sei Kate das Baby.

Kate schreckte instinktiv ein wenig zurück. Sie fürchtete fast, Rachel würde „Duzi-duzi" machen und Kate mit dem Zeigefinger unterm Kinn kraulen. „So klein ist sie nicht", bemerkte die werdende Mutter dann auch leicht verärgert. Sie fand das Gehabe ihrer Nachbarin reichlich übertrieben.

„Sie verdeckt den ganzen Fernseher, wenn sie daran vorbeigeht", stellte Brian, der einen zusätzlichen Beweis der „Größe" seiner Mutter liefern wollte, vorlaut fest.

Rachel nahm diesen Scherz gern auf, indem sie ein altes Sprichwort zitierte: „Wenn du schwanger bist, sagt dir die Mutter Natur, zieh ein Zelt an."

„Das kannte ich schon", bemerkte Willie trocken. Er hätte gern sein Abendessen fortgesetzt - ohne diese beiden Besucher.

Selbst Rachel entging es nicht, daß ihr Besuch als störend empfunden wurde. „Wir stören auch nur einen Moment", behauptete sie. Gleichzeitig setzte sie sich ungefragt auf den von ALF frei gemachten Küchenstuhl.

„Es geht um das Haus der Litwaks", begann sie eine Erklärung, die Laverne Litwak zu einem reichlich dummen Gesicht veranlaßte. Bis vor zwei Sekunden hatte er noch nicht geahnt, daß es bei diesem Besuch um sein Haus gehen würde.

„Was ist mit Ihrem Haus, Laverne?" fragte Kate schließlich nach einer peinlichen Pause.

„Er will es vielleicht verkaufen", sprang Rachel ein.

„Irgendwann, es eilt nicht", fuhr Laverne schnell dazwischen, um nicht einen falschen Eindruck aufkommen zu lassen. „Da hab' ich mich gefragt, ich frag' Sie mal, Sie sind ja im Immobiliengeschäft, was, äh, Sie dazu meinen", stotterte er herum.

„Wozu meinen?" Kate begriff immer noch nicht, was das Getue sollte.

Erneut ergriff Rachel die Initiative, indem sie erklärte, daß Kate sicherlich ermessen könnte, was das Litwaksche Haus wert sei. Und sie könne es sich doch mal eben ansehen.

Laverne Litwak nickte eifrig mit dem Kopf. Endlich hatte auch er begriffen, was er hier sollte.

„Muß es gleich sein?" zögerte Kate.

Erneut nickte Laverne Litwak heftig mit dem Kopf. „Nur für den Fall, daß wir uns eines Tages entschließen, das Haus zu verkaufen." Ungeduldig zog er Kate von ihrem Sitz empor, die das nur widerwillig mit sich geschehen ließ.

„Lassen Sie sich nur Zeit. Bedenken Sie das Wort: ‚Wer hastig lebt, wird es lange bereuen'", rief Rachel den beiden nach.

Willie tippte sich in Gedanken an die Stirn. Aber weil er ein höflicher Mensch war, brummte er nur, diesen Spruch kenne er nicht.

Doch Rachel ging darauf nicht mehr näher ein. „Ich hab' schon gedacht, ich krieg' Kate gar nicht mehr raus", seufzte sie statt dessen erleichtert.

Willie versuchte, sich zu konzentrieren: „Was gibt's denn nun, Rachel?" fragte er.

Seine Nachbarin ergriff seinen rechten Jackettärmel und rückte dann mit der Neuigkeit heraus, daß sie zusammen mit Laverne für Kate eine Überraschungsparty schmeißen wolle.

In Willies Dankesgestammel wären beinahe Ort und

Zeit der Fete untergegangen: „Nächsten Samstag bei euch!" erklärte Rachel und erläuterte, wer alles eingeladen war: Kates Collegefreundinnen und sämtliche Nachbarinnen.

„Außer Hazel Hurlbut", ergänzte Mrs. Ochmonek. Als Willie fragend die Augenbrauen hochzog, erläuterte Rachel den Grund des Boykotts gegen die verhaßte Nachbarin: „Wir sprechen nicht mehr miteinander seit diesem unerhörten Vorfall mit der Harke."

Lynn fand den Einfall, eine Babyparty zu veranstalten, nicht ganz übel. „Ich könnte helfen", schlug sie vor. Rachel nickte beiläufig. „Das haben wir eingeplant", bestätigte sie.

Zur Freude der Tanners versprach sie, daß für alles gesorgt werde – „außer den Erfrischungen, Partygeschenken, Klappstühlen und der Dekoration."

Willie fand das Angebot nach außen hin wirklich großzügig. Seine Nachbarin klopfte ihm gönnerhaft auf die Schulter und lachte fett. „Das ist doch das mindeste, was Tante Rachel tun kann." Sie hatte ihrer Meinung nach das Wesentliche gesagt und forderte die Tanners auf, sich nicht weiter vom Essen abhalten zu lassen. Neugierig warf sie einen Blick auf die gefüllten Teller. „Schon wieder Hackbraten, ha?" stellte sie herablassend fest.

„Uns schmeckt er", behauptete Willie giftig.

Rachel zuckte die Schulter und meinte mitleidig: „Na ja, jeder, wie er's mag." Dann zog sie es vor zu gehen. Aber Willies Tellerinhalt wäre ihm sowieso viel zu schade gewesen, um ihn seiner Nachbarin übers Haupt zu stülpen.

Als sie endlich das Weite gesucht hatte, wollte Brian wissen, was eine Babyüberraschungsparty sei. „Schlimmer als Zahnschmerzen", erläuterte sein Vater. Er hatte dieses Theater bereits zweimal hinter sich gebracht. Nähere Einzelheiten waren für Brian nicht drin, denn Sekunden später war auch Kate von ihrer Immobilienbesichtigungstour zurück.

„Also, wann steigt meine Party?“ fragte sie mit ironischem Unterton.

„Woher weißt du?“ grinste Lynn, und ihre Mutter erzählte, daß der gute Laverne natürlich „gesungen“ hatte.

„Dann tu wenigstens so, als wärst du überrascht, sonst würdest du Tantchen Rachel zutiefst verletzen“, meinte Lynn. Ihre Stimme hörte sich an, als wäre ihr nichts lieber, „Tantchen Rachel“ wirklich zu verletzen.

„Wenn es bequemer für euch ist, kann ich auch hier draußen bleiben, und ihr könnt mir den Rest vom Abendessen in die Schnauze schmeißen.“ Ein hungriger und somit nicht besonders gut gelaunter ALF stand plötzlich in der Zimmertür. An den Melmac hatte in den letzten Minuten wirklich keiner gedacht.

„Du darfst dich wieder zu uns setzen“, bot Willie mit schlechtem Gewissen an.

Doch der Außerirdische spielte die beleidigte Leberwurst. Er spreizte die Finger seiner beiden Pfoten und hielt sie weit von sich. „Nein danke, ich habe jetzt die Nase voll von diesem Wunderbaby“, knurrte er gereizt. Dann schlug er die Tür hinter sich zu und trollte sich in die Garage.

Wenn ALF freiwillig aufs Essen verzichtete, mußte er wirklich außergewöhnlich wütend sein. Kate beschloß, ein paar Reste mehr als üblich im Kühlschrank zu deponieren. ALF würde sich sicher wieder abregen. Und dann sehr, sehr hungrig werden ...

So sicher wie ALFs nächster Hunger kam auch der Tag der Babyüberraschungsparty. Die Wohnung der Tanners erinnerte an eine Mischung aus Faschingsfete und dem „Haus fürs Baby". Überall hingen alte Regenschirme, in denen selbstgehäkelte Babyklamotten verstaut waren. Mal in Rosa, mal in Blaßblau - für alle Fälle.

Lynn spielte den Türsteher und empfing die Gäste, während Rachel Ochmonek wie ein General dafür sorgte, daß alles auch wirklich ihrem Geschmack entsprach. Schließlich war das Ganze auch ihre Idee gewesen!

Laverne Litwak bekam als erster ihren Eifer zu spüren. „Luftschlangen muß man immer kreuz und quer durcheinanderhängen", ermahnte sie ihren Nachbarn, der sich nützlich zu machen versuchte.

Laverne fand jedoch seine Anordnung schöner und wollte wissen, wo Rachels Vorschrift von Luftschlangendekoration zu finden sei. „Was jeder Mensch weiß, braucht man nicht aufzuschreiben", beschied sie ihn resolut und machte auf dem Absatz kehrt. Lavernes Vermutung, daß Hazel Hurlbut irgendwie doch recht hätte, ließ sie jedoch herumwirbeln. Gegen das unschuldige Gesicht, das er umgehend aufsetzte, vermochte aber Rachel Ochmonek denn doch nichts auszurichten. Ein weiterer katastrophaler Fall von Nachbarschaftsstreit war noch einmal vermieden worden.

Inzwischen strömten nach und nach Freundinnen von Kate und alle möglichen Nachbarinnen ein. Willie kam langsam der Verdacht, daß Nachbarschaft wohl ein ziemlich weitumfassender Begriff sei. Am meisten freute er sich über die junge Mutter, die hübsche, langbeinige Andrea, die ihr kleines Baby mitgebracht hatte.

„Oh, welch hübsches Geschenk, da können wir gleich üben", sagte Lynn lachend, als sie die junge Nachbarin begrüßte.

„Ich hoffe, ihr habt nichts dagegen, aber mein Babysitter hat plötzlich von irgendwoher Kinokarten gekriegt", entschuldigte sich Andrea.

Ihr kleiner Sohn, der sofort zum Publikumsliebling wurde, quittierte das allgemeine Interesse an seiner Person mit unwilligem Geschrei. Das Bürschlein, dem seine Eltern den seltenen, aber wohlklingenden Namen Elliot gegeben hatten, war schlicht und einfach müde.

„Ich fürchte, seine Schlafenszeit ist gekommen", teilte Andrea den anderen mit und drückte ihr Baby an sich. Elliot schrie inzwischen so laut, daß selbst Rachel nicht mehr zu Wort kam. „Gibt's hier irgendeine Möglichkeit, ihn hinzulegen?" fragte Andrea.

Die erlösende Idee kam von Lynn: „Wir könnten das Kinderzimmer einweihen. Kommen Sie, ich zeige Ihnen, wo es ist."

Doch die Idee erwies sich schließlich als nicht besonders gut. Denn das Kinderzimmer war gewissermaßen bereits eingeweiht. Ein unirdisches Wesen hatte es in Beschlag genommen. „Also hier soll die böse Brut verstaut werden", knurrte ALF, der sich heimlich zur Baustelle geschlichen hatte, während die anderen das bevorstehende freudige Ereignis feierten.

Der Raum war erst zur Hälfte tapeziert, Pappkartons, Farbtöpfe und ein Tapeziertisch füllten das Zimmer, aber auch Wiege, Wickelkommode und Windeleimer standen schon herum. ALF fand alles, was er hier sah, zum Kotzen - „was dem Muster der Tapete gut täte", wie er mit einem bösen Blick auf die Wandverkleidung feststellte, auf der kleine Bärchen mit bunten Ballons spielten.

Um sich abzulenken, griff er sich eine Rassel, die in einer Ecke auf das Baby wartete, und führte einen Indianertanz auf. Es war ein Tanz, der böse Geister und ebensolche Babys vertreiben sollte.

Während die Märchenfiguren des bunten Mobiles an der Decke durch den Luftzug, den ALF verursachte, ähnliche Tänze wie der Melmac vollführten, vernahm er auf der Treppe Schritte und Stimmen.

Schnell brach er seine Tanzvorstellung ab und versteckte sich hinter einem Vorhang neben der Wickelkommode, der eine Verbindung zum Kinderschrank herstellte. Hier würde später mal Babys Windeleimer seinen Platz finden.

Andrea fand das Zimmer ausgesprochen süß. Und auch Lynn schien, sehr zum Verdruß des unsichtbaren Melmac, überaus angetan. Gemeinsam deponierten die beiden jungen Frauen Elliot in der Wiege. „Braucht er noch was?“ fragte Lynn.

Andrea legte nachdenklich ihren Zeigefinger an die Unterlippe. Dann wußte sie es: „Ja! 35 000 Dollar fürs College.“ Lachend verließen die beiden den Raum.

Elliot war inzwischen eingeschlafen. Da kroch ALF hinter dem Vorhang hervor wie ein Reptil auf der Suche nach Beute.

Mißtrauisch musterte er das Baby. Seinen ersten Gedanken, der irgendwas mit Katzen zu tun hatte, verdrängte er jedoch schleunigst. Das würde denn doch zuviel Ärger geben ...

„Du bist also so ’n Balg“, raunzte er halblaut und umschlich neugierig die Wiege. „Nicht sehr verbraucherfreundlich“, fand er. „Ja, ja, uns steht auch bald so ein freudiges Ereignis ins Haus“, erzählte er. Aber der Säugling schlief ungeniert weiter. Und wegen so was, wunderte sich ALF, würden sie alle ein Faß aufmachen und Sachen sagen wie: „Kille, kille, wo is’ er denn?“

Brian würde dem Baby etwas vorlesen, überlegte ALF weiter. Kate würde ihm die Brust reichen und ihn stillen, was auch immer das war. Willie hätte wohl den Job, Windeln zu wechseln. Und Lynn schließlich müßte diesen halben Meter mit ins Kino nehmen. ALF überlegte widerwillig, was für eine gräßliche Aufgabe im Zusammenhang mit diesem neuen Eindringling auf ihn zukommen würde.

Doch er kam nicht dazu, eine Lösung zu finden. Denn plötzlich wurde der Melmac von einem schrecklichen Hustenreiz heimgesucht. „Ich werde mir den Rüssel krummniesen", schimpfte er. Dann ließ er sich in den Schaukelstuhl fallen, der dazu dienen sollte, das Baby in den Schlaf zu wiegen. Das war es! Das war das Hauptproblem! ALF brachte es auf den Punkt: „Ich bin allergisch gegen dieses kleine Vieh!" Auch sein ganzes Fell juckte bereits wie verrückt!

Die Nieserei entging natürlich auch den Teilnehmern der Party nicht, und die Tanners wußten sofort, woher der Wind wehte. So ein kleines Baby konnte schließlich nicht so einen Lärm machen. Es mußte sich um das „große Baby" handeln! Lynn versprach, mal nachzusehen. „Es ist wahrscheinlich die Wasserleitung. Oder die Katze. Oder die Katze in der Leitung", sagte sie und machte, daß sie aus dem Wohnzimmer kam.

Als sie die Tür zum Kinderzimmer aufriß, saß ein Häuflein außerirdischen Elends im Schaukelstuhl und nieste und kratzte sich, was das Zeug hielt.

„Was ist denn los hier?" fragte Lynn, halb ärgerlich, halb besorgt. Wobei der Ärger ALF und die Sorge dem Baby galt.

„Sagst du nicht wenigstens Gesundheit?" jammerte ALF, um gleich darauf Lynn darüber aufzuklären, daß er allergisch gegen Babys sei. Die Tanner-Tochter hielt das jedoch für ausgewachsenen Blödsinn. „Meinst du? Wart's ab!" drohte ALF, erhob sich aus dem Schaukelstuhl und näherte sich vorsichtig der Wiege. Sofort erschütterte ein erneuter Niesanfall seinen Körper. Die Strähnen auf seinem Kopf schüttelten sich wie die Federboa einer brasilianischen Tänzerin. Seine Augen trieften, seine gesamten Körperhaare standen zu Berge.

Inzwischen war auch Kate dem Lärm gefolgt und stand in der Tür. „ALF, wir haben das Haus voller Gäste!" ermahnte sie den Melmac. Der sah sie traurig an und erklärte, ohne auf Kates Mahnung einzugehen, wo es seiner Meinung nach langzugehen hatte: „Ich fürchte, ich habe schlechte Nachrichten, Mutter Ballon: Du wirst dein Baby nicht behalten können!"

Kate glaubte, sich verhört zu haben. „Was?" fragte sie ungläubig.

„Ich habe festgestellt, daß ich allergisch gegen Babys bin", präzisierte ALF seine Auffassung. Aber weil er ja Kate doch irgendwie liebhatte, fügte er beruhigend hinzu: „Keine Sorge, ich mach's irgendwie wieder gut. Ich besorg dir'n Goldfisch."

Kate tippte sich an die Stirn. „Du wirst unser Baby bestimmt nicht weggeben", erklärte sie mit Nachdruck.

„Wer hat denn hier was von weggeben gesagt", beschwichtigte ALF. „Ich bin sicher, wir kriegen 'nen guten Preis dafür."

„Ich bin sicher, wir kriegen einen guten Preis für dich", konterte Kate. Langsam begann sie, sich aufzuregen, was in ihrem Zustand nicht das allerbeste war. Und weil ALF auf Kates Antwort keine bessere hatte, beschloß er, wieder zu niesen.

Lynn schob diese Anfälle auf den Babypuder, doch ALF widersprach: „Auf Melmac haben wir Babypuder statt Zucker in die Torten gerührt, und da habe ich nie ..."

Kate wollte diese Diskussion jetzt nicht weiterführen. „Du verschwindest jetzt in die Garage, und damit Schluß!“ schnauzte sie ALF an.

„Das ist alles deine Schu ...“

„Schuld“, wollte ALF zu dem Baby sagen, doch ein neuer Anfall verhinderte die Beschuldigung eines Unschuldigen. In ihrer Not reichte Lynn dem Melmac eine Windel, in die er kräftig hineinschneuzte.

„He!“ rief er begeistert. „Die ist wirklich saugfähig!“ Dann komplimentierte ihn Lynn endgültig aus dem Zimmer.

Wenig später gab es eine böse Überraschung für Jake Ochmonek. Der hatte schon allein darunter zu leiden, daß sein Onkel Trevor an diesem Tag für den Speiseplan zuständig war, weil Rachel ja in Sachen Babyüberraschungsparty aktiv sein mußte. „Ich wußte gar nicht, daß man auch Speckschwarten füllen kann“, wunderte sich Jake.

Doch die Speckschwarten waren eine angenehme Beigabe im Vergleich zu dem, was der Junge in seinem Zimmer antraf: einen völlig verstörten ALF. „Ich bin aus meiner Garage getürmt. Das heißt, von zu Hause kann ich nicht türmen, weil ich kein Zuhause mehr habe“, jammerte der Melmac zusammenhanglos.

Jake mußte schon sehr genau nachfragen, ehe er begriff, worum es überhaupt ging. „Ich bin allergisch gegen Babys. Kate wird bald werfen. Sie will nicht, daß ich's verkaufe, also gehe ich“, informierte ALF seinen Freund.

Jake schüttelte verständnislos den Kopf. Was der Außerirdische da wieder zusammenfaselte! „Ich hab' noch nie gehört, daß man gegen Babys allergisch sein kann“, sagte er halblaut.

Wenn ALF etwas nicht ausstehen konnte, dann Zweifel

an seinen Aussagen. Er wurde richtig grantig. „Ich bitte um Verzeihung, du Alles-besser-Wisser. Wenn du noch nichts davon gehört hast, dann muß der dumme ALF wohl phantasieren."

Jake merkte, daß es nutzlos war, sich auf eine Diskussion mit dem verbitterten Kerlchen einzulassen. Er wechselte das Thema. „Wie bist du hier reingekommen?" fragte er.

ALF grinste. „Durch Raffinesse, Beweglichkeit und Geduld zu warten, bis Trevor aufs Klo mußte." Jake zerrte ALF am Arm. „Du kannst nicht hierbleiben. Das ist zu riskant. Komm, ich bring' dich zurück zu den Tanners." Er zerrte und zerrte, aber der Melmac wehrte sich. Zurück zu dieser Kate und dem Rest der hysterischen Familie? Auf keinen Fall! Sosehr sich Jake auch abmühte: ALF bewegte sich keinen Zentimeter. „Du bist schwerer, als ich dachte", stellte der kleine Junge schnaufend fest.

„Ich habe schwere Knochen", klärte ALF ihn auf und schüttelte seinen Kontrahenten ab. Jake gab nach.

ALF nahm auf Jakes Sofa Platz und fragte ungeniert: „Welche Seite vom Bett willst du haben?"

Jake versuchte es noch einmal im Guten: „ALF, du kannst nicht hierbleiben. Wenn die beiden dich sehen, ist der Teufel los."

„Guter Einwand", stellte ALF fest. So langsam kam der Außerirdische wohl doch zur Einsicht, fand Jake. Aber gleich hatte ALF einen anderen Vorschlag parat: „Suchen wir uns ein Plätzchen am Strand."

Jake schüttelte den Kopf und redete sanft auf seinen Freund ein. „ALF, wir können nicht zusammenbleiben. Das würde nicht gutgehen."

Da war aber ALF anderer Meinung: „Wir kommen gut miteinander aus. Ich bin der Schlamper im Duett."

Während in Jakes Zimmer ALF um seine Zukunft stritt, neigte sich unweit entfernt die Babyüberraschungsparty ihrem Ende entgegen. Die Geschenke waren ausgepackt und die kalten Platten vernichtet. Nach und nach verabschiedeten sich Nachbarinnen und Freundinnen.

Die letzten, die das sinkende Schiff verließen, waren Rachel und Laverne. Mrs. Ochmonek hatte das Gefühl, ihren Nachbarn noch einmal über die richtige Anbringung von Luftschlangen aufklären zu müssen. „Selbst ein Siebenjähriger weiß, daß man Luftschlangen bunt durcheinanderhängt, wenn man dekoriert", quäkte sie.

Laverne verdrehte gelangweilt die Augen. „Dann nimm dir einen Siebenjährigen als Helfer, wenn du mal wieder eine Babyparty schmeißen willst", giftete er.

Während die beiden im Vorgarten ihren Disput fortsetzten, begannen Brian und Willie mit den Aufräumarbeiten in der Küche. Sie waren in eine heiße Diskussion über kalte Platten vertieft. Willie grübelte gerade darüber nach, wie man eine kalte Platte nennen würde, nachdem sie aufgewärmt wäre, als sich erneut Besuch ankündigte – diesmal war es Jake. Er wirkte reichlich durcheinander.

„Fehlt dir was?" fragte Willie besorgt.

„Nicht unbedingt", wich Jake aus. „Ich habe mehr, als ich möchte."

„Ach, du hast was gefunden?" riet Willie.

Der Nachbarsjunge druckste herum. „Hören Sie, ich darf das nicht so direkt sagen. Ich hab's versprochen und mein Ehrenwort gegeben."

Willie sah ihn fragend an. „Sagen Sie irgendwas, was weg sein könnte, und ich sage dann heiß oder kalt", schlug Jake vor.

Brian war schneller. „ALF", rief er, wie aus der Pistole geschossen.

„Heiß", gab Jake zu.

„Ich habe gewonnen", stellte Brian müde fest.

Willie war mit einemmal gar nicht mehr müde. Interessiert erkundigte er sich, woher Jake wisse, daß ALF weg sei.

„Er ist bei mir", gestand Jake.

Vater und Sohn Tanner glaubten, sie hätten nicht richtig gehört. Wieso war der Melmac nicht in der Garage? Willie wollte Jakes Behauptung bewiesen haben: „Wo genau?" forschte er. „In meinem Zimmer. Ende der Treppe, zweite Tür rechts", präzisierte Jake.

Wie ein geölter Blitz sauste Willie los. ALF hatte wohl nicht alle Tassen im Schrank!

Der Außerirdische war gerade dabei, Jakes Zimmer nach seinem Geschmack umzumodeln. Er hatte sämtliche Möbel in die Mitte des Raumes gerückt, die Poster umgehängt und sah sich befriedigt das Ergebnis seiner Umbauaktion an, als Willie die Tür aufriß. Das heißt, er wollte sie aufreißen, doch ein Schrank versperrte den Weg.

So mußte sich der aufgebrachte Willie durch die halb geöffnete Tür zwängen. Wütend erkundigte er sich, was ALF hier treibe.

„Alles, was mit diesem Mobiliar möglich ist", erwiderte der Melmac cool.

Willie wies auf die Tür: „Ab nach Hause, und zwar sofort!"

Provozierend machte es sich ALF auf dem Bett bequem und erklärte lässig, daß er hier zu Hause sei und von jetzt an bei Jake wohne. Aber wenn Willie schon hier sei, könnte er sich auch nützlich machen: „Kannst du mir bei der Toilette helfen?" fragte ALF seinen früheren Haushaltsvorstand.

Willie reagierte unwirsch. „Hör auf mit dem Quatsch! Was glaubst du, was los ist, wenn Trevor und Rachel dich hören?"

„Der Teufel, ganz klar." ALF ließ sich nicht aus der Ruhe bringen. „Außerdem sind die Ochmoneks im Garten und sehen nach, ob ihre Kartoffeln Ähnlichkeit mit Prominenten haben", klärte er Willie auf.

Der versuchte es jetzt anders: „Wieso willst du auf einmal hier wohnen?"

ALF schlug seinen jämmerlichsten Ton an: „Was kümmert dich das? Du hast Kate und Lynn und Brian. Und bald hast du auch noch das Ding mit B."

„B wie was?" forschte Willie. „Du meinst doch nicht etwa das Baby?"

Sofort startete ALF eine neue Niesorgie.

„Siehst du", sagte er zwischen seinen dröhnenden Hatschiiiiies, „deswegen kann ich es bei euch nicht mehr aushalten. Ich bin allergisch gegen Babys."

Willie mußte lachen. Er kannte ja die Vorgeschichte nicht. „Woher weißt du denn das? Du hast doch keine Ahnung von Babys!" behauptete er ahnungslos.

„Jemand hat eins von den Dingern mit auf Kates Party gebracht und ins Kinderzimmer gesteckt. Und immer, wenn ich dem Kind zu nahe kam, habe ich mir die halbe Lunge rausgeniest", erklärte ALF.

Willie merkte an, daß im Moment überhaupt kein Baby in der Nähe und damit der Anfall völlig unbegründet sei, doch das ließ der Melmac nicht gelten. Allein der Gedanke an ein Kleinkind, argumentierte er, würde bereits die Nieserei hervorrufen.

Belehrend hob Willie einen Zeigefinger: „Das erklärt die Sache. Du bist nicht allergisch gegen Babys. Der Fall ist psychosomatisch", dozierte er.

„Kannst du mir das bitte so erklären, daß es jeder versteht?“ beschwerte sich ALF. Wenn Willie glaubte, ihn mit lateinischem Geschwätz von der Harmlosigkeit dieser kleinen Erdenwürmer überzeugen zu können, hatte er sich gewaltig getäuscht.

„Das bedeutet, daß du glauben könntest, das Baby wolle jetzt deinen Platz einnehmen“, erläuterte Willie.

ALF nahm Abwehrhaltung ein, verschränkte die Arme vor der Brust und raunzte: „Versuch bitte nicht, mich zu analysieren. Ich bin zu komplex.“

„Aber ich mache mir Sorgen um dich“, sagte Willie behutsam. Ein Satz, der ALF schnellstens wieder auf die Selbstmitleidsschiene schickte. „Das kannst du dir sparen. Denn ich mache dir nun keine Sorgen mehr. Ich bin Vergangenheit. Ein Nebel. Der alte, vor sich hin stinkende Müll von gestern, über den sich die Ratten hermachen“, jammerte er.

Willie wußte aus Erfahrung, daß es wenig Sinn hatte, auf dieses Theater einzusteigen. Er versuchte es auf einer anderen Ebene. „Als ich Kate geheiratet habe, liebte ich sie mehr als alles auf der Welt“, erzählte er. Und dann seien Lynn und Brian gekommen. „Und da habe ich gemerkt, daß ich die beiden genauso liebe wie Kate. Aber deswegen habe ich Kate kein bißchen weniger geliebt“, erläuterte er.

Willie war im Begriff, den Faden zu verlieren. „Und dann, na ja, vielleicht ist es nicht dasselbe. Aber du weißt, wir lieben dich, Kumpel. Und zwar alle“, sagte er verlegen.

„In wessen Namen hast du denn nun gesprochen?“ fragte ALF halb gerührt, halb ironisch.

„In meinem eigenen natürlich. Und in Lynns und Brians ...“

„Na? Und?“ drängte ALF.

Willie mußte schlucken. „Ich bin sicher, Kate auf ihre ganz spezielle Weise, in ihrer eigenen Art, liebt sie dich auch“, stotterte er.

„Ganz ehrlich?“ ALF hing förmlich an Willies Lippen. Genau das hatte er hören wollen.

Willie schob noch ein Argument hinterher: „Niemand, bitte glaube mir, könnte deinen Platz einnehmen“ – er änderte die Stimmlage ins Sachliche, weil er wußte, daß er gewonnen hatte –, „aber wenn du natürlich glaubst, daß du hier leben willst, also dann ...“

ALF sah sich noch einmal skeptisch in Jakes Raum um.

„Na ja, das Zimmer entspricht sicher nicht ganz meinem Lebensstil. Es ist nicht mal ein Wäschetrockner da“, befand er. „Aber wenn ich weiter bei euch bleibe, möchte ich für euch auch wichtig sein. Ich will an allem Anteil nehmen. Ich will für das Baby den Namen aussuchen.“

Es entstand eine sekundenlange Pause. Von diesem Erpressungsversuch mußte sich Willie Tanner erst einmal erholen. „Vergiß es“, befand er schließlich. Der Gedanke, daß das Baby Wrzlbrmpft oder Schnurkulalia heißen würde, erschien ihm denn doch zu grausam.

Rachels Stimme enthob Willie jedoch vorläufig einer weiteren unangenehmen Diskussion mit dem Melmac. Sie rief nach Jake. Und ihre Stimme kam immer näher.

ALF duckte sich hinter das Bett, und auch Willie suchte einen Ort, wo er sich hätte verstecken können. Doch es war zu spät. Rachel hatte bereits die Zimmertür geöffnet. „Willie, was machst du denn hier?“ fragte sie verblüfft.

„Ich suche bloß unsere Katze“, log der Nachbar.

Rachel blieb mißtrauisch. „Wie soll die denn hier reingekommen sein?“

Willie sah sich um. „Vielleicht durch das Badezimmerfenster?“

Rachel ließ sich auf keine weitere Diskussion über die Katze ein. „Also, wenn du hier drin fertig bist, würdest du dann alle Möbel wieder so hinstellen, wie sie vorher gestanden haben?“ befahl sie kurz angebunden und machte die Tür zu. Die Art, wie sie dies tat, klang wenig erfreulich.

„Einen schönen Tag noch“, rief ihr Willie hinterher. Das war gerade noch mal gutgegangen!

ALFs Charakterkopf tauchte hinter dem Bett auf. „Gehen wir rüber und lassen wir das Baby ein Bäuerchen machen“, schlug er ungerührt vor.

„Das Baby ist noch nicht einmal geboren“, sagte Willie unwirsch.

„Dann gehen wir nach Hause und rülpsen selbst!“ ALF wollte sich totlachen über diesen genialen Witz.

Und Willie ließ ihm die Freude. Wenigstens hatte er einmal mehr zu verhindern gewußt, daß der Melmac von dieser schrecklichen Nachbarsfamilie entdeckt worden war.

Wenige Tage nach diesem turbulenten Fest lag ALF in seinem Wäschekorb in der Waschküche. Es war Zeit zum Schlafengehen. Kate leistete ihm Gesellschaft. Sie las ALF aus einem Buch vor. „‚Wir werden bald ein neues Baby bekommen, und das braucht das kleine Bettchen‘, sagte Papa Bär“, las sie.

ALF ließ es über sich ergehen, auch wenn er insgeheim der Meinung war, daß sich vielleicht bei Kate aufgrund ihrer Schwangerschaft ein paar Schrauben im Oberstübchen gelockert hatten.

„‚Ein neues Baby?‘ fragte der kleine Bär. Er hatte nicht bemerkt, daß Mama Bär in letzter Zeit sehr rund geworden war, obwohl er bemerkt hatte, daß es immer schwieriger wurde, auf ihrem Schoß zu sitzen."

„Darf ich auf deinem Schoß sitzen?" fragte ALF Kate, dem gewisse Parallelen zwischen Märchen und Wirklichkeit auffielen.

„Lieber nicht", lehnte Kate ab.

In diesem Moment kam Lynn in die Waschküche, ohne anzuklopfen. „Mami, Daddy sucht dich", keuchte sie atemlos. „Er kann seine Zahnseide nicht finden."

Kate warf ALF einen fragenden Blick zu.

„Sag ihm, er soll im Toilettenkasten nachsehen", schlug der Melmac mit unschuldiger Miene vor. Kates Augenaufschlag war vielsagend. Sie erhob sich schwerfällig, drückte Lynn das Buch in die Hand und verließ den Raum.

Lynn überflog den Buchtitel und fragte schmunzelnd, ob er diesen Wälzer nicht als ein wenig zu kindlich empfände.

Der hob entschuldigend seine Arme. „Ich weiß das. Du weißt das. Nur Kate hat es niemand gesagt."

„Soll ich es tun?" schlug Lynn vor, die das Gefühl hatte, daß Kate vielleicht doch nicht ganz den richtigen Weg eingeschlagen hatte, um ALF zu zeigen, wie sehr er zur Familie gehörte.

Aber das außerirdische Riesenbaby schüttelte den Kopf. „Nee. Ihr Mutterinstinkt schlägt Salto mortale. Wenn sie einen zweihunderteinunddreißigjährigen Strampler will, soll sie doch! Ich verkrafte das."

Liebevoll sah Lynn den Melmac an. „Das ist sehr nett von dir", gurrte sie. Dann warf sie einen Blick auf die Armbanduhr und verabschiedete sich eilig von ALF. Sie hatte noch ein Rendezvous.

Als sie die Waschküchentür hinter sich zugedrückt hatte, machte es sich der haarige Hausgenosse wieder in seinem Wäschekorb bequem. Er schlug das Buch auf und grinste übers ganze Gesicht:

„Ich kann gar nicht erwarten, wie die Geschichte weitergeht!“ sagte er und begann die heiße Bärenstory weiterzulesen.

Doch plötzlich hielt er inne. Irgendwas fehlte. ALF überlegte kurz, dann wußte er es: Wo, um alles in der Welt, hatte er eigentlich seinen verflixten Schnuller deponiert?

Der mysteriöse Fremde

Da stand er nun, der Stolz jeder Hausfrau: Kate Tanners neuer Mikrowellenherd. Mit klopfendem Herzen schob sie eine Kasserolle in den Ofen. ALF stand aufgeregt daneben und studierte die Gebrauchsanleitung.

„Nun drückst du die Knöpfe zwei und null, und das Essen kocht sich so gut wie von selbst", tönte er.

„Steht irgendwo, wann es fertig ist?" fragte Kate nervös.

Aufgeregt blätterte ALF in dem Heftchen. „Also", murmelte er, „es ist jetzt halb zwölf. Du mußt den ‚Zeit-Knopf' drücken, dann ‚Geschwindigkeit' und ‚Modus'. Dann drückst du die Vier ..." Stolz wandte sich ALF schließlich an Kate. „Meiner Rechnung nach ist das Essen in knapp neun Tagen fertig!"

Kate verdrehte die Augen und nahm ALF die Gebrauchsanweisung aus der Hand. „Zeig mal her! ALF, das ist die Bedienungsanleitung für den Videorecorder", stellte sie gereizt fest.

ALF reagierte überrascht: „Dann solltest du aber schnell die Kassette vom unteren Rost wegnehmen!"

Zum Glück für ALF kam Willie in diesem Moment nach Hause. „Na? Wie funktioniert der neue elektronische, tiefbräunende, selbstreinigende Mikrowellenherd?" erkundigte er sich gutgelaunt.

„So lala", brummelte ALF.

„Ich finde ihn toll", widersprach Kate.

„Sie haßt ihn", beharrte ALF. „Wieso kaufst du ihr keinen Nuke-Man?"

„Was ist das denn schon wieder?" fragte Willie.

Manchmal waren die Bildungslücken der Erdenbürger

wirklich grauenvoll, fand ALF. „Na, was wohl? Ein einfacher Haushalts-Atomreaktor. Das war der letzte Schrei auf Melmac."

Willie zögerte. „Also Kate, wenn du die Mikrowelle wirklich nicht magst ..."

„Nein, nein", unterbrach ihn seine Frau, „ich finde sie wunderbar. Und wenn ich wüßte, wie sie funktioniert, wäre das das erste Erntedankfest, das ich nicht in der Küche verbringen müßte."

„Hab' ich euch je vom Erntedankfest auf Melmac erzählt?" mischte sich ALF wieder ein. Und ohne eine Antwort abzuwarten, plapperte er los: „Bei uns wurde dieses Fest nicht wie hier ‚Thanksgiving' genannt, sondern es hieß ‚Pappiano'." ALF verdrehte genüßlich die Augen. „Und es gab jedes Jahr eine hübsche, große, saftige, gefüllte ..."

„Die Zeiten sind vorbei", würgte Kate die Schilderungen ab. „Wir wissen genau, was du sagen willst. Und du weißt, wie widerlich wir das finden!"

ALF setzte seinen unschuldigsten Augenaufschlag ein. „Was wollte ich denn sagen?"

„Katze! Große, saftige, gefüllte Katze", ergänzte Willie angewidert.

ALF zuckte die Achseln. „Und jetzt werdet ihr es nie erfahren", grummelte er, um etwas leiser fortzufahren, daß er immer eine Vorliebe für dunkles Fleisch gehabt habe.

Inzwischen wunderte sich Kate über den Teller mit der Pute, den sie aus der Gefriertruhe geholt hatte. Irgend etwas unter der Alufolie war nicht in Ordnung. Vorsichtig lupfte sie die Folie – und dann sah sie die Bescherung.

„Willie! Der Kerl hat die Pute gefressen – roh!" rief sie entsetzt.

„Pute à la Sushi", erklärte ALF, der schnell versuchte, aus der Küche zu entschwinden.

Doch Willie stellte sich dem Melmac in den Weg und faßte ihn hart ins Auge. „Das ist wirklich das Schlimmste, was du je gemacht hast!" schimpfte er traurig.

„Je öfter du das sagst, desto weniger Wirkung wird es haben", erwiderte ALF cool.

„Warum machst du so was immer wieder?" brüllte Willie nun.

ALF mimte den Unschuldigen. „Das ist eine alte Tradition. An Pappiano wurden vom frühen Morgen an alle Geschenke aufgegessen, sobald sie ausgepackt waren." Er warf einen suchenden Blick in die Runde. „Übrigens: Ich sehe keinerlei Geschenke unter dem Pappiano-Baum. Ich sehe nicht einmal einen Baum!"

Willie zog sein Sakko wieder an, das er schon über einen Stuhl gehängt hatte. „Also, dann werde ich jetzt mal sehen, wo ich eine neue Pute herbekomme!"

„Vergiß den Baum nicht und die Geschenke!" rief ihm ALF nach.

Willie drehte sich um. „Es wird keinen Baum geben. Und keine Geschenke. Ich fürchte, daß es nicht einmal eine Pute geben wird", schnaubte er und warf die Tür hinter sich zu.

ALF ließ sich auf einen Küchenstuhl fallen. „Na", seufzte er, „das wird ein schönes Pappiano!"

Kate war mindestens so sauer wie Willie. Gerade überlegte sie, ob der Melmac nicht statt der Pute ... Aber sie ließ den Gedanken wieder fallen. Bis man ALF alle Haare ausgerupft hätte, wäre das Fest vorbei gewesen.

ALF hatte nun doch ein schlechtes Gewissen. Vielleicht war er diesmal zu weit gegangen. Selten hatte er Kate und Willie so wütend auf ihn gesehen. Als Wiedergutmachung half er Brian bei der Einstudierung seiner Rolle für die Schulbühne.

„Wir Pilger sind Stadtleute. Wir kennen das Landleben nicht. Wie sollen wir überleben in dieser Wildnis?" deklamierte Brian gerade.

In diesem Moment donnerte es draußen. Ein schweres Gewitter ging über Los Angeles nieder.

Das erinnerte ALF an Brians Text. „Tatsächlich! Und Willie ist draußen auf der Pirsch nach einem Puter", sagte er besorgt.

Ein strenger Blick Brians traf ihn. „ALF, das ist nicht dein Text!"

ALF nickte. „Sorry! Gib mir noch mal das Stichwort!"

„Wildnis!"

„Vielleicht gibt er uns ein Zeichen!" fuhr ALF fort.

Ein greller Blitz erhellte das Zimmer.

„Wow, hast du das gesehen!" rief Brian fasziniert aus.

ALF zählte: „Einundzwanzig, zweiundzwanzig, dreiundzwanzig, vier ... Bumm!" Der Donnerschlag erinnerte an Kanonengetöse.

„Dreieinhalb Sekunden", stellte der Melmac sachlich fest. Das Gewitter war verdammt nah. Doch unerschrocken forderte er Brian auf, im Text weiterzumachen.

Ziemlich lustlos ratterte der Junge seinen Part herunter, bis ihn ALF unterbrach.

„Moment mal! Kein Gefühl, keine Motivation, Brian. Du bist Pilger. Zwei Monate auf sturmgepeitschter See. Du bist schwach, du bist hungrig, du möchtest am liebsten deinen Reiseleiter erwürgen ..."

Kate steckte ihren Kopf durch die Küchenöffnung. „Brian, Liebling, möchtest du ein wenig essen?" flötete sie.

Brian setzte einen Dackelblick auf. „Danke, Mami, ich muß schwach und hungrig wirken."

ALF nickte eifrig. „Er nimmt seine Rolle ernst. Ich hingegen sollte unbedingt etwas essen!"

Ohne Kates Kommentar abzuwarten, schnappte er sich einen Apfel von der appetitlichen Obstplatte und biß herzhaft hinein. Angewidert verzog er das Gesicht und zeterte los: „Der ist aus Wachs! Ich mag kein Wachs!"

Kate nickte zufrieden und grinste. „Gut, dann gibt es nächstes Jahr eine Wachspute."

ALF atmete tief durch. Er haßte nachtragende Leute. „Die Pute ist nun mal weg. Ich kann sie nicht wieder herzaubern", sagte er beleidigt. Plötzlich kam ihm eine Idee. „Hey! Vielleicht kann ich es doch! Ich müßte nur wissen, in welchem Magen sie gerade ist."

Er stieß einen wilden Rülpser aus. „In Magen eins ist sie nicht."

Kate lachte gequält. „Erspar dir die Mühe der Überprüfung bis Nummer sieben! Du kannst diesen Puter behalten." Nachdenklich warf sie einen Blick nach draußen. So langsam machte sie sich Sorgen um Willie. Es donnerte wieder.

„Mich deucht, wir sollten eine Expedition organisieren", zitierte Brian seinen Theatertext. Er sah aus dem Fenster. „Es regnet Hunde und Katzen", fuhr er fort.

„Es regnet Katzen?" fragte ALF hoffnungsvoll. „Dann mach schon mal die Dachfenster auf. Ich hol' die Mayonnaise!"

In dem Moment klopfte es an der Hintertür. Es war Rachel Ochmonek, die heftig Einlaß begehrte.

Kate lief ihr entgegen, um sie abzufangen. Sie dirigierte Rachel sicherheitshalber in die Küche, wo die erst mal mit ihrem Regenschirm eine Pfütze auf dem Boden hinterließ.

Ohne große Vorrede kam die Nachbarin dann sofort auf den Grund ihres Besuches zu sprechen: „Kate, wir müssen etwas unternehmen: Dieser Penner ist wieder da!"

„War Trevor denn verreist?" entfuhr es Kate.

„Ich meine den Penner, der sich seit einigen Tagen schon in der Nachbarschaft herumtreibt", erwiderte Rachel scharf. „Der in unseren Mülltonnen herumstöbert und dafür sorgt, daß die Grundstückspreise in dieser Gegend heruntergehen."

„Ach so!" Kate begriff. „Sie meinen einen Obdachlosen!"

„Er muß nicht unbedingt obdachlos sein. Er kann sehr wohl irgendwo ein Zuhause haben, und es macht ihm einfach Freude, den Menschen hier auf die Nerven zu fallen", entgegnete Rachel aufgebracht.

„Und um fünf Uhr geht er dann wieder nach Hause?"

„Tja", überlegte Rachel, „seine Arbeitszeit kenne ich nicht. Ich weiß nur, daß er sich hier herumtreibt und daß ihn irgend jemand durchfüttert." Sie sah Kate mißtrauisch an. „Sie sind es doch nicht?"

Kate lachte. „Wie kommen Sie denn darauf?"

Rachels Stimme wurde zuckersüß. „Ich will niemanden verdächtigen", flötete sie, „aber wenn ich sehe, daß jemand Dutzende von Untertassen Milch vor die Tür stellt, um kilometerweit jede streunende Katze anzulocken ..."

Kate holte tief Luft. Dieser Außerirdische! „Dem werden wir natürlich sofort ein Ende setzen", antwortete sie mit Bestimmtheit. „Und was die Fütterung des obdachlosen Mannes angeht ..."

„... des Penners", unterbrach Rachel. „Kate, das ist ein Penner. Er trägt einen alten Schlapphut und einen dreckigen alten Trenchcoat und ..."

Ein Geräusch ließ sie herumfahren. Der Penner stand vor ihr!

„Das ist er!“ keifte sie.

„Das ist Willie“, gluckste Kate, wenn sie auch zugeben mußte, daß dieser Mann in seiner Regenkleidung reichlich verwegen aussah.

„Sie haben mich fast zu Tode erschreckt“, rief Rachel vorwurfsvoll und rang immer noch nach Luft.

„Tut mir leid. Ich sollte in Zukunft wohl besser anklopfen, bevor ich unsere eigene Küche betrete“, entschuldigte sich der Herr des Hauses. Doch dafür hatte Rachel überhaupt kein Verständnis.

„Schatz, Rachel hat dich für einen Obdachlosen gehalten“, erklärte Kate schnell die Situation.

„Einen Penner“, verbesserte Mrs. Ochmonek.

Kate wechselte das Thema. „Hast du noch eine Pute auftreiben können?“ fragte sie ihren Mann.

Doch Willie schüttelte enttäuscht den Kopf. „Nur walisische Rebhühner. Puter gab es nicht mehr.“

„Gibt es bei euch Rebhühner zu Thanksgiving?“ Rachel Ochmonek entging aber auch nichts.

„Sie hatten keine Puter mehr“, wiederholte Willie entschuldigend.

Kate merkte leicht genervt an, daß diese tiefgefrorenen Dinger eine Ewigkeit zum Auftauen brauchen würden und daß sie nicht wisse, ob sie das schaffe. Rachel stand auf und baute sich breitbeinig vor den Tanners auf. „Also, ich schlage vor, jetzt machen wir Schluß mit dieser Komödie! Warum fragt ihr nicht einfach, ob ihr an Thanksgiving zu uns rüberkommen könnt?“

„Zu Ihnen nach Hause?“ Kate schwante Furchtbares.

Willie geriet regelrecht in Panik. „Es muß doch noch irgendwo in dieser Stadt Puten geben!“ rief er.

„Gibt es auch. Bei uns zu Hause, und Sie sind eingeladen.“ Rachel schlug sich fröhlich auf die Knie. „Und der ganze Ochmonek-Clan wird dasein!“

„Vielleicht fahre ich einmal ein Stück die Küste rauf“, überlegte Willie. „Vielleicht gibt es dort noch Puter ...“ Die Einladung war eine stärkere Bedrohung als das Gewitter. Nicht einmal ALFs Mägen würden die Kochkünste von Rachel Ochmonek unbeschadet überstehen.

„Also wirklich, Rachel!“ Kate versuchte, eine überzeugende Ausrede zu finden, aber sie biß auf Granit.

„Wirklich, schmirklich. Um zwei Uhr. Bringt die Kinder mit, viel Appetit und ein paar Stühle.“

Es schien Rachel wirklich ernst zu sein mit ihrer Einladung.

Kate lenkte schließlich ein. „Gut, ich werde den Kartoffelauflauf mitnehmen, den ich heute gemacht habe.“ Der sei wenigstens genießbar, dachte sie bei sich.

„Das ist heute kein guter Tag“, sagte Willie resignierend, nachdem Rachel wieder gegangen war.

„Und er ist noch nicht vorbei“, ergänzte Kate. Sie hatte soeben festgestellt, daß es keinen Kartoffelauflauf mehr gab. ALF hatte ein zweites Mal zugeschlagen.

Genau in diesem Moment steckte der Sündenbock seinen Zottelkopf durch die Durchreiche.

„Weißt du vielleicht, was mit Kates Kartoffelauflauf passiert ist?“ brüllte Willie den Melmac an.

„Willst du es detailliert haben?“ fragte ALF vorsichtig zurück. Ihm schwante nichts Gutes.

Willie nickte energisch.

„Dann checke ich meine Mägen durch“, kündigte ALF an und ließ ein halbes Dutzend Rülpser folgen.

„Schluß damit! Genug!“ Willie haute mit voller Wucht auf den Küchentisch.

„Dann sage nicht, ich wollte es nicht aufklären", meckerte der Melmac beleidigt.

Kate mischte sich nun ein. „Ich kann es einfach nicht fassen. Erst stopfst du einen Neun-Kilo-Puter in dich rein. Und dann hast du noch Platz für einen Kartoffelauflauf."

„Korrekterweise muß ich sagen: Den Auflauf habe ich zuerst gegessen. Und zwar nur die Hälfte", verbesserte ALF die Tanners. Die wollten natürlich sofort wissen, was mit der anderen Hälfte geschehen war.

„Die habe ich Ed gegeben", erklärte der Vielfraß.

„Ed?"

„Dem Penner."

„Der heißt Ed?"

ALF schob die Unterlippe vor. „Weiß nicht. Ich habe ihn nie kennengelernt. Aber er sieht aus, als hieße er Ed. Ich meine das Pferdegesicht aus dem Fernsehen. Er bewegt die Lippen so komisch, wenn er spricht."

Kate ahnte, daß das noch nicht alles war. „Und was hast du ihm sonst noch gegeben, diesem Ed?" wollte sie wissen.

„Nur was zu essen. Und ein paar von Willies Klamotten", gab ALF zu.

In Willies Kopf schrillten Alarmglocken. „Klamotten? Was für Klamotten?"

„Nichts, was du vermissen würdest", beschwichtigte ihn ALF. „Außer du stehst etwa auf diesen schrecklichen türkischen Rollkragenpulli."

Willie lachte hysterisch auf. Kate konnte es ebenfalls nicht glauben. „Etwa den italienischen Sweater, den ich Willie zum Hochzeitstag geschenkt habe?" bohrte sie ungläubig nach.

„Genau, den er so gern umgetauscht hätte, wenn nicht ein Monogramm dringewesen wäre", petzte ALF.

Betroffen sah Willie auf seine Schuhspitzen. „Ich mochte diesen Pulli sehr, Kate, wirklich!“ Seine Beteuerung klang matt.

„Klar, Willie, unser kleines Geheimnis!“ ALFs Rettungsversuch trug wenig dazu bei, die Sache zu entschärfen.

„Und du schenkst ihn diesem Penner“, empörte sich Kate.

„Dem Obdachlosen, Liebes“, korrigierte Willie.

„Ich steck' das Zeug in die Mülltonne. Der Rest ist die Sache von Ed“, klärte ALF die Tanners nun über die Übergabebedingungen auf. „Ich glaube allerdings, daß er diesen Pullover weiterverschenken wird.“

Kate reichte es ein für allemal. Unverzüglich und ohne Ausrede wollte sie den Grund für ALFs Verschenkaktion wissen.

Nun, um Ausreden war der Außerirdische nie verlegen: „Das habe ich gemacht, weil Pappiano ist. Und weil wir mit den weniger Glücklichen teilen sollten. Und weil Pastelltöne Willie sowieso nicht stehen.“ Mit Unschuldsmiene blickte er in die Runde.

„Wie halten wir es nur mit dir aus?“ rief Kate verzweifelt.

Dies war nun wirklich die leichteste Frage der Welt für den Melmac:

„Ich bin der Sonnenschein eures Lebens.“ Sprach's und grinste sich einen.

Kate seufzte. „Ja, genau! Das hatte ich fast vergessen.“

In diesem Moment kam Willie ein Geistesblitz. Er hatte es plötzlich fürchterlich eilig und verschwand in Richtung Garage. Vielleicht war ja noch etwas zu retten.

Schnell riß er den Deckel der Mülltonne auf und wurde auch sofort reichlich fündig. ALF hatte überraschend guten Geschmack bewiesen: ein halbes Dutzend Krawatten, drei Hemden, zwei Pullover, die Willie allesamt nur zu tragen bereit war, wenn man ihn mit vorgehaltener Pistole dazu zwang, befanden sich im Müll.

Als er gerade überlegte, ob er den Bademantel, den ihm Kates Mutter vergangene Weihnachten geschenkt hatte, einfach „übersehen" sollte, hörte er ein seltsames Geräusch. Es klang, als ob jemand auf einer rostigen Gießkanne ein Trompetensolo zu spielen versuchte. Und eine scheußliche Stimme grölte etwas von einer offenen Tür und daß sich dahinter alles fände, was das Herz begehre.

Willie räusperte sich lauter als nötig. Die Stimme räusperte sich auch. Erschrocken griff Willie zu einem Brecheisen und drehte sich vorsichtig um. Ein heruntergekommener Mann, der William Tanners italienischen Sweater und eine Flanellhose trug, hatte es sich hinter ihrem Auto häuslich gemacht. Er verbeugte sich auf wackeligen Beinen stehend vor Willie. Vermutlich erwartete er Applaus.

Willie hatte das unbestimmte Gefühl, daß der Typ harmlos war. Also machte er den Spaß mit. „Das war sehr gut, wirklich", lobte er.

Der andere bedankte sich mit schwerer Zunge und bot Willie etwas Kartoffelauflauf an.

„Nein, vielen Dank, Ed, oder wie immer Sie heißen", lehnte Willie ab.

Der andere stellte sich daraufhin als Flakey Pete vor. Beide standen sich gegenüber. Beide wußten nicht, was sie sagen sollten. Schließlich wies Willie ihn höflich darauf hin, daß er seinen Pullover trug. „Haben Sie vor, ihn zu behalten?" fragte er noch.

„Hatte ich", antwortete der Tramp wahrheitsgemäß und schielte verängstigt auf Willies rechte Hand, „aber das war vor dem Brecheisen."

Verlegen hängte Willie das Gerät wieder in den Schrank.

„Ich will Ihnen doch nichts tun", stotterte er sichtlich verlegen.

„Dann würde ich den Pulli gern behalten", konterte Flakey Pete. Er blickte an sich herab und sagte mit gespieltem Selbstbewußtsein: „Ich lass' mir meine persönliche Note in puncto Kleidung doch nicht von einer Clique dekadenter Modejournalisten von der Ostküste diktieren. Außerdem bin ich reichlich pleite."

Dann wechselte der ungebetene Gast das Thema und zeigte auf die Weltallkarte, die ALF in der Garage aufgehängt hatte. Er informierte Willie darüber, daß diese Karte reichlich überholt sei. „Wissen Sie denn nicht, daß in den Plejaden ein neuer Quasar entdeckt wurde?" fragte er mit leisem Vorwurf.

„Ich wollte ihn gerade einzeichnen", log Willie. Er war völlig überrascht vom Wissen des Penners. „Hören Sie, Pete", kam er dann schnell wieder auf den harten Boden der Tatsachen zurück, „ich bin im Sozialamt angestellt und könnte Ihnen eine Bleibe übers Wochenende besorgen. Und dann kommen Sie am Montag in mein Büro ..."

„Mit anderen Worten: Ich soll verschwinden!" unterbrach Pete Willies Ausführungen. Er nickte verbittert und fuhr fort, ehe Willie etwas sagen konnte: „Alles klar. Heute morgen noch Kartoffelauflauf und 'n Pulli. Und jetzt: Geh zur Hölle! Mach, daß du wegkommst!"

Flakey Pete rollte hastig seinen Schlafsack zusammen. Er war zutiefst gekränkt. „Ein schönes Thanksgiving noch für dich, Bruder", sagte Pete verächtlich. Dann stapfte er von dannen, ohne sich noch einmal um den verdutzten Willie Tanner zu kümmern.

Die dicke Luft hielt an. Als die Tanners sich auf den Weg zu ihren Nachbarn machten, jeder mit einem Stuhl unter dem Arm, meldete sich ein frustrierter ALF von der Wohnzimmercouch: „Bevor ihr geht, möchte ich kategorisch feststellen, daß es mir mißfällt, daß ihr zu unserem Erntedankfest rüber zu den Ochmoneks geht."

Er ignorierte völlig die Tatsache, daß er mit seiner Freßsucht Anlaß zu diesem Besuch gewesen war. Aber er bekam überraschend Zustimmung. Auch Lynn und Brian waren wenig begeistert, sich bei den Ochmoneks die Mägen zu verderben. Mehrmals maulten sie lauthals darüber.

Jetzt wurde Willie energisch. „Wir gehen rüber. Wir haben gesagt, daß wir kommen, also tun wir es auch."

Als in diverse feindselige Augenpaare blickte, beeilte er sich hinzuzufügen: „Wir werden uns da drüben nur ganz kurz aufhalten. Und wir werden nett zueinander und zu unseren Nachbarn sein, denen wir in dieser Stunde der Not ewig dankbar sein sollten, daß sie uns am Erntedankfest ein anständiges selbstzubereitetes Mahl anbieten, das wir hier nicht kriegen können. In unserem eigenen Haus!"

Er war, wie es schien, am Ende seiner Predigt, was Kate, Lynn und Brian zu einem einstimmigen „Amen!" veranlaßte.

Willie kramte nun umständlich einen Zettel aus der Manteltasche und reichte ihn ALF. Während die anderen sich zum Gehen wandten, leierte ALF die Liste der Verbote herunter, die Willie für ihn aufgestellt hatte: „Rufe nicht bei den Ochmoneks an, außer im Notfall. Rufe unter gar keinen Umständen irgend jemand anderen an", stand da zu lesen. „Auch nicht Margaret Thatcher?" wollte ALF noch schnell von Willie wissen.

„Überhaupt keinen Premierminister, ALF!"

„Auch nicht mit R-Gespräch?"

„Keine Telefongespräche irgendwelcher Art. Du gehst nicht aus dem Haus. Du steckst nichts in die Mülltonne. Du jagst das Haus nicht in die Luft, und du brennst es nicht nieder!"

„Schon gut, schon gut", maulte ALF. „Sieht so aus, als hättest du an alles gedacht, Willie McDenker. Bloß, daß es bei dir immer heißt: Tu das nicht, tu dies nicht, tu jenes nicht. Was darf ich überhaupt tun!?!?"

Willie zeigte auf den letzten Absatz seines Zettels. Dort stand: „Mach dir ein schönes, ruhiges Erntedankfest!"

„Ich werde so ruhig sein, daß du ein Barthaar fallen hören kannst", giftete ALF ihn an.

In der Tür drehte Willie sich noch einmal um: „Und laß die Katze in Ruhe!"

Als die Familie endlich verschwunden war, schaltete ALF entnervt den Videorecorder an. „Friedhof der Kuscheltiere" war angesagt.

Bei den Ochmoneks war der Bär los. Außer den Tanners hatte sich ein halbes Dutzend der weitverzweigten Ochmonek-Sippschaft eingefunden. Man saß um den großen Wohnzimmertisch, schnatterte durcheinander und starrte erwartungsvoll auf Onkel Rocky, der die Pute mit einer Geflügelschere traktierte.

„Na los, na los, setzt euch endlich, sonst wird alles kalt", forderte Trevor Ochmonek die Tanners auf. Er war ganz aufgeregt und dirigierte die Neuankömmlinge an den Tisch. „Willie, Sie setzen sich neben Onkel Rocky. Kate, Sie hierhin, und du, Lynn, neben Onkel Dudley und das Gemüse."

„Onkel Dudley ist selbst Gemüse", erdreistete sich Jake zu sagen.

Doch der gute Onkel hatte längst ein Auge auf Lynn geworfen und die Anspielung seines Neffen geflissentlich überhört.

„Nenn mich einfach Dud", schlug Onkel Dudley Lynn vor. Die machte ein Gesicht, als hätte sie bereits vom Essen gekostet.

„Ich wußte, die beiden werden sich prima verstehen", flüsterte Rachel Kate begeistert zu.

Im Stil eines Jahrmarktschreiers verkündete Trevor in diesem Moment: „Und jetzt, meine Damen und Herren, tranchiert der Onkel Dr. Rocky Ochmonek, ehemals Militärchirurg, den Ochmonek-Puter." Er erntete Verlegenheitsapplaus von den Tanners und Gejohle von seiner eigenen Verwandtschaft.

Lynn fiel ein, daß sie mal eben schnell telefonieren müsse - von zu Hause.

„Beeil dich, Lynn", bat Kate, „wir essen in ein paar Stunden." Dabei warf sie einen skeptischen Blick auf das hilflose Gesäble von Dr. Rocky.

Als Lynn wenig später die Wohnzimmertür öffnete, saß ein trauriger ALF allein vor dem Tisch, vor sich ein Stück kalten Hackbraten, dekoriert mit einer einsamen Wunderkerze. Aber Lynn hatte an alles gedacht: Sie hatte dem einsamen Melmac eine Schüssel voll mit Leckereien mitgebracht.

„Lynnilein! Du bist schon wieder da?" jubelte ALF in höchsten Tönen. „Oh, du fehlst mir so! Dreh dich um, laß dich ansehen!"

Lynn mußte grinsen. „ALF, wir sind gerade sechs Minuten weg", sagte sie.

„Mir kamen sie vor wie zehn", entgegnete ALF. „Setz dich, ruh dich ein bißchen aus."

Lynn willigte ein. „Okay, aber nur einen Augenblick,

ich muß gleich wieder rüber." Sie deutete auf den Tisch: „Hackbraten?"

„Wir stellen keine Ansprüche, nicht wahr?"

„Ich hab' dir etwas Nachtisch rübergeschmuggelt!"

ALF rieb sich erwartungsvoll den Bauch. „Guty, guty, guty", jubelte er.

„Sag das nicht, bevor du es nicht gekostet hast", warnte Lynn.

„Was ist es?"

„Rate!"

„Gummikotze!"

Lynn lachte laut auf. „Falsch! Melonengelee!"

ALF verzog das Gesicht. „So was krieg' ich nicht runter." Er stockte einen Augenblick. „He! Das ist das erstemal, daß ich mich das sagen höre!"

Lynn erhob sich. „Mach's gut und keine Dummheiten. Ich muß wieder rüber. Inzwischen wird das Geplärre ja wohl zu Ende sein. Du mußt wissen, während Onkel Rocky den Puter tranchiert, singen Mr. und Mrs. Ochmonek das ‚Füllhorn' aus dem ‚Fastenfest' von Wagner oder Strauß. Auch so eine Ochmonek-Tradition!" Ihre Stimme verriet, daß sie von dieser Tradition etwa soviel hielt wie von Rachels Kochkünsten.

„Ich werde es ja merken, wenn die Gläser zerspringen", sagte ALF und schüttelte sich vor Lachen. Dann machte er sich widerwillig über das Melonengelee her.

Weder Lynn noch ALF hatten bemerkt, daß sie beobachtet worden waren. Zwei geschockt dreinblickende Augen hatten vom Fenster aus der Unterhaltung der beiden zugesehen. Es war Flakey Pete. Der war sich sicher, hier etwas Außerordentliches zu erleben. Er, der Experte in Sachen Weltall, wußte: Er hatte das Gespräch zwischen einer jungen Dame und einem Außerirdischen miterlebt.

Flakey schlich sich mit weichen Knien in die Garage der Tanners. Ihm war nicht entgangen, daß dort ein tragbares Telefon stand. Die Nummer kannte er auswendig.

„Fröhliches Thanksgiving! Hier ist das Außerirdische Einsatzkommando, am Apparat Sergeant Fox", meldete sich die Stimme am anderen Ende.

Flakeys Hände waren schweißnaß. „Hallo, ich glaube, ich habe grade einen Außerirdischen gesehen", sagte er. „Was soll ich machen?"

„Bitte, würden Sie das wiederholen?" bat Sergeant Fox.

Flakey tat das. Fox seufzte. „Wie soll denn dieser Außerirdische bitte aussehen?"

„Seltsam."

„Seltsam kann alles mögliche sein. Können Sie das bitte präzisieren, Sir?"

Flakey überlegte kurz. „Na ja, er ist ziemlich klein und vollkommen mit Fell bedeckt. Und er hat, wie soll ich sagen, große spitze Ohren und eine Nase wie die Umrisse von Nebraska." Vom Garagenfenster aus konnte er nun sehen, wie ALF in der Tannerschen Wohnung herumtollte.

Sergeant Fox gab sich gelangweilt. „Aha. Steht er neben einem Hydranten und hat eine Leine um den Hals?" fragte er desinteressiert.

„Das ist wirklich kein Schoßtier", sagte Flakey ärgerlich. „Er sitzt am Küchentisch mit einer Serviette um den Hals und wirft mit dem Besteck. Jetzt hat er die Katze getroffen!"

Sergeant Fox bedeckte kurz den Hörer und flüsterte seinem Arbeitskollegen Jeff zu, der gerade ein spannendes Footballspiel im Fernsehen verfolgte: „Da haben wir endlich mal den Richtigen!"

„Einen Außerirdischen?" fragte Jeff zurück. Aber es

sah nicht so aus, als würde ihn das alles besonders interessieren. Gebannt hing sein Blick weiter am Bildschirm.

„Einen Spinner", erwiderte Fox.

Dann nahm er wieder die Hand von der Muschel und fragte pflichtgemäß: „Kann ich bitte Ihren Namen haben, Sir?"

„Äh, Flakey, Pete, Finnegan, äh, Pete Finnegan", stotterte der Tramp. „Na ja, das Wichtigste zuerst. Ich habe gehört, dafür gibt es eine Belohnung."

„Wer hat Ihnen das gesagt?"

„Das war in der Fernsehserie ‚Mein Liebling vom Mars'. Also, gibt es eine Belohnung oder nicht?"

Sergeant Fox seufzte erneut. „Ja. Fünftausend Dollar."

„Gebongt. Die Adresse lautet 167 Hemdale Avenue. Also, wie schnell könnt ihr da sein?"

Fox gab die Adresse in seinen Computer ein. Er zögerte: „Im Augenblick sind wir gerade unterbesetzt wegen der Feiertage und so ..."

„... das Spiel ist auch gerade sehr spannend", fügte Jeff im Hintergrund schnell hinzu.

„Hören Sie, bleiben Sie, wo Sie sind, und rufen Sie uns an, wenn Sie ..." Fox verstummte blitzartig, als der Computer Alarm gab. Er hatte einen Eintrag unter der angegebenen Adresse: Am 13. Dezember 1986 hatte eine gewisse Rachel Ochmonek eine Meldung wegen eines Außerirdischen abgegeben.

„Mr. Finnegan, wir kommen, so schnell wir können", brüllte der Sergeant ins Telefon. Er ließ sich von Flakey die Telefonnummer geben, unter der er erreichbar war, und bat den Anrufer noch, vorsichtig zu sein und nichts auf eigene Faust zu unternehmen.

„Was meinen Sie mit ‚vorsichtig'?" wollte der Penner wissen.

„Er könnte in Sie reinspringen und Sie von innen aufblasen“, mutmaßte Fox.

Flakey gefror das Blut in den Adern. Zitternd legte er den Hörer auf.

„Warum setzen wir überhaupt eine Belohnung aus?“ fragte Jeff seinen Kollegen gereizt. „Ermutigen wir solche Spinner nicht erst damit?“

Fox nickte bedächtig. „Ja, das stimmt. Aber wir müssen mit den Klatschblättern konkurrieren. Na los, fahren wir hin.“

„Es steht gerade siebzehn beide“, jammerte Jeff und schaltete den Fernseher aus. Dann fingerte er seine Jacke vom Haken und machte sich auf die Socken.

Flakey Pete schlug den Rat des Sergeanten in den Wind. Er wollte der mysteriösen Sache doch selbst nachgehen. Vorsichtig schlich er sich zur Hintertür des Tannerschen Hauses. Zitternd wollte er sie öffnen, da hatte er sie zum erstenmal in seinem Leben, die schon so lange herbeigewünschte unheimliche Begegnung der dritten Art. Er stand ALF gegenüber.

„Hallo, wie geht's!“ sagte Flakey nervös. Was hätte er auch sonst sagen sollen.

ALF schluckte. So etwas Dreistes hatte er noch nicht erlebt, außer sich selbst natürlich. „Na warte, Bürschchen“, dachte der Melmac, „du enttarnst mich nicht so schnell!“ Und er versuchte, wie ein Hund zu kläffen. Der Versuch ähnelte allerdings mehr dem Geräusch eines knurrenden Magens, in dem eine rostige Blechdose lag. Dennoch schien Flakey davon beeindruckt zu sein.

„Du brauchst dich gar nicht zu verstellen. Ich werde dir nichts tun, äh, und ich bin sicher, du tust mir auch nichts.“ Seiner Stimme nach zu urteilen, war sich Flakey Pete aber alles andere als sicher.

ALF entschied sich dafür, noch einmal heftig zu bellen.

„Ich weiß, daß du sprechen kannst", versuchte Flakey es von neuem.

Das brachte ALF völlig aus der Fassung. Sein Bellen ging in ein intergalaktisches Knurren über, und Flakey wich instinktiv einen Schritt zurück. Er streckte seine Arme abwehrend von sich und versicherte dem Melmac: „Ich bin ein Freund von Willie!"

„Du bist der Penner, der sich bei unseren Mülltonnen rumtreibt!" ALF konnte es nicht ab, wenn andere logen. Aber damit hatte er sich verraten: Jetzt wußte der Tramp, daß dieses Wesen tatsächlich der Sprache mächtig war.

„Woher kennst du Willie?" fragte ALF mißtrauisch.

Flakey erzählte dem Melmac nun, mit dem Herrn des Hauses erst kürzlich gesprochen zu haben. „Sozialarbeiter, etwa so groß ..." Er deutete Willies lichte Höhe an, und damit gelang es ihm, den mißtrauischen Außerirdischen endgültig zu überzeugen.

„Er hat gesagt, ich soll reinkommen und dir Gesellschaft leisten", fuhr der Penner fort. Doch dadurch rief er erneut ALFs Mißtrauen hervor.

„Er hat dir von mir erzählt?" fragte der Melmac lauernd, wohl wissend, daß dies das letzte war, was Willie tun würde.

Flakey merkte sofort, daß er bei seiner Schwindelei ertappt worden war. „Äh, nicht gerade genau, von welchem Planeten du stammst", stotterte er etwas verlegen und musterte sein Gegenüber nun genauer. „Aber es ist bestimmt ein kalter Planet – wegen des dicken Fells. Und deine Füße sind für schlammiges Terrain gemacht. Wahrscheinlich rotbraune Erde, damit du nicht auffällst. Deine große Ohren weisen auf eine dünne Atmosphäre hin, die die Schallwellen nicht besonders gut leitet", analysierte er weiter. „Und die große Nase zeugt von Oxygenmangel …“

Jetzt reichte es ALF. „He, mach bloß keine Witze über meine Nase“, brüllte er.

Flakey entschuldigte sich schleunigst und kam erneut auf ALFs Herkunft zu sprechen. „Ich glaube, du stammst vom Planeten K-eins-sieben-eins.“

ALF überlegte kurz, dann schloß er: „Ach, du meinst Neesbeck? Ha! Dort existiert überhaupt kein intelligentes Leben.“

Flakey wollte wissen, warum sich ALF da so sicher war. Der Melmac sagte es ihm: „Weil ich dort gewesen bin. Ihr Wappenvogel ist fliegender Staub.“

Und dann vergaß ALF alle Vorsicht. Endlich mal wieder hörte ihm jemand zu und vertrieb ihm die Langeweile. Ganz im Vertrauen natürlich weihte er den Penner ein, daß er vom Melmac stamme. Doch schon im selben Moment bereute er seine Unvorsichtigkeit wieder.

„Sag mal, hast du eine Ahnung, was passieren würde, wenn die Welt etwas von mir erfährt?“ fragte er den seltsamen Besucher ganz unvermittelt.

Flakey wurde es ganz mulmig. „Nein, wie sollte ich?“ log er.

„Hast du schon mal etwas vom Außerirdischen Einsatzkommando gehört?“ bohrte ALF weiter.

Flakey wurde es noch mulmiger zumute. Wieder verneinte er. „Was machen die denn?“ Er spielte gekonnt den Ahnungslosen.

„Die jagen Außerirdische und machen ganz schlimme Sachen mit ihnen!“

„Wer sagt das?“

„Interstellare Gerüchte. Also: Absolute Diskretion in dieser Sache, ist das klar!“

In diesem Moment klingelte es dumpf. ALF checkte sofort, daß das Geräusch aus Petes Manteltasche kam. Verlegen zauberte der Tramp das tragbare Telefon der Tanners, das üblicherweise in der Garage stand, hervor und nahm den Hörer ab.

Sergeant Fox war am Apparat. „Haben Sie Kontakt mit dem Außerirdischen?“ wollte er wissen.

Flakey Pete schoß das Blut in den Kopf. „Hallo, Mami!“ druckste er herum. „Nett, daß du anrufst. Hier ist alles in Ordnung.“

Sergeant Fox war schnell von Begriff. Er nickte hastig. „Gut! Wir sind auf dem Weg und kommen so schnell wie möglich.“

„Ich wünsch' dir auch ein fröhliches Thanksgiving, Mami“, plapperte Flakey Pete weiter.

„Kann er Sie jetzt hören?“ wollte Sergeant Fox noch wissen.

„Ja, meine Freunde sind alle bei mir. Und sie sind sehr nett. Wirklich freundlich.“

„Das Wesen mag freundlich tun, aber es kann tödlich sein“, warnte Sergeant Fox. „Ich hoffe nur, wir schnappen es lebendig.“

„Ich hoffe doch nicht, daß wir ihn töten müssen“, entfuhr es Flakey. Und als er ALFs alarmierten Blick sah, ergänzte er schnell: „Der Puter war all die Jahre so ein liebes Tierchen, Mami.“

„Das müssen Sie schon uns überlassen“, sagte der Jäger der Außerirdischen am anderen Ende rauh. „Halten Sie ihn nur hin, bis wir da sind.“

Dann legte er auf.

„Wie heißt er denn?“ fragte ALF arglos.

„Wer?“

„Euer Puter!“

„Sergeant Fox.“ Flakey fiel nichts Besseres ein.

ALF sah ihn baff an. „Er hat so ein militärisches Gehabe“, erläuterte Flakey. Es klang wenig überzeugend.

Während der sich dramatisch zuspitzenden Ereignisse im Hause Tanner begann bei den Ochmoneks das festliche Thanksgiving-Mahl. Der Start war wirklich verheißungsvoll. Jason, ein vierjähriger Neffe der Ochmoneks, übte mit einem Löffel voller Brei Zielschießen. Er traf Willie voll auf dem linken Brillenglas. Die Sauce tropfte auf den Anzug, und Jason jubelte: „Drei Punkte!“

„Guter Schuß, Jason“, sagte Willie grimmig.

Während Willie seine Brille putzte, säuselte Jasons Mutter voller Stolz, daß sie und ihr Mann es für äußerst wichtig hielten, sowohl die geistige als auch die körperliche Entwicklung eines Kindes zu fördern.

„Er ist auf dem besten Weg“, brummelte Willie anerkennend und leckte sich nervös lächelnd die Finger.

Der Schuß auf Willie war jedoch nichts gegenüber dem, was sich über dem ahnungslosen ALF zusammenbraute. Der Melmac zeigte dem Verräter Flakey gerade voller Euphorie sein Melmac-Fotoalbum.

„Unglaublich!“ stieß Pete hervor. „Die Farben sind phantastisch! Grüner Himmel, orange Wolken ...“

„Eigentlich sind die Farben genau umgekehrt. Ich habe den Film in einem billigen Zwölf-Sekunden-Labor entwickeln lassen“, erklärte ALF gelassen. Dann deutete er auf ein Foto, das ihn mit seinen Freunden von der Weltraumwache zeigte. „Hier ist unser Wahlspruch: ‚Den Weltraum bewachen, ob's nötig ist oder nicht!‘“

„War's denn nötig?“ wollte Flakey wissen.

„Ach nein, eigentlich nicht. Es gab nur harmlose Auseinandersetzungen. Hauptsächlich Beleidigungen.“

„Klingt nach einer recht friedlichen Gegend.“

ALF nickte. „War es auch. Bis zu dieser blödsinnigen Atomexplosion.“

Flakey wurde immer neugieriger. Gespannt hing er an ALFs Lippen.

„Wie es genau passiert ist, weiß niemand“, plauderte der Außerirdische drauflos.

Flakey deutete mit dem Finger auf sich. „Deshalb bin ich auch aus der Armee ausgeschieden“, erklärte er. „Ich kann mir nicht vorstellen, daß irgendwas dafürsteht, einen Planeten in die Luft zu jagen.“

„Was hast du in der Armee gemacht?“ fragte ALF.

„Och, den Weltraum beobachtet. Wir waren auch so eine Art Weltraumwache.“

ALF sah Flakey nachdenklich an. „Ich denke, wir haben viel gemeinsam“, bemerkte er. „Die Weltraumwache, kein richtiges Zuhause, den Kartoffelauflauf ...“

Jetzt fiel es Flakey wie Schuppen von den Augen. „Bist du derjenige, der mir das Essen rausgestellt hat?“

ALF nickte.

„Und warum die Untertassen mit Milch?“

Jetzt wollte es der Penner genauer wissen.

„Ich mag Katzen“, sagte ALF trocken.

„Ich auch! Katzen sind großartig. Im Lauf der Jahre hatte ich viele davon.“

In diesem Augenblick klingelte das Telefon erneut. Flakey erschrak zu Tode.

„Du solltest dir besser einen Anrufbeantworter in die Hose legen“, schlug ALF besorgt vor.

Es war wieder Sergeant Fox. Er teilte Pete mit, daß es noch etwa dreißig Minuten dauern würde, ehe man an Ort und Stelle sei. Und dann wollte er noch wissen, ob das Wesen vom anderen Stern bewaffnet sei.

„Waffen, Kriege und Kämpfe – fällt euch nie was anderes ein?“ Flakey reagierte gereizt.

ALF stutzte. Die Sache kam ihm immer komischer vor.

Sergeant Fox ließ sich jedoch auf keine Diskussion ein. „Wenn wir bereit sind, das Haus zu stürmen, rufen wir an, und lassen es nur einmal klingeln. Das ist Ihr Signal, das Feld zu räumen. Von dem Punkt an übernehmen wir“, ordnete er kühl an. Dann legte er auf.

Flakey schluckte. „Ja, Mami“, sagte er in weinerlichem Ton.

„Wie geht es deiner Mami?“ fragte ALF mißtrauisch.

„Sie geht mir auf die Nerven“, gestand der „Sohn“ wahrheitsgemäß.

„Sag mal, ALF, weißt du, wo die Erdnußbutter ist?“ Unvermittelt kamen Jake und Brian aus der Küche gestürmt. Sie blieben wie angewurzelt stehen. „Wer ist das?“ fragte Brian.

„Das ist mein neuer Freund Flakey Pete Finnegan. Flakey, das sind Brian und Pete“, stellte ALF das Trio untereinander vor.

„ALF, du weißt doch, daß du keine Fremden ins Haus lassen darfst“, schimpfte Brian.

Der Melmac dämpfte die Aufregung: „Das ist ein Freund von Willie. Er wird niemandem erzählen, daß ich da bin.“

Jake war immer noch mißtrauisch: „Sie kennen Mr. Tanner?“

Flakey nickte überschwenglich: „Aber ja, sehr gut. Um es genau zu sagen: Das ist sein Pulli!“

ALF wollte nun wissen, warum die beiden Jungs nicht beim Ochmonek-Super-Mampf seien. Die Erklärung war ganz einfach: „Onkel Rocky tranchiert noch immer.“ Jake grinste. Dann verdufteten die beiden in die Küche. Zu einer Zwischenmahlzeit.

Im Hause Ochmonek gab es derweil die Hauptmahlzeit. Onkel Rocky hatte es tatsächlich geschafft, die Pute in ihre Einzelteile zu zerlegen, wofür er von Willie auch ausgiebig gelobt wurde.

„Putenbraten steigert die Potenz", merkte Dudley etwas unpassend an. Daß dieses Thema nicht ausführlicher erörtert werden konnte, lag daran, daß Brian und Jake wieder auftauchten und heimlich ihre Plätze einzunehmen versuchten. Ihre Abwesenheit war in dem allgemeinen Tohuwabohu nicht sonderlich aufgefallen. Und jetzt wollten die Ochmoneks natürlich wissen, wo die beiden gewesen waren. Doch Jake und Brian hüllten sich in Schweigen.

„Wie sieht's bei uns aus?" flüsterte Willie mit verschwörerischem Blick.

„Ich glaube, es geht ihnen gut", flüsterte Jake zurück.

„Ihnen?"

„Na, ALF und diesem Flakey-Kerl."

In Willies Kopf klingelte es Alarm. „Flakey, der Penner? Äh, der Obdachlose?" zischte er aufgeregt.

„Ja, er ist drüben bei euch - mit ALF. Er sagt, er wäre ein Freund von Ihnen."

Willie wußte, was zu tun war. Er stand abrupt auf, packte Kate bei der Hand und verabschiedete sich schleunigst. „Es war ganz wunderbar bei euch, Rachel", sagte er eilig im Hinausgehen, und Kate echote: „Ja, wirklich ganz wunderbar!" Dabei zerrte sie ihren Sohn mit zur Tür hinaus, während Lynn ihnen verständnislos folgte.

Ein Dutzend Augenpaare aus der Ochmonek-Sippe starrten den Tanners nach. Damit stand es endgültig fest: Diese vier hatten einen Knall!

Als die Tanners wie die Wilden in ihre Küche stürzten, war diese wie leergefegt.

„ALF?“ fragte Willie ängstlich. Doch nicht der Melmac, sondern Flakey kam gemächlich aus dem Wohnzimmer spaziert, zwei leere Gläser in der Hand.

„Hi, Willie“, grüßte er locker.

„Wo ist er?“ herrschte Willie den Penner an.

„Wer? Euer kleiner Außerirdischer?“

Willie schoß auf Flakey zu und versuchte, ihn mit dem Finger aufzubohren. „Wenn Sie ihm nur ein Haar gekrümmt haben, dann werden Sie ...“

ALFs krächzendes „Hi, Willie“, ließ diesen abrupt stoppen. Er atmete auf, den nervigen Außerirdischen noch unter den Lebenden zu wissen. Auch der Rest der Familie war froh, daß es den Melmac noch gab. Zugleich war man aber auch wütend über die Eigenmächtigkeit des kleinen Hausgeistes. Einfach einen Wildfremden in die Wohnung zu lassen! Noch dazu einen Pen-, äh, einen Obdachlosen!

„Uns war ganz schlecht vor Angst um dich!“ sagte Lynn verärgert.

„Wirklich? Habt ihr gekotzt oder so was?“ ALFs Stimme klang hocherfreut. Er hatte es gerne, wenn man sich um ihn sorgte. „Willie, hol den Fotoapparat! Wir wollen diesen Moment der großen Sorge festhalten.“

Willie tat so, als hätte er diesen Vorschlag überhört. „Was treibst du hier im Haus mit einem Fremden?“ fragte er streng.

„Quatschen, mampfen, den Krieg durchkauen.“

„ALF, so etwas ist gefährlich“, belehrte ihn Willie. „Was weiß er alles über dich? Warum hast du ihn überhaupt hereingelassen?“

ALF schwieg einen Moment. „Er ist doch dein Freund. Und deine Freunde sind auch meine“, meinte er großherzig.

Auf Willies Stirn zeigte sich eine Zornesfalte. „Das ist nicht mein Freund“, zischte er.

ALF begriff nicht. „Warum? Seid ihr über Kreuz?“

Willie holte zu einer Standpauke aus. „ALF, habe ich dir nicht eingebleut, daß niemals, niemals ...“

Der Melmac setzte sich in einen Sessel und blickte treuherzig mit seinen Knopfäuglein in die Runde. „Nun beruhige dich mal, Willie! Heute ist Pappiano. Außerdem sagst du doch immer selber, unter unserer Haut und unter meinem Fell und unter Petes dreckigem Mantel wären wir alle ziemlich gleich. Ein bißchen bedürftig. Ein bißchen unsicher. Aber anständig und gut.“

Das allgemeine Schweigen, das auf diese Sonntagsrede folgte, bewies, daß ALF den Nerv aller Anwesenden getroffen hatte. Nach einigen Augenblicken wandte sich Willie an Pete. Seine Stimme klang wesentlich weniger aggressiv, aber trotzdem eindringlich.

„Hören Sie“, sagte er leise, „ALF ist hier gestrandet. Es gibt keinen anderen Platz, wo er hinkönnte. Ich weiß, er kommt Ihnen wie ein Außerirdischer vor, aber er gehört zu unserer Familie.“ Nervös klopfte er mit seinen Fingern auf der Tischplatte. „Wir müssen ihn beschützen. Wir dürfen nicht zulassen, daß ihm etwas geschieht. Verstehen Sie das?“

Flakey senkte beschämt den Kopf. „Ja, ich verstehe“, murmelte er. Seine Gedanken waren bei Sergeant Fox.

„Könnten Sie vielleicht bei uns zum Abendessen bleiben?“ schlug Willie unvermittelt vor.

„Es ist vielleicht nicht viel“, ergänzte Kate, „aber Sie sind willkommen.“

Flakey wollte ablehnen, aber ALF drängte seinen neuen Freund zum Bleiben: „Bitte, bitte! Es gibt kalten Hackbraten und Gummikotze!“

„Frohe Botschaft!“ rief Kate aus. Sie hatte soeben einen Blick in den Kühlschrank geworfen und festgestellt, daß noch ein paar Putenwürstchen drin lagen, die ALF bei seiner Orgie übersehen hatte.

Der Melmac hatte noch ein paar Sonntagssprüche drauf. „Na, wie ist es, Flakey: Ist das nicht eigentlich alles, worum es im Leben geht? Gutes Essen und gute Freunde?“

Auch Brian wollte dem armen Flakey Gutes tun. „Ich spiele morgen Theater in einem Erntedankstück im Wallace-Park. Kommen Sie doch einfach hin, wenn Sie Lust haben“, schlug er vor.

Flakey war jetzt richtig verlegen. So nett war man selten zu ihm gewesen. „Ich glaube, äh, ich bin morgen möglicherweise beschäftigt.“

Brian sah ALF treuherzig an: „Ich wünschte, *du* könntest mich sehen, ALF!“

Der Melmac nickte traurig: „Ich auch, Künstler-Brian.“

Man sah Willie an, daß er über etwas nachdachte. Plötzlich sprang er auf und lief in die Waschküche. Neugierige Blicke folgten ihm, und die Neugier wuchs, als er mit einem großen Flechtkorb wieder auftauchte.

„Laß mich raten“, japste ALF, „ein Körbchen voller importierter Kätzchen?!“

Willies strafendem Blick folgte die Erklärung: „Nein, es ist ein leerer Picknickkorb. Speziell dafür gemacht, daß du Brians Stück sehen kannst, ohne selbst gesehen zu werden.“

„Das war meine Idee“, ergänzte Lynn stolz. „Ehre, wem Ehre gebührt!“

ALF war gerührt. „Also, ich muß schon sagen, ihr seid phantastisch.“ Dann sah er Brian streng an. „Wir gehen nachher noch mal den Text durch. Ich möchte mich nicht vor den anderen Eltern schämen müssen.“

In diesem Augenblick klingelte das Telefon. Lynn hob ab, doch es war bereits wieder aufgelegt.

Flakey erhob sich nun zitternd. „Ich gehe mir mal eben die Hände waschen", verkündete er kleinlaut.

„Beeilen Sie sich, die Putenwürstchen sind in genau vierzig Sekunden fertig", rief ihm Kate lachend nach.

Während Flakey sich aus dem Haus schlich, hörte er, wie die Familie drinnen die Thanksgiving-Hymne absang. Der Tramp schämte sich wie noch nie in seinem Leben. Er kam sich wie ein Judas vor, zumal bereits die beiden Außerirdischen-Jäger ihn vor ihrem Einsatzwagen erwarteten.

„Wie sieht's aus? Ist er drin im Haus?" fragte Sergeant Fox gespannt.

Flakey hatte im letzten Augenblick einen Entschluß gefaßt. „Ist wer im Haus?" fragte er dümmlich.

„Na, der Außerirdische", sagte Jeff, der zweite Beamte, leicht genervt.

Flakey setzte sein breitestes Grinsen auf: „Ich bin der Außerirdische!"

„Was?!" Jeff glaubte seinen Ohren nicht zu trauen.

„Yup, yup, yup! Ich komme aus dem All. Ihr habt mich erwischt!" alberte der Penner rum. Selten war er so froh, ein solcher zu sein. „Ich komme vom Planeten Neesbeck, um genau zu sein. Also danke, Leute, daß ihr so schnell gekommen seid, ich weiß das wirklich zu schätzen. Habt ihr 'n bißchen Quecksilber dabei? Ich brauche einen Drink."

Pete spielte den Besoffenen, dabei war er selten nüchterner als jetzt. Die beiden Bullen hingegen waren auf hundertachtzig. „Ich fasse es nicht! Noch ein Penner, der auf eine warme Mahlzeit hofft", keifte Fox. Und Jeff erinnerte sich mit Wehmut an sein Football-Spiel.

Sergeant Fox packte Flakey unvermittelt am Mantelaufschlag. „Vergiß es, Kumpel! Wir haben deinen Namen bei uns im Computer. Ruf uns nie wieder an!“ Er stieß ihn von sich und sprang mit seinem Kollegen ins Auto.

„Wo wollt ihr hin? Ich kann's beweisen!“ rief ihnen Flakey noch nach. „Ich komme vom Neesbeck. Unser Wappenvogel ist aus Staub!“ Doch der Wagen hatte sich längst mit kreischenden Reifen aus ebendiesem gemacht.

Das Gespräch war nur sehr kurz gewesen. Denn als Flakey mit schmutzigen Händen, aber reinem Gewissen zu den Tanners zurückkehrte, waren die gerade bei der siebten Strophe der Hymne angelangt. Gemeinsam ließ man es sich im Anschluß schmecken. Flakey griff beinahe so vehement zu wie ALF.

Nach dem Abendessen probten Brian und ALF noch einmal das Thanksgiving-Stück. ALF rief in seiner Aufmachung allgemeine Überraschung hervor.

„Ach, ist der niedlich!“ flötete Lynn.

„Er hat meinen Staubwedel ruiniert“, empörte sich Kate.

„Und meinen besten Gürtel“, schimpfte Willie.

In der Tat: ALF hatte sich als Indianer verkleidet und eine Feder aus Kates Wedel mit Willies Gürtel zum Kopfschmuck umgearbeitet.

„Wer bist du?“ fragte ihn Brian rollengemäß.

„Squanto, der Indianer. Der letzte der Patuxet.“

„Du sprichst unsere Sprache?“

ALF mimte den großen John Wayne. „Vor vielen Monaten wurde ich vom weißen Mann gefangengenommen, und er brachte mich weit über das große Wasser in die Alte Welt. Aber ich hatte Heimweh nach meinem Volk.“

„Wie bist zu zurückgekommen“, wollte Brian wissen.

„Ich hab' mir 'n Auto genommen?" ALF hatte den Originaltext vergessen.

Die Zuschauer lachten. Brian war sauer.

ALF versuchte es von vorn: „Ich hab' mir 'n Taxi genommen?"

Brians Blick sprach Bände. Sogar ALF bekam Respekt davor. „Ich weiß es nicht mehr genau. Wichtig ist nur, daß ich hier bin."

Brian griff dann doch den Faden wieder auf. „Wir sind ganz anders als ihr."

Jetzt war ALF wieder im Text. „Ach, schämt euch nicht wegen eurer komischen Hautfarbe und der albernen Kleidung, die ihr tragt. Der große Geist sagt, unter unserer Haut sind wir alle Brüder. Und wenn der nächste volle Mond da ist, dann können wir alle die reiche Ernte gemeinsam feiern."

Auch Lynn hatte einen Teil aus dem Rollenbuch übernommen. Weil sie ihren Text natürlich nicht auswendig wissen mußte, las sie ihn einfach vor: „Und so geschah es, daß die Ernte gut und reichlich ausfiel und alle Grund hatten, dafür dankbar zu sein."

ALF unterbrach sie übermütig: „Und irgendwann wird es College-Football geben und große Warenhäuser und eine Parade mit gigantischen aufblasbaren Disneyfiguren."

Brian, dem seine Rolle viel zu ernst war, bekam nicht den richtigen Draht zum Humor des Außerirdischen. „ALF, das ist nicht dein Stichwort", rief er verärgert.

Lynn, die keine Streitereien an Thanksgiving aufkommen lassen wollte, zitierte gelassen weiter: „Im Jahre 1620 kam eine verwegene Schar von Pilgern nach Amerika auf der Suche nach Religionsfreiheit und unbegrenzten Möglichkeiten. Und seit damals kamen aus denselben Gründen Millionen Menschen aus aller Welt hierher."

Willie nickte aus leidvoller Erfahrung. „Und einer kam vom Melmac und krachte in unsere Garage ..."

Flakey, der sich das ganze Spiel mit großem Vergnügen angesehen hatte, fand es nun an der Zeit, sich zu verabschieden. Er war froh, daß alles so gekommen war.

„Bist du sicher, daß du nicht hierbleiben kannst", fragte ALF traurig.

„Ich fürchte, nein", antwortete sein neuer Freund diplomatisch, „aber ich verbringe diese Jahreszeit normalerweise in Florida in einem Haufen reicher Witwen mit locker sitzendem Kleingeld und viel Urlaubsstimmung." Dann drückte er jedem die Hand und machte sich auf den Weg nach irgendwo.

„Ich hoffe, er meldet sich mal wieder", sagte Willie, der dem Tramp nachdenklich nachschaute.

ALF gab sich zuversichtlich. „Ich denke schon", sagte er gelassen, „schließlich hat er ja unser Telefon in der Manteltasche ..."

Cousin Blinky

ALF hing der Magen beinahe bis zu den Kniekehlen. Mißmutig saß er in der Küche und bohrte in der Nase. Er war allein im Haus. Endlich drehte sich der Schlüssel im Haustürschloß.

„Wird auch langsam Zeit, daß ihr mit dem Essen nach Hause kommt", knurrte der hungrige Melmac Willie und Kate an, die mit ein paar prall gefüllten Tüten und Taschen in der Tür standen.

„Wir waren höchstens eine Stunde weg", erwiderte Kate gereizt. Sie knallte die volle Tüte auf den Stuhl.

ALF hielt ein paar Augenblicke inne und horchte in sich hinein. Dann stellte er lapidar fest: „Eine Stunde und zwölf Minuten, wie mir meine sieben Mägen exakt melden!" Wieselflink schlüpfte er von seinem Stuhl und begann, den Inhalt der Einkaufstüten neugierig zu durchforsten.

Das konnte natürlich nicht gutgehen. Sofort bekam ALF von Kate einen Rüffel. Ob er denn nicht warten könne, bis man ausgepackt habe, schimpfte sie.

ALF zögerte erneut einen Moment, dann kam ein trockenes „Nein!"

Es dauerte schließlich nur wenige Minuten, dann war der Melmac durch mit dem, was die Tanners da angeschleppt hatten. Doch die Enttäuschung stand ihm im Gesicht geschrieben. „Hey! Wo sind die Sachen von *meiner* Liste?" quengelte er lautstark.

Willie bedauerte. Auf der Erde würden nun mal keine melmacschen Spezialitäten geführt.

ALF wollte es einfach nicht glauben. „Nicht einmal Pudding im Schuh?" fragte er traurig.

„Kein Vertrieb westlich des Jupiter!“ Willie zuckte bedauernd mit den Schultern.

So langsam wich der Frust von ALF. „Dann mache ich es mir eben selbst, nach Art des Hauses“, kündigte er an. Hoffnungsvoll sah er auf Willie: „Leihst du mir deine Lackschuhe? Die trägst du ja sowieso kaum.“

„In meinen Schuhen wird nicht gekocht!“ Willie blieb hart.

„Socken?“ ALF gab sich kompromißbereit.

Willie bleib eisenhart: „Dieses Verbot betrifft jegliche Fußbekleidung!“

„Dann eßt doch euren langweiligen Nachtisch allein“, schmollte da der Außerirdische. Ungewöhnlich für den Viel- und Allesesser. Doch er hatte so seinen Stolz.

Kate tat er nun schon wieder leid. Sie hatte eine Idee, wie sie das Zottelvieh ein bißchen aufmuntern konnte. Sie hielt ALF den „National Inquisitor“ hin, seine absolute Lieblingszeitung, ein echtes Klatschblättchen.

Der Melmac strahlte sofort übers ganze Gesicht. „Jetzt kann ich mich wenigstens über Michael Jacksons neueste Schönheitsoperation informieren“, freute er sich. Eilig verzog er sich ins Wohnzimmer. Essen schien kein Thema mehr zu sein!

„ALF ist richtig süchtig nach Herz-Schmerz-Blättchen!“ Willie schien beunruhigt zu sein.

„Sei froh, daß er irgendwas wirklich mag“, entgegnete Kate. „Das stellt ihn ruhig und beschäftigt ihn mindestens dreißig Minuten.“

Ein Aufschrei aus dem Wohnzimmer ließ sie zusammenzucken. „Dreißig Sekunden“, verbesserte sich Kate. Sie sprangen auf, nachzusehen, was mit ALF jetzt schon wieder los war.

Was Willie und Kate sahen, konnten sie zuerst kaum

glauben. Sie waren zwar schon manche Überraschung mit ihrem Außerirdischen gewohnt, aber das war einfach unglaublich. Da lag ALF platt wie ein Pfannkuchen auf dem Boden des Wohnzimmers mit der Zeitung in der Hand: Er war ohnmächtig geworden. Irgend etwas mußte ihn fürchterlich erschüttert haben.

Der Schrei hatte auch Brian und Lynn alarmiert. Beide stürzten ins Wohnzimmer. Gemeinsam stand man um den Bewußtlosen herum und fächelte ihm Luft zu.

Langsam kam der Melmac wieder zu sich und blickte etwas dümmlich in die Runde. „O bitte: Nicht noch mehr stattliche Frauen", lallte er zusammenhanglos.

Kate und Lynn schauten sich verständnislos an. Angesprochen fühlten sie sich in keinster Weise. Ob ALFs Bemerkung wohl mit seiner Lektüre in Zusammenhang stand?

„Was ist denn los, ALF?" fragte Willie besorgt.

Langsam begann der außerirdische Denkapparat wieder zu funktionieren. „Es hat mich einfach umgehauen, Willie. Lies die Schlagzeile auf Seite zwei!"

Willie las laut vor. Niemand begriff, was so schreckliches daran sein sollte, daß David Hasselhoff einen Doppelgänger hatte.

Aber ALF deutete auf die Zeile daneben. „Ehepaar in Barstow lebt mit einem Außerirdischen" stand da schwarz auf weiß.

Willie sah ALF streng an. „Das ist doch lächerlich", brummte er.

Kate pflichtete ihrem Mann bei: „Ach, weißt du, einen Artikel wie den kannst du in fast jeder Ausgabe solcher Gazetten finden."

„Aber dieser ist anders. Lies weiter!" ALF war hartnäckig.

Lynn riß Willie die Zeitung aus der Hand und las laut vor: „Der Außerirdische wird als klein und behaart beschrieben, mit großen Ohren und einem langen Rüssel ..."

„Das klingt nach ALF", bemerkte Brian trocken.

ALF warf ihm dafür einen giftigen Blick zu.

„Diese Kreatur hat eine besondere Vorliebe für Katzen und ernährt sich vornehmlich von gefrorenem Joghurt und Glühbirnen", fuhr Kate nun fort.

ALF nickte heftig mit dem Kopf. „Es ist mein Cousin Blinky", sagte er feierlich.

„Du hast einen Cousin, der Blinky heißt?" fragte Lynn ungläubig.

„Wir haben ihn so genannt, weil er dauernd Glühbirnen gegessen hat", erklärte der Melmac.

Willie blieb skeptisch. Er hielt es für unmöglich, daß Blinky in Barstow lebte.

„Wie kannst du das sagen!" schrie ALF ärgerlich. „Es steht hier an erster Stelle, gleich neben den Make-up-Tips von Mike Krüger."

Willie wiegte bedenklich den Kopf. „Nun, versuchen wir mal, die Sache realistisch zu sehen. Überleg doch mal selbst: Wie unwahrscheinlich, ja geradezu unmöglich es ist, daß ein Außerirdischer aus dem Weltraum einfach mit jemandem lebt. In einer Familie ..."

Willie brach ab. Er merkte selbst, daß sein Argument wenig stichhaltig war. Die ganze Familie starrte ihn erstaunt an.

ALF hatte mittlerweile einen Entschluß gefaßt. „Ich starte den Wagen", rief er und sprang Richtung Tür.

Doch Willie kriegte ihn gerade noch am Fell zu fassen. Eindringlich bat er ihn, noch zu warten. Er nahm Kate die Zeitung aus der Hand und ging zum Telefon. Er blätterte im Telefonbuch, und nach wenigen Augenblicken hatte er gefunden, was er wollte: die Nummer des Ehepaares aus Barstow. Hastig wählte Willie, und nach ein paar Momenten hatte er jemanden an der Leitung.

ALF war fürchterlich nervös. „Laß doch diesen Schnickschnack bleiben und laß mich mit ihnen reden", flüsterte er. Dabei versuchte er, Willie den Hörer aus der Hand zu nehmen. Doch der drehte sich einfach weg.

„Sie haben doch nicht wirklich ein Wesen aus dem Weltraum bei sich aufgenommen?" rief er in die Muschel. Die Antwort war offenbar in ALFs Sinne. Denn auf Willies Stirn bildeten sich immer größere Falten. „Und es ißt Glühbirnen? Aha! Keine stärker als fünfundsiebzig Watt, ich verstehe. Und würden Sie auch sagen, Ihr Außerirdischer ist zufällig ein bißchen aufsässig?" Die Antwort schien eindeutig zu sein. Willie bedankte sich überschwenglich bei dem Ehepaar aus Barstow und beendete das Gespräch.

ALF war vor Aufregung am Rande eines Herzinfarktes. „Barstow!" keuchte er. Es klang, als ob ein Chef seinem Fahrer den Befehl zum Losfahren geben würde.

Kates Argument, daß es mindestens drei Stunden Autofahrt sein würden, zog überhaupt nicht. Jeder Einwand der Tanners stieß bei ALF auf taube Schlappohren. „Wir sind Cousins vom Melmac, mit Haut und Haar. Und wir passen zusammen wie ein Paar Buchstützen. Ich muß ihn sehen!" beharrte er.

Willie gab sich schließlich geschlagen und holte mit verzweifeltem Blick den Autoschlüssel.

Die Fahrt über die ewig schnurgerade Fernstraße war eine Tortur. Für Willie zumindest!

„Willie, findest du, daß ich gut aussehe?" flötete ALF.

„Du siehst gut aus. Du siehst genauso gut aus wie all die anderen neunundzwanzig Mal, die du mich gefragt hast“, bestätigte der genervte Autofahrer. Man hatte noch nicht einmal die Hälfte der Strecke hinter sich. Einmal ganz davon abgesehen, daß Willie diesen Trip für den überflüssigsten seines Lebens hielt.

„Ich möchte einfach einen guten Eindruck machen“, fuhr ALF ungerührt fort. „Ich bin ganz unglücklich mit dem neuen Cremeshampoo. Es ruiniert mir das Fell.“ Der Melmac zog ein Deospray aus einer Einkaufstasche und begann sich einzuparfümieren. Im Auto stank es wie bei einem billigen Vorstadtfriseur.

„Ich versuche, das alles ganz positiv zu sehen. Aber ich möchte nicht, daß du eine Enttäuschung erlebst“, machte Willie erneut einen vorsichtigen Vorstoß. Er wollte ALF für den Fall vorbereiten, daß man statt Blinky auf etwas ganz anderes stoßen würde. Mit zitternden Nasenflügeln schnupperte er die parfümierte Luft ein. „Was ist das?“

„Ein Deodorant. Ich schwitze, wenn ich nervös bin.“

„Bitte tu es weg, es stinkt ganz schrecklich.“

„Gut“, nickte ALF, „dann nehme ich statt dessen einfach etwas Dezenteres.“ Er kramte erneut in der Tasche herum und bespritzte sich mit einer weiteren Flüssigkeit. „Riech mal, Willie! Wie findest du das?“ fragte er begeistert.

Willie verzog die Nase. „Was ist das denn!?“ rief er angewidert.

„Asbestlösung!“

Willie begann zu würgen.

„Ist es dir zu streng?“ fragte ALF besorgt und drehte die Flasche nachdenklich in den Pfoten.

Willie kurbelte das Fenster herunter, japste nach Luft und wechselte schnell, wenn auch hustend das Thema.

„Also, wie gesagt: Ich weiß, daß das alles sehr bedeutend für dich ist, und deshalb machen wir auch den weiten Weg nach Barstow. Aber ..."

„Ich weiß, was du mir sagen willst", unterbrach ALF ihn schon wieder. „Und ich bin dir sehr dankbar für dein Angebot. Denn ich weiß, daß sich Blinky genauso gut in den Tannerschen Haushalt einfügen wird, wie ich es getan habe."

Schweigend fuhr Willie weiter. Ihm fehlten die Worte. Er wollte gar nicht darüber nachdenken, was passieren würde, wenn wirklich *zwei* solche Wesen sein trautes Heim belebten. Der Gedanke daran war einfach zu schrecklich.

Irgendwann hatte auch endlich diese Fahrt ein Ende. Vor ihnen lag Barstow. Noch zwei dunkle Straßenzüge und ein Blick in den Stadtplan, dann bog Willie Tanner in eine Toreinfahrt ein. Hier mußte es also sein. Seine Stimmung war mindestens so düster wie die Umgebung des Hauses. „Schicksal, nimm deinen Lauf", dachte er und stoppte den Wagen, dessen Räder auf der kiesigen Einfahrt knirschten.

Das Auto stand noch nicht, als ALF schon Anstalten machte hinauszuspringen. „Also, bis dann", rief er.

Doch Willie konnte ihn gerade noch zurückhalten. „Denk an unseren Plan! Ich gehe erst allein und sondiere die Gegend", mahnte er. „Wir dürfen nichts riskieren. Laß Vorsicht unser Motto sein!"

ALF sah seinen Chauffeur verwundert an. Wie gestelzt der daherredete. Während der Melmac Willie nachsah, wie der entschlossenen Schrittes der Haustür zustrebte, passierte es! „Ich wußte, ich würde wieder zu transpirieren anfangen", stellte ALF leicht verschämt fest und ließ den Rest des Deosprays aus der Dose raus ...

Die Dame mittleren Alters, der angeblich der Außerirdische zugelaufen war, hieß Betty Susla. Das wußte Willie aus der Zeitung. Mit einer Dame, wie Willie sie sich gemeinhin vorzustellen pflegte, hatte sie allerdings wenig zu tun. Ihre Zähne waren ungepflegt, sie trug eine Perücke, und ihre Kleidung paßte farblich zusammen wie die Faust aufs Auge.

Willie stellte sich höflich vor und wurde ins Haus gebeten.

„Bitte entschuldigen Sie das Chaos. Es ist etwas eng geworden, seit das Feuer im Zelt war", erklärte die Frau, während sie Willie ins Wohnzimmer führte.

Auf seinen fragenden Blick hin begann sie zu erzählen, daß sie und ihr Mann eine Art Wandermuseum gehabt hätten.

„Wir widmen unser Leben dem Aufstöbern des Unbekannten, dem Zusammentragen des Bizarren und der Auswertung der scheußlichsten Auswüchse der Natur", erzählte sie leutselig.

„Wie reizend", bemerkte Willie. Der Gedanke an ALF im Auto bereitete ihm zunehmend Unbehagen, während er sich in der Wohnung ein wenig umsah. Es sah aus wie in der Geisterbahn. An der Wand hingen undefinierbare Gegenstände und Kleidungsstücke. Willie blieb mit den Augen an ein paar Haaren hängen, die sich in einem Rahmen befanden.

„Das ist Billy the Kids mumifizierter Schnurrbart", erläuterte Betty Susla.

„Und das vertrocknete rosa Ding darunter?"

„Das sind Billys Lippen."

Willie fand die Dame noch geschmackloser als ALF in seinen besten Tagen. Der Außerirdische würde gut zu dieser verrückten Tante passen. Aber andererseits: Konnte man *sie* ihm antun? Er kam zur Sache. „Und wo ist der Außerirdische?“

„O nein! Nicht noch einer!“ Eine Männerstimme ließ Willie herumfahren. In der Tür stand ein älterer, verhärmt aussehender Mann in Unterhemd und Hosenträgern. Gereizt starrte er Willie an.

„Das ist mein lieber Mann Nick“, stellte Betty den Herrn vor. „Wiedersehen, Nick!“

Es entstand eine peinliche Pause, die Willie dadurch beendete, daß er sich seinerseits vorstellte. Und übereifrig beteuerte er, daß er sich sehr freue, Mr. Susla kennenzulernen. Der Griesgram ging auf Willies Floskel überhaupt nicht ein. Er verwies ihn unwirsch darauf, daß der Besucher den Namen Susla falsch betont habe. Die Folge war ein Streit des Ehepaares darüber, wie denn der Name nun wirklich zu betonen sei, und Willie fragte sich so langsam, ob er nicht zwei Außerirdische vor sich habe.

Als hätte er seine Gedanken erraten, sagte Nick Susla plötzlich: „Sie verschwenden Ihre Zeit. Hier gibt es keinen Außerirdischen.“

Seine Frau warf ihm einen giftigen Blick zu. „Was Nick sagen will, ist: Der Außerirdische ist jetzt nicht hier. Also im Augenblick ...“

Nick Susla unterbrach seine Frau erneut: „Genau das will ich nicht sagen. Was ich meine, ist: Es gibt hier keinen Außerirdischen!“

„Im Augenblick!“ Betty Susla ließ nicht locker.

Jetzt wurde es Willie zu bunt. „Wollen Sie sagen, Sie hätten gar keinen Außerirdischen?“ fragte er barsch.

„Genau das“, bestätigte Nick Susla.

„Wir haben einen!“ Betty Susla blieb bei ihrer Behauptung und zog einen neuen Trumpf aus der Tasche. „Ich habe ein Foto von ihm! Möchten Sie es gerne sehen?“

„Ja", sagte Willie heiser.

„Wie gern?"

„Sehr gern!"

Betty Susla druckste herum: „Ich meine, wieviel ist es Ihnen denn wert?"

Willie versuchte zu erklären, daß er das Foto nicht kaufen, sondern lediglich sehen wolle.

„Und wieviel ist Ihnen das wert?" Betty blieb hart.

Willie war unschlüssig. Sollte er unverrichteter Dinge abziehen und damit ALF eine Riesenenttäuschung bescheren? Oder sollte er nach dem Strohhalm greifen und sich für Geld ein dubioses Foto angucken? „Nein", beschloß er dann, „das geht zu weit!"

Er wandte sich zum Gehen.

Da machte Betty Susla ihr letztes Angebot: „Für zehn Dollar lasse ich Sie einen Blick draufwerfen!" knurrte sie zerknirscht.

Willie zögerte kurz. Dann entschied er sich, mitzumachen. Die Sache war ihm zehn Dollar wert. Angewidert drückte er der Frau, die ihm immer unsympathischer wurde, einen Zehner in die Hand.

Gierig schnappte Betty Susla nach dem Geld und kramte dann ein kleines Farbfoto aus einer Schachtel.

Willie sah es sich genau an. Eine Weile war es still im Raum. Er wußte nicht genau, sollte er enttäuscht oder beruhigt sein. Eines war er jedenfalls: ernüchtert. Denn egal, was dieses unscharfe Amateurphoto zeigte, es hatte nicht die geringste Ähnlichkeit mit jemandem, der mit ALF auch nur entfernt hätte verwandt sein können.

„Sie sollen nicht draufstarren! Nur ein kurzer Blick war ausgemacht!" keifte Betty Susla und schielte geschäftstüchtig auf Willies Brieftasche.

Endlich räusperte sich Willie: „Wissen Sie, es hat eine

erstaunliche Ähnlichkeit mit einem deutschen Schäferhund, der so eine Art Antenne auf dem Kopf hat."

„Wer käme wohl auf den blöden Gedanken, einem Schäferhund eine Antenne aufzusetzen?" bellte Betty aggressiv zurück.

Nick Susla, ihr Mann, wußte eine Antwort: „Derselbe Idiot, der auch einer Ziege ein Horn ankleben würde!" kicherte er.

„Das ist keine Ziege. Das ist ein Einhorn. Sein Horn war locker", verteidigte sich Betty aufgebracht.

Willie verstand langsam, was in diesem Gruselkabinett gespielt wurde. Er durchschaute das Spiel und fand, daß es höchste Zeit war zu gehen. „Ich danke Ihnen für Ihre Mühe und dafür, daß Sie mir einen Einblick in Ihre Welt gewährt haben", sagte er. „Das war die zehn Dollar wert."

Willies Ironie verfehlte allerdings ihr Ziel. Denn Betty bot ihm tatsächlich an, für weitere zehn Dollar ein Bild vom Raumschiff des Außerirdischen zu zeigen. Doch Willie lehnte freundlich, aber entschieden ab.

„Wie schade", ließ sich da Bettys bessere Hälfte vernehmen. „Es sieht nämlich aus wie eine Radkappe mit angeklebten Scheinwerfern."

Ein handfester Ehekrach bahnte sich an. Denn wenn Betty Susla eines nicht abkonnte, dann waren es Männer, die sich über sie lustig machten. Willie war die ganze Sache leid. Immerhin hatte er noch drei Stunden Heimfahrt vor sich, und das mit einem vermutlich reichlich frustrierten Melmac. Er schlich sich davon. Im Hausflur hörte er noch, wie die Suslas weiterstritten und wie Nick schrie, daß er mit diesem Quatsch nicht mehr länger leben wolle. Und es entging Willie auch nicht, daß Betty dem entgegenhielt, daß sie einem Trottel soeben zehn Dollar abgenommen habe.

Dann war Willie aus diesem verrückten Haus entlassen. Für immer, wie er dachte. Doch das sollte sich als folgenschwerer Irrtum erweisen. Als er nämlich zu seinem Auto zurückkehrte, fehlte etwas ganz Wesentliches: ALF!

Der hatte sich heimlich aus dem Wagen geschlichen und die ganze Zeit, als Willie bei dem verrückten Ehepaar war, hinter einem Busch gewartet. Als William Tanner das Haus der Suslas verließ und wieder auf der Bildfläche erschien, kam des Melmacs große Stunde. Mit einem Strauß Blumen für Cousin Blinky bewaffnet, die er aus dem Garten geklaut hatte, klingelte ALF an der Haustür.

Die Suslas trauten wenig später ihren Augen nicht. Ungläubig starrten sie auf das ungewöhnliche Wesen, das da erwartungsvoll in der Tür stand.

Während Willie draußen verzweifelt nach ALF suchte und immer wieder leise seinen Namen rief, reagierte Betty blitzschnell. Geistesgegenwärtig zog sie ALF ins Innere des Hauses und schloß die Türe hinter sich ab. „So etwas wie dich ist mir in all meinen Jahren als Monstrositäten-Schaustellerin noch nicht untergekommen", sagte sie anerkennend und schlich neugierig um ALF herum.

„Ganz meinerseits", antwortete der Melmac höflich.

„Abgesehen von Jo-Jo, dem Tiermenschen", schränkte Betty ein.

Nick bewies einmal mehr Sinn für die Realität. „Betty, dieses Ding hat keine Ähnlichkeit mit Jo-Jo. Es ist nichts Menschliches."

ALF verkniff sich eine unflätige Bemerkung. Er sagte lediglich „Danke".

„Nein, wir danken dir", bemerkte Betty einschmeichelnd. „Du bist genau das, was wir gesucht haben, um mit unserer Show wieder auf Tournee zu gehen."

„Was für 'ne Show?" ALF verstand nur „Bahnhof". Er

wollte endlich Blinky wiedersehen. Statt dessen wurde er Zeuge eines Ehekrachs.

„Betty, deine Tage als Pausenfüller sind vorbei, und ich will auch nicht, daß du dir wieder einen Bart stehen läßt", schimpfte Nick.

„Das wird auch gar nicht nötig sein. Wir haben von jetzt an eine Star-Attraktion", keifte Betty zurück.

Nick griff sich an die Stirn. „Ich kriege wieder meine Kopfschmerzen", sagte er mit Leidensmiene und wollte sich apathisch in den Sessel fallen lassen.

„Dann geh schon endlich und mach ein Nickerchen", zischte Betty mitleidlos. In diesem Glücksmoment ihrer Karriere konnte sie ihren Mann, den ewigen Spielverderber, ohnehin nicht gebrauchen. Nick verließ gehorsam das Zimmer, und ALF war mit diesem seltsamen menschlichen Wesen allein.

Er fühlte sich dabei wesentlich unbehaglicher als Betty und kam deshalb schnell zur Sache: „Hören Sie, ich weiß Ihr Angebot zu schätzen, aber ich bin hergekommen, um Blinky zu sehen." Nervös trat er von einem Bein aufs andere. Jetzt war es Betty, die „Bahnhof" verstand. Sie sah den Melmac verständnislos an.

ALF hielt das Ganze für einen Trick. „Ich weiß, daß er hier ist. Also: Wo steckt er? Holen Sie mir Blinky!" forderte er jetzt ziemlich aggressiv.

Betty war etwas besorgt. Irgendwie mußte sie das Monster beruhigen. Man konnte nie wissen, ob so ein Wesen nicht über irgendwelche ganz unheimlichen Kräfte verfügte. „Ach ja, Blinky!" nuschelte sie. „Natürlich: Blinky! Ich hole dir dein Blinky. Du kriegst jeden Tag soviel Blinky, wie du möchtest. Du wirst dich ganz bestimmt wohl fühlen bei uns." Sie deckte ALF mit einem Wortschwall ein, daß ihm Hören und Sehen verging.

In dem Moment klingelte es heftig. Betty sprang auf und ließ ALF im Wohnzimmer allein, um nachzusehen, wer da schon wieder etwas von ihr wollte.

Es war Willie. „Entschuldigung, wenn ich störe ...“ Weiter kam er nicht.

„Verschwinden Sie“, zischte Betty ihn wütend an.

„Das werde ich auch. Ich suche nur etwas, was ich verloren habe“, fuhr Willie umständlich fort. Er durfte sich jetzt nicht verraten, Betty erst gar nicht aufmerksam machen.

Das aber machte Betty noch aggressiver. Sie verstand mal wieder alles falsch und dachte an ihre ergaunerten zehn Dollar. Keinesfalls war sie bereit, auch nur einen Cent davon zurückzugeben. „Keine Erstattungen“, lehnte sie ab. „Kommen Sie im Frühling wieder. Dann sind wir wieder auf Tournee.“ Sprach's und schlug Willie die Tür vor der Nase zu.

Doch William Tanner gab nicht auf. Er klingelte erneut. Und tatsächlich: Nach wenigen Sekunden öffnete sich die Tür wieder. Betty war nicht allein. Sie hatte sich eine Armbrust zur Verstärkung geholt und zielte genau auf Willies Herz.

„Ich benutze sie ungern“, drohte sie.

Willie gab sich fürs erste geschlagen und machte kehrt, rückwärts und ohne Betty aus den Augen zu lassen. Krachend fiel die Haustür zum zweitenmal ins Schloß.

Willie war jetzt klar, daß da etwas nicht stimmte. Diese Frau war nicht ganz richtig im Dachstübchen. Und wenn ALF ihr in die Hände fiel – weiß der Himmel, was sie ihm ankleben würde!

Was sollte er nur tun? In unmittelbarer Nähe der Susla-Villa stand eine Telefonzelle. Willie beschloß in seiner Verzweiflung, seine Frau anzurufen.

Kate hatte sich bereits Sorgen gemacht. „Alles in Ordnung?" fragte sie aufgeregt.

Willie zögerte. „Nicht so ganz ...", murmelte er.

„Wie meinst du das?" fragte Kate verunsichert. „Haben sie wirklich einen Außerirdischen?"

„Ja, jetzt schon", druckste Willie herum.

„Sie haben ALF?" schrie Kate ins Telefon. „Willie, du mußt ihn befreien!"

Willie versprach, daß er es noch mal versuchen werde. Aber man brauche jetzt eben Geduld und Spucke.

„Ruf mich gleich wieder an", bat Kate.

„Das kann ich nicht. Ich habe mein ganzes Geld für einen Blick auf ein Foto ausgegeben."

„Für einen Blick auf ein Foto? Was für ein Foto?" Kate schien ihren eigenen Ohren nicht zu trauen.

„Ein deutscher Schäferhund mit Antenne", sagte Willie wahrheitsgemäß.

Zu weiteren Erläuterungen kam er nicht mehr. Die letzte Münze war durchgefallen.

„Mit Antenne", murmelte Kate fast tonlos vor sich hin.

„Wer hat eine Antenne?" wollte Lynn wissen.

„Ich glaube, die deutschen Schäferhunde in Barstow", vermutete Kate. Aber ganz sicher war sie sich da nicht.

Währenddessen hatten sich die Ereignisse im Hause Susla ernsthaft zugespitzt. Betty Susla hatte den ahnungslosen ALF regelrecht von hinten überfallen und mit einem Strick an einen Stuhl gefesselt. Neugierig gaffte sie den Melmac an.

ALF war höchst verärgert über die unfreundliche Behandlung. „Kein Wunder, daß Blinky nicht hiergeblieben ist, wenn ihr zu allen Gästen so freundlich seid wie zu mir", meckerte er seine „Gastgeberin" an.

Betty stützte ihre Hände in ihre fetten Hüften und grinste selbstzufrieden. „Was hältst du von folgender Ankündigung: Bodo, das erstaunliche Erdferkel! Hören Sie es sprechen", rief sie ihrem Mann zu.

Nick war das Geschwätz seiner Frau zuwider. „Komm endlich ins Bett", quengelte er.

Mit einer herablassenden Handbewegung brachte sie ihn zum Erstummen und grinste wieder ALF an. „Hoho, mit dir werden wir eine Menge Geld verdienen. Wie wär's denn mit: Dodo, der behaarte Papagei?"

„Wie wär's, wenn man mir sagen würde, warum ich gefesselt bin", fragte ALF bissig.

„Damit sie dir eine Antenne ankleben kann", erklärte Nick. Seine Stimme klang müde und resigniert. Erneut forderte er seine Frau auf, endlich schlafen zu gehen.

Schließlich gab Betty Susla nach. „Gute Nacht, meine kleine behaarte Goldmine", winkte sie ALF zu. Dann löschte sie das Licht und überließ den armen Melmac seinem Schicksal.

Verzweifelt versuchte der Außerirdische, sich von seinen Fesseln zu befreien. Aber sosehr er auch zog und zerrte, Betty Susla hatte ganze Arbeit geleistet. Wie ein Verrückter hüpfte ALF mit seinem Stuhl auf und ab – es tat sich nichts. Außer, daß er eine Vase umwarf, die in tausend Scherben zerbrach.

„Hey, gib Ruhe da drin!" brüllte Betty Susla aus dem Schlafzimmer.

„Schon gut, schon gut", beschwichtigte ALF. Nichtsdestotrotz hüpfte er wie ein Berserker auf und ab, ohne sich weiter um das Gekeife der verrückten Monstrositäten-Sammlerin zu kümmern. Plötzlich schrie ALF vor Schreck laut auf. Das Mondlicht zeichnete einen menschlichen Schatten an die Zimmerwand.

Die dazugehörige Person kletterte tolpatschig auf den Fenstersims des Wohnzimmers, das im Hochparterre lag.

Doch ALFs Schreck verwandelte sich schnell in Freude. „Willie!“ rief er laut. Zu laut!

„Jetzt halt endlich die Klappe“, hörte man Betty Susla aus ihrem Schlafzimmer zetern.

Inzwischen hatte Willie das Wohnzimmerfenster aufgestoßen, das nur angelehnt war. „Geht's dir gut, ALF?“ flüsterte er.

„Mir schon, aber ich frage mich, was sie mit Blinky gemacht haben“, flüsterte ALF zurück.

„Blinky!“ zischte Willie empört. „Ich zeige dir das, was angeblich Blinky ist.“ Auf Zehenspitzen schlich er zu der Fotoschachtel, die immer noch auf dem Wohnzimmertisch stand. Das ominöse Foto lag gleich obenauf. Willie hielt es ALF hin.

„Sieht aus wie ein deutscher Schäferhund mit Geweih“, bemerkte der Melmac zutreffend.

Willie begann, nun vorsichtig ALFs Fesseln zu lösen. Doch kaum war der Melmac frei, ging das Licht an. Im Türstock stand Nick, die Armbrust im Anschlag.

„Stehenbleiben, keine Bewegung!“ rief er.

Willie reagierte blitzschnell. „Nein, Sie werden stehenbleiben und sich nicht bewegen. Wissen Sie, was das ist?“ fragte er scharf.

„Entweder ein sprechendes Erdferkel oder ein behaarter Papagei. Betty hat sich noch nicht entschieden.“ Nick versuchte zu scherzen. Seine Stimme war aber merklich unsicherer geworden.

„Dieses Wesen besitzt unvorstellbare Kräfte“, behauptete Willie hingegen.

„Kräfte?“ ALF war sich nicht sicher, ob von ihm die Rede war.

Willie merkte, daß ALF auf der Leitung stand. Er versuchte, seine Stimme so einzusetzen, daß ALF endlich kapierte. „Ja, Kräfte. Deine Kräfte, die wir alle so unvorstellbar finden und die du nur einsetzt, wenn es keinen anderen Ausweg mehr gibt!“

Endlich begriff der Melmac. „Ach so, *diese* Kräfte! Du weißt, Willie, daß ich sie nicht gern einsetze.“

Mit gespieltem Bedauern stellte Willie fest: „Ich glaube, du mußt!“

ALF begann, fürchterlich mit den Ohren zu wackeln. Er spreizte seine Finger und stieß einen markerschütternden Schrei aus. Es klang, als ob Tarzan heiser wäre.

Doch Nick schien reichlich unbeeindruckt.

„Sie sollten jetzt besser verschwinden, weil Sie nämlich in zehn Sekunden platt wie ein Pfannkuchen sein werden“, drohte Willie. Seine Stimme hatte etwas an Mumm verloren.

ALF ließ noch mal seinen Tarzanschrei los. Und Willie begann leise zu zählen.

Doch Nick war immer noch unbeeindruckt.

Als Willie mit seiner Zählerei glücklich bei null angekommen war - die Zahl „eins“ hatte er noch in mehrere Zehntel unterteilt -, gab er auf. „Vergiß es, ALF, es funktioniert nicht“, stellte er resigniert fest. „Wir haben verloren!“

ALF ließ den Kopf hängen. „Was wollen Sie eigentlich von uns?“ fragte er schließlich in einem Tonfall, der selbst einen Stein vor Mitleid erweichen ließ.

Nick hatte die Armbrust sinken lassen. „Na los, haut ab“, sagte er plötzlich mit beinahe tonloser Stimme. Er ging zu ALF hin und band ihn von seinem Stuhl los.

Willie begriff nicht. „Sie meinen, Sie lassen uns gehen?“ fragte er verdutzt.

„Ja, ja, ja, los, raus!“ Nick klang reichlich ungeduldig.

„Das ist nett von Ihnen“, sagte Willie verlegen und wollte Nick dankbar die Hand drücken.

„Was heißt nett? Ich will bloß nicht wieder auf Tournee gehen mit so einer fahrenden Monstrositäten-Brigade“, sagte Nick leise. „Ich sehne mich nach einem schönen, ruhigen Lebensabend mit meiner verrückten Frau.“

Wie auf ein Stichwort stand die Angesprochene plötzlich - in einen geschmacklosen Morgenmantel gehüllt - in der Tür. „Was ist hier los? Wie sind Sie hereingekommen? Und was machen Sie mit meinem Papagei?“ keifte sie.

Nick reagierte höchst eigenartig. Er ließ die Armbrust fallen, drückte sich gegen den Wohnzimmerschrank und tat, als könne er sich nicht mehr bewegen, als hielte ihn eine übernatürliche Kraft gegen den Schrank gepreßt.

„Geh nicht näher, Schatz!“ stöhnte er. „Dieses Wesen hat unvorstellbare Kräfte. Wenn wir's nicht in Ruhe lassen, zerdrückt es mich wie ein zweiköpfiger Elefant eine Erdnuß.“

„Seit wann hat ein Papagei so 'ne Kraft?“ Betty Susla war nicht sehr überzeugt von der Vorstellung, die hier abgezogen wurde.

„ALF!“ rief Willie knapp und zackig. Was den Melmac als Aufforderung zu einem weiteren Heiserkeits-Tarzan-Ruf verstand.

„Das doch nicht! Du sollst verschwinden“, brüllte Willie verzweifelt.

Und ehe Betty die Armbrust aufheben konnte, waren die beiden zur Tür hinaus.

„He, kleb dir selbst 'ne Antenne auf!“ schrie der fliehende ALF über die Schulter hinweg. Willie zog ihn mit sich durch den Garten. Zum Glück sprang der Wagen sofort an. Mit quietschenden Reifen verließen sie dieses Kuriositäten-Grundstück.

Auf der Heimfahrt begann es zu regnen. ALF war verdächtig schweigsam. Das einzige Geräusch war das Brummen und Schnurren des Motors und des Scheibenwischers. Nach einiger Zeit versuchte Willie das Schweigen zu brechen.

„ALF?"

Keine Antwort!

„ALF?"

Der Melmac ließ ein leises „Ja?" erklingen. Es war so kläglich, wie es Willie selten zuvor gehört hatte.

„Tut mir leid, daß alles Schwindel war", sagte Willie aufrichtig.

„Mir auch."

„Aber du bist wenigstens gerettet."

ALF seufzte tief. „Gerettet und allein in der Unendlichkeit des Universums - eben artgemäß."

Willie suchte nach den passenden Worten. „Jeder fühlt sich mal allein in bestimmten Situationen seines Lebens."

ALF widersprach. „Sich allein fühlen und allein sein - das sind zwei verschiedene Dinge."

Dann war für Minuten wieder nur der Scheibenwischer zu hören. „Ich weiß nicht, was ich dir Tröstliches sagen soll", gestand Willie schließlich.

„Ich habe echt daran geglaubt, Willie. Ich habe mir tatsächlich eingeredet, ich könnte hier jemanden von meinen Leuten treffen." Es hörte sich an, als würde der Melmac jeden Moment losheulen.

„Warum auch nicht. Das kann eines Tages doch noch passieren", sagte Willie. Doch es klang wenig überzeugend. Also hielt er lieber die Klappe.

ALF ließ den Kopf sinken und schloß die Augen. Während er vor sich hin döste, überholte ein anderes Fahrzeug ihren Wagen. Drinnen saß eine hübsche junge Dame mit einer Clownsnase. Und auf dem Rücksitz saß ...

„Willie! Verfolg dieses Auto! Schnell!“ brüllte der Melmac aufgeregt.

Willie wußte nicht, wie ihm geschah.

„Welches Auto?“

„Na, das uns gerade überholt hat.“

„ALF, uns hat seit vielen Meilen kein Auto überholt.“

„Aber ich habe es doch gesehen. Und Blinky saß drin.“ ALF blieb bei seiner Beobachtung.

„Sei ganz ruhig, ALF, das mußt du geträumt haben.“ Willie versuchte, seinen außerirdischen Freund auf den Boden der Tatsachen zurückzuholen.

„Geträumt?“

Willie holte tief Luft. Er kannte ALFs Traumphantasien zur Genüge. Auf Melmac hatte man wohl noch intensiver geträumt, als dies auf Mutter Erde der Fall ist. „Jetzt überleg doch mal selbst“, fuhr Willie fort. „Welche Chance besteht, daß ein Wesen aus dem All in einem Auto auf dieser Straße und zu dieser Zeit entlangfährt?“

ALF blickte ihn verständnislos an. Willie merkte selber, daß er Unsinn verzapft hatte. Er begann von neuem. „Welche Chance besteht, daß zwei Wesen aus dem All jetzt in zwei Autos diese Straße ...“

Willie gab auf. Er war zu müde für scharfsinnige Argumente. „Ich glaube“, schlug er dem Melmac vor, „du solltest für eine Weile das Steuer übernehmen.“

Der Tag war wirklich hart gewesen für William Tanner. Auf dem Beifahrersitz döste er sofort ein. Und mit Entsetzen bemerkte er im Rückspiegel, wie ein Auto zum Überholen ansetzte. Am Steuer saß eine hübsche junge Dame mit einer Clownsnase ...

Erpresser am Telefon

Die Show, die Willie abzog, war besser als Fernsehen, fand ALF. In Gummistiefeln stapfte das Familienoberhaupt der Tanners durch das Wohnzimmer, fuhrwerkte mit Besen und Putzlappen herum wie ein wildgewordener Handfeger und warf dem Außerirdischen äußerst liebenswürdige Blicke zu.

Auch die neue Anordnung der Möbel fand ALF hochinteressant. Sie waren alle in die Mitte des Raumes gerückt, bloß der recht feucht wirkende Teppich fristete zusammengerollt ein trauriges Dasein in einer Ecke. Die Stühle standen auf dem Wohnzimmertisch, und die Stehlampe lag neben ALF auf dem Sofa.

Der kaute voller Behagen ein paar Erdnüsse und sah sich Willies Bemühungen an, hier irgend etwas auf die Reihe zu kriegen. „Da is' noch 'n Fleck", brummelte ALF vergnügt, während Willie nicht mehr ein noch aus wußte.

Das Wohnzimmer glich der finnischen Seenplatte, und ALF sprach von *einem Fleck!* „Ich möchte nur mal wissen, was du dir dabei gedacht hast!" brüllte Willie den außerirdischen Chaoten an.

Der ließ sich nicht aus der Ruhe bringen. „Wozu machst du dir so 'n Streß?" fragte er besänftigend.

Willie schien die Frage nicht richtig verstanden zu haben. Er steigerte seine Phonstärke und bohrte nach. „Sag mir endlich", schrie er ALF an, „wieso du unser Haus unter Wasser gesetzt hast!"

„Ich wollte hier eine Eislaufbahn einrichten", erwiderte der Melmac trocken und wahrheitsgemäß.

Willie Tanner war einmal mehr der Meinung, das Ende des Planeten Melmac sei für die Menschheit das Schlimmste, was je passiert war, sämtliche Kreuzzüge und Kriege inklusive. Doch er versuchte, sachlich und gelassen zu bleiben. „Und wie wolltest du das Wasser zum Gefrieren bringen?“ fragte er tonlos.

ALF war zwar nicht klar, was für eine Rolle die technischen Einzelheiten spielten. Aber wenn sich Willie für seine Arbeit interessierte - um so besser. „Ich habe die Klimaanlage auf die höchste Stufe gestellt“, erklärte er.

Willie schien mit seinen Nerven am Ende. „Könntest du das wiederholen? Einmal noch?“

ALF begriff nicht, was an der Sache so kompliziert war. „Komm, Willie. Wir sind hier nicht in einem schwierigen Bergman-Film. Was gibt's da groß zu begreifen? Wasser - Klimaanlage - Holiday on Ice.“

Willie brauchte seine ganze Kraft, um nicht auszurasten. Aber es gelang ihm, sich einigermaßen zusammenzureißen und seine Stimme unter Kontrolle zu halten. „Ich verschwinde mal eben“, beschloß er. „Ich muß eine Pumpe besorgen.“ Er holte rasselnd Luft. „Für den Keller. Aber vorher möchte ich doch noch wissen, wie du dazu kamst ...“

ALF blockte ab. „Hol deine Pumpe“, brummte er. Er hatte die dämliche Fragerei satt.

Willie nickte mit dem Kopf. ALF hatte recht. „Gut“, sagte er resigniert. „Ich hole eine Pumpe.“ Vielleicht, überlegte er, könnte er mit diesem Ding diesen zotteligen Widerling gleich mit wegpumpen ...

Willie verschwand, und ALF entschloß sich, ein kleines Fußbad auf dem Wohnzimmerboden zu nehmen. Da klingelte das Telefon.

„Gordon Shumway?“ fragte eine fremde männliche Stimme.

„Korrekt“, bestätigte ALF. „Sie wünschen?“

„Hören Sie gut zu", sagte die Stimme, und sie klang drohend. „Ich weiß, daß Sie nicht von hier sind. Bis Freitag erwarte ich dreitausend Dollar. Oder der Fall wandert zu den Behörden. Ist das klar?"

ALFs Ohren bekamen einen Wackelanfall. „Äh, hier spricht nur der Anrufbeantworter", stammelte er in den Hörer. „Sprechen Sie Ihre Nachricht auf Band, und wir rufen Sie zurück ..."

„Scherzkeks", knurrte die Stimme. „Morgen früh um dieselbe Zeit folgt der nächste Anruf. Dann gibt's weitere Einzelheiten. Klar, du Blindgänger?"

ALF wollte noch etwas sagen. Doch das Klicken in der Leitung bedeutete ihm, daß der andere aufgehängt hatte. Der Melmac war starr vor Schreck. Drei Jahre hatte die Idylle gedauert. Jetzt würde alles auffliegen. Man würde ihn ins Gefängnis stecken, man würde ihn den Tanners entreißen, man würde ihn ...

Er versuchte, sich abzureagieren, und setzte sich erst mal auf das feuchte Sofa. „Bleib ruhig, alter Junge", sagte er zu sich selbst. „Wozu gibt's Willie? Der läßt dich nicht hängen. Nie und nimmer." Dann warf er einen Blick in die Runde und wurde sich klar, daß Willie eigentlich allen Grund hatte, ihn doch hängenzulassen. „Willie wird dir den Strick reichen, mit dem sie dich hängen", murmelte ALF verzweifelt. Und er weinte ein paar bittere Tränen.

Am nächsten Morgen sprach Kate ihren Mann zwischen Zähneputzen und Frühstück an. „Sag mal, Willie, hast du eigentlich schon gemerkt, daß ALF sich ein bißchen auffällig benimmt?"

„Tut er das nicht schon seit drei Jahren?" gab Willie brummig zurück. Er war nicht gut auf ALF zu sprechen, schließlich hatte er Muskelkater von der Plackerei am Vortag.

Kate schüttelte den Kopf. „Nein, ich meine, seit gestern abend. Ist dir nicht aufgefallen, daß er uns um Verzeihung gebeten hat – für alle Streiche, die er ausgeheckt hat, seit er bei uns ist. Von A bis Z."

„Irgendwo zwischen Dachstuhlbrand und Kloverstopfung hab ich's aufgegeben, ihm zuzuhören", gestand Willie, der ALFs Entschuldigungsarie auf sein schlechtes Gewissen wegen der Überschwemmung zurückführte.

Kate lächelte. „Dann ist dir vermutlich entgangen, daß er gestanden hat, ein russischer Spion gewesen zu sein?"

Ehe Willie noch sagen konnte, was er von dieser Selbstbezichtigung hielt, störte Trevor Ochmonek den morgendlichen Frieden.

„Ist gekauft!" rief er vergnügt in den Hausgang, ohne sich mit langen Vorreden aufzuhalten.

„Was ist gekauft?" fragte Willie verständnislos. Dann erst bemerkte er das Schild, das sein Nachbar in der Hand hielt. *Haus zu verkaufen. 4000 Dollar!* stand da in ungelenken Buchstaben geschrieben. Willie erkannte die Schrift auf Anhieb. „Befand sich dieses Schild vor unserem Haus?" fragte er überflüssigerweise.

Trevor nickte bestätigend und begann sogleich, über die Art und Weise der Zahlung zu reden. Kate hatte die Frühstücksvorbereitungen unterbrochen und folgte verblüfft der Diskussion der beiden Männer im Korridor.

„Ich zahle einhundert Dollar an, der Rest kommt in kleinen Monatsraten", schlug Trevor vor.

Willie bestätigte seinem Nachbarn, daß es großartige Bedingungen wären, machte ihm allerdings wenig Hoffnungen, daß dieses Geschäft zustande käme.

Trevor Ochmonek begriff: Dieser Tanner wollte mehr

herausholen. Er startete ein neues Angebot. „Viertausendeinhundert plus Ihr Rasenmäher zurück."

„Begreifen Sie doch: wir verkaufen nicht", sagte Willie ungeduldig, und Kate ergänzte zum besseren Verständnis, daß es sich um einen Streich handeln müsse.

Der arme Trevor war enttäuscht. „Echt schade", schmollte er. „Ihr Haus hätte für Rachel und mich einen hübschen Sommersitz abgegeben." Unverrichteter Dinge trollte sich der verprellte Interessent in sein altes Domizil zurück.

Während dieser Verhandlungen hatte sich ALF in der Küche aufgehalten und den halben Kühlschrank leergetrunken. Nachdem er die letzte Dose Limo ex und hopp hinuntergekippt hatte, widmete er sich dem Kassettenrecorder, den er sich aus Lynns Bude entliehen hatte. „Hier ist das Logbuch des Kapitäns", diktierte er. „Sternendatum 25. 25. Mann, ich lebe noch! Es läuft ein Versuch, das Geld für den Erpresser dadurch aufzubringen, daß ich Limobüchsen für den Alteisenhändler sammle."

Kate und Willie kamen in die Küche. Willie hatte sich das ominöse Schild unter den Arm geklemmt und wollte dem Melmac gerade eine ernste Predigt halten, als er das Kuddelmuddel auf dem Küchentisch sah.

Kate nahm ihm die Worte aus dem Mund: „ALF, was soll denn das schon wieder?"

„Ich hatte einen Wüstenkoller", erläuterte ALF seine Trinkorgie.

Kate zählte die Limodosen. „Ist das ein Versuch fürs Guinessbuch der Rekorde?" wollte sie wissen.

„So ähnlich", bestätigte der Melmac grinsend. „Ich kurble die Alteisenwirtschaft an. Und gleichzeitig die Getränkewirtschaft."

Willie hatte die Faxen dicke. Er zeigte auf das Pappschild und stellte ALF zur Rede. „Das ist doch deine Schrift, ALF. Was soll der Quatsch?“

„Ich dachte, gegen zusätzliche Haushaltseinnahmen wäre nichts einzuwenden.“ ALF gab sich cool. Seine Miene drückte allerdings Unbehagen aus.

Willie erkannte, daß es keinen Sinn hatte, den außerirdischen Quälgeist in die Ecke zu drängen. Man mußte ihm die Chance geben, sein Gesicht zu wahren. Also versuchte er, das Gespräch so sachlich wie möglich zu führen. „Gut, ALF, es gab gestern einen kleinen Wasserschaden. Aber glaubst du, das genügt, um unser Haus so schnell und so billig wie möglich zu verscherbeln?“

ALF breitete die Arme aus. „Ich fand die Idee gut. Man weiß ja nie, ob man genug Kleingeld im Haus hat. Wenn zum Beispiel ein netter Erpresser anfragt ...“, argumentierte er und lachte blöde.

Die ALF-Kennerin Kate roch den Braten mit untrüglichem Instinkt. „Machen wir ein Ratespiel, ALF“, begann sie. „Aus irgendeinem Grund benötigst du Geld ...“

„Guten Morgen“, tönte es in diesem Moment aus den Kehlen von Lynn und Brian, die ihre Morgentoilette beendet hatten und nun vergnügt in die Küche gestürmt kamen.

„Ein guter Morgen ist anders“, knurrte Kate unheilvoll und machte ihren Kindern damit die Stimmungslage klar.

„Probleme?“ fragte Lynn.

Von ihrem Vater hörte sie, daß man im Begriff war, genau das im Augenblick zu erforschen. Einmal mehr richteten sich alle Blicke erwartungsvoll auf ALF.

„Eigentlich wollte ich schon seit gestern mit euch darüber reden“, behauptete er. „Aber die nassen Teppiche und das schlechte Klima waren nicht so ganz die ideale Gesprächsbasis.“

Kate nahm den Faden auf. „Gesprächsbasis wofür?“

Und dann erfuhren die Tanners, daß ein Erpresser hinter ALF her war, der wußte, daß er ein Außerirdischer war, und dreitausend Dollar wollte. „Wehe, wehe, wehe mir“, jammerte ALF wie ein altes Klageweib, nachdem er seinem Gewissen Luft gemacht hatte. Doch seine Enthüllung stieß nicht auf Mitleid, sondern nur auf skeptische Blicke rundum. ALF machte Druck. „Ihr solltet euch beeilen, sonst bilden sich wieder lange Schlangen vor den Bankschaltern, und dann könnte es zu spät sein“, quengelte er. Als niemand antwortete, setzte er nach: „Und nehmt kleine, unnumerierte Scheine. Der Typ ist ein Profi. Der merkt, wenn man ihn reinlegen will.“

Wieder entstand eine peinliche Pause.

Endlich sagte Kate etwas. Nämlich, daß sie ALF kein Wort glaube. ALF war wie vor den Kopf geschlagen. Lynn betrachtete fasziniert ihre Fingernägel, Brian pulte in der Nase, und Willie räumte ein, daß auch er Zweifel an der Geschichte habe. „Nehmen wir mal an, es hat wirklich jemand angerufen“, meinte er schließlich kompromißbereit, „dann tippe ich eher auf einen Bekloppten als auf einen Erpresser.“

„Kanntest du die Stimme?“ fragte Lynn, nachdem sie befriedigt festgestellt hatte, daß mit ihren Fingernägeln alles zum besten stand.

ALF gestand, daß er zunächst an Kate gedacht hatte. „Aber die Stimme war nicht piepsig genug. Und dann hatte ich Kates Mutter in Verdacht. Aber dafür war die Stimme dann wieder zu piepsig.“

Kate war empört. „Du könntest dir vorstellen, daß einer von uns so was tut?“

ALF wies diesen Verdacht nicht von der Hand. „Ihr hättet den größten Gewinn von der Sache. Ihr müßt zentnerweise Geld in mich stecken, euer Privatleben ist im Eimer, alles dreht sich um mich ..." Er wartete Proteste ab, und als keine kamen, ergänzte er: „Ich halte jetzt lieber die Klappe."

Brian meldete sich zu Wort. „Ich habe keiner Menschenseele von deiner Existenz erzählt", behauptete er.

Lynn unterstützte ihren Bruder. „Das hat keiner von uns getan. Nicht einmal meine Mutter", setzte sie noch hinzu.

„War mir klar." ALF nickte. „Dafür war die Stimme nicht keifend genug, nicht geifernd und fies genug."

„Jetzt bleib mal auf dem Boden!" mahnte Kate.

Ehe es zu einem ausgiebigen Streit der beiden über die Stimme von Kates Mutter kam, lenkte Willie das Gespräch aufs ursprüngliche Thema. „Ist dir sonst noch was aufgefallen?" wollte er von ALF wissen.

„Ja, er sagte, daß er sich heute wieder melde, Blindgänger."

„Was, bitte, hast du soeben gesagt?" fragte Willie ungläubig. Er fand ALFs Kraftausdrücke immer unerträglicher.

ALF klärte das Mißverständnis schleunigst auf. „Der Typ hat zu mir Blindgänger gesagt. Ich würde dich nie so nennen." Er lächelte. Und halblaut fügte er hinzu: „Wenigstens würde ich dir's nicht ins Gesicht sagen."

Lynn hatte inzwischen gerechnet. „Wieso verlangst du eigentlich für unser Haus viertausend Dollar, wenn der Erpresser nur dreitausend verlangt?"

„Ihr sollt ja schließlich nicht leer ausgehen", bekannte der Geschäftsmann ALF.

Brian war gerührt. Spontan bot er ALF die zehn Dollar zwanzig an, die er in seinem Sparschwein hatte.

„Die hast du dort nicht mehr", gestand ALF. „Aber das

ist jetzt kein Thema", fügte er hinzu, als Brian zu protestieren begann.

ALFs Thema war in den nächsten Stunden vielmehr, wie er sich vor dem unangenehmen Kerl schützen konnte, der ihm an den Kragen wollte. Er beschloß, das Problem technisch anzugehen. Der Melmac wartete ab, bis der Rest der Familie Tanner außer Hause war. Da konnte er in aller Seelenruhe seinen Plan verwirklichen.

Zunächst nahm er sich den Tannerschen Anrufbeantworter vor. Nachdem er in Willies Sekretär die Gebrauchsanweisung für diesen plappernden Blechkasten gefunden hatte, begann er, dessen Tonband neu zu besprechen. Den Text hierfür hatte er sich sorgfältigst aufgeschrieben und las ihn jetzt vom Blatt ab: „*Hallo, Sie hören die zarte Stimme von Gordon Shumway. Wie schön, daß sie anrufen. Aber leider bin ich soeben gestorben. Wenn Sie wollen, können Sie Ihren Namen, Ihre Adresse und die Höhe Ihrer Geldforderung auf Band sprechen. Aber bilden Sie sich ja nicht ein, daß ich Sie zurückrufe. Denn ich bin ja tot. Bitte sprechen Sie nach dem Pfeifton.*"

Kaum hatte ALF seinen Text konserviert, klingelte tatsächlich das Telefon. Natürlich ging der Außerirdische nicht an den Apparat, sondern ließ den Anrufbeantworter seinen Dienst tun. Es dauerte ein paar Sekunden, bis der Gesprächspartner am anderen Ende ALFs Botschaft vernommen hatte.

Dann hörte der Melmac Willies Stimme aus dem Lautsprecher. „ALF, jetzt heb' endlich den Hörer ab!"

Dem Außerirdischen fiel ein Stein vom Herzen. Es war nicht der Erpresser. Mit zitternder Hand nahm er den Hörer auf. „Willie? Bist du's?"

„Ja, zum Kuckuck. Was soll der Quatsch?" fragte Willie gereizt, der in seinem Büro saß und nur seiner Frau mitteilen wollte, daß es heute abend etwas später werde. „Hör bloß auf, mit dem Telefon rumzuspielen“, ermahnte er ALF.

„Ja, ja“, stotterte der. „Und mach dir keine Sorgen um mich. Außer daß mich jemand erpreßt, ist alles okay.“

Willie wollte wissen, ob der Unbekannte schon wieder angerufen hatte. Als ALF verneinte, stellte er nüchtern fest: „Dann bin ich mir überhaupt nicht sicher, ob du wirklich erpreßt wirst.“ Er besann sich einen Augenblick und fügte hinzu: „Und noch was, ALF: Besprich den Anrufbeantworter neu!“

Willies Wunsch war ALF Befehl. Er setzte sich hin und verfaßte einen neuen Text, diesmal bezogen auf die Familie Tanner. Willie hatte recht. Schließlich war das nicht der Anschluß von Gordon Shumway, sondern der Tannersche Anschluß. Nach einigen Versuchen hatte er's.

ALF drückte die Taste des Geräts und legte los: „Sie wollten es nicht anders! Jetzt sind Sie mit der Tanner-Dynastie verbunden. Aber wenn Sie glauben, Sie können uns hier mit Ihrem Anruf terrorisieren, sind Sie auf dem Holzweg. Buddeln Sie sich ein Loch, und legen Sie sich rein. Lassen Sie sich mit Fleischklopsen zuschütten. Und wenn Sie was zu sagen haben, tun Sie's nach dem Pfeifton.“ Das, so war sich ALF sicher, würde den kaltblütigsten Erpresser abschrecken. Und Rachel und Trevor Ochmonek. Und Kates Mutter. Und Lynns Verehrer ...

Nachdem er dieses Werk hinter sich gebracht hatte, besorgte sich der Melmac ein Fernglas und richtete sich häuslich auf dem Dachboden ein. Das kabellose Telefon hatte er mit nach oben genommen. Und für den Fall, daß der Erpresser persönlich käme, um ihn zu entführen, wäre er hier wohl am sichersten, schätzte ALF. Am frühen Abend vernahm er Schritte im Treppenhaus, und die Tür zum Dachboden öffnete sich knarrend. Mit schlotternden Knien ging ALF hinter einer Truhe in Deckung. Im Lichtschein waren undeutliche Umrisse zu sehen. Erleichtert erkannte ALF Lynn.

„Ich habe Licht hier oben gesehen", erklärte sie. „Kannst du nicht schlafen?"

„Du hast Fragen", brummte ALF. „In vierundzwanzig Stunden werde ich zu Hamburgern verbraten, und du redest von Schlaf."

Lynn mußte schmunzeln. Sie fand die Angst ihres außerirdischen Hausgenossen belustigend. Sie versuchte, den verängstigten ALF zu beruhigen. „Laß doch dein Hackfleischgerede. Überhaupt nichts wird passieren."

„Du zweifelst an meiner Geschichte, oder?" fragte der Melmac traurig.

Lynn antwortete ausweichend. „Laß es mich so sagen: Ich kenne deinen Hang, manche Dinge etwas außerirdisch zu sehen."

„Das stimmt nicht." ALF stapfte wütend mit einem Fuß auf den Boden. Gerade von Lynn wollte er sich nicht nachsagen lassen, daß er ein Übertreiber sei.

Lynn setzte sich auf einen alten Küchenstuhl. „Also", fing sie an, „ist es nicht so, daß du behauptet hast, der Typ würde sich heute wieder melden."

ALF nickte.

„Und?" bohrte Lynn nach.

„Er hat sich nicht gemeldet", gestand ALF kleinlaut.

Das Mädchen nickte befriedigt. „Weiter: Er hat dir mit etwas ganz Schrecklichem gedroht für den Fall, daß du nicht zahlst. Und?"

„Es ist nichts passiert", räumte ALF zerknirscht ein.

Lynn atmete tief durch. „Na, siehst du. Wozu also die Aufregung!" Sie legte einen Arm um die Schulter des verstörten Außerirdischen. „Glaub mir, ALF", versicherte sie, „meine Eltern würden sicher eingreifen, wenn sie das Gefühl hätten, du wärest in Gefahr."

ALF nickte. Ein wenig fühlte er sich leichter.

„Versuch zu schlafen", sagte Lynn sanft.

ALF gab sich einsichtig. Während Lynn den Dachboden verließ, rief er ihr nach: „Mach dir keine Sorgen! Wenn du was von mir willst, findest du mich hier oben beim Übertreiben."

Kaum hatte Lynn die Tür hinter sich zugemacht, klingelte das Telefon. ALF erschreckte sich so, daß er beinahe an die Zimmerdecke hüpfte. Zitternd nahm er den Hörer ab. „J-ja?" stotterte er.

„Gordon Shumway?" fragte eine furchterregende Stimme am anderen Ende. Es war der geheimnisvolle Erpresser.

ALF schluckte. „J-ja", sagte er noch einmal.

„Was ist mit dem Geld?" wollte die Stimme wissen.

„Ich bin dran", versicherte ALF, „ich weiß Ihre Kontonummer nur noch nicht."

Die Stimme lachte schmutzig. „Blindgänger!" sagte sie verächtlich. „Spiel hier bloß nicht den Klugscheißer!" Dann griff der Erpresser zu einer schrecklichen Drohung. „Wenn Sie nicht schleunigst die Kohle rüberrücken, haben die Tanners und Sie wenig Spaß. Aber ein paar Jahre hinter schwedischen Gardinen sollen sehr gesund sein ..." Die Stimme lachte wieder ihr schmutziges Lachen. Dann war die Verbindung unterbrochen.

ALFs Herz klopfte bis zum Hals. Er ließ sich auf den Stuhl fallen, in dem vor kurzem noch Lynn gesessen hatte, und erst mal alle viere grade sein. Dann lächelte er grimmig und zitierte einen Spruch aus seiner alten Heimat: „Auch wenn die Zeiten hart werden, läßt sich ein tapferer Melmac nicht unterkriegen." Doch sein Gesicht blieb angstverzerrt.

Während der Melmac unterm Dach um sein Leben fürchtete, war die Familie Tanner inzwischen seelenruhig zu Bett gegangen. Lautes Klopfen an der Haustür schreckte Willie und Kate hoch. Kate warf einen Blick auf ihren Radiowecker. Er zeigte kurz nach zehn.

„Da stimmt was nicht, Willie", flüsterte sie ihrem Mann zu, der genau wie sie senkrecht im Bett saß. „Um diese Zeit kommt nicht mal mehr Trevor Ochmonek angetanzt."

Willie ergriff die Hand seiner Frau. „Sei ganz ruhig, Kate", beruhigte er sie und griff nach seinem Bademantel. Und mit lauter, fester Stimme rief er nach unten: „Ja bitte, wer ist da?"

Eine unbekannte Stimme antwortete nur mit einem Wort: „Einwanderungsbehörde!"

Sekunden später öffnete Willie drei Herren im Trenchcoat, die aussahen wie FBI-Agenten in schlechten Fernsehkrimis. Der Sprecher der drei, ein Typ mittleren Alters mit einem Kinn wie Arnold Schwarzenegger, hielt Willie einen grünen Ausweis vor die Nase.

„Lee Frazier vom Einwanderungsbüro", stellte er sich kurz und knapp vor und kam sofort zur Sache. „Wir haben Kenntnis davon erhalten, daß bei Ihnen ein fremdes Wesen untergeschlüpft ist."

Willie tat, als höre er nicht richtig.

Der Bekannte wurde konkreter. „Ein Typ, der keine Papiere hat."

Willie guckte immer noch verständnislos drein.

Kate wollte dolmetschen. „Willie, der Herr meint vielleicht jemanden, der illegal eingewandert ist."

Lee Frazier streckte sein Musterkinn höhnisch nach vorn. „So ist es, Madam. Einen legalen Einwanderer festzunehmen fänden wir nämlich illegal."

Kate lachte verlegen, und Willie versuchte, das späte Trio davon zu überzeugen, daß es in seinem Haus weder legale noch illegale Einwanderer gebe.

Ehe er den drei Fahndern jedoch die Tür vor der Nase zumachen konnte, stellte Lee Frazier sein Bein zwischen Tür und Türstock. „Können wir uns davon selbst überzeugen?" fragte er höflich, aber bestimmt.

„Nur mit Durchsuchungsbefehl." Willie stellte sich stur. Er fand vor allem die Tageszeit für diesen Aufmarsch höchst ungewöhnlich. Außerdem wußte er nicht genau, wo sich ALF gerade aufhielt.

Ein amtliches Formular, das ihm umgehend vor die Nase gehalten wurde, belehrte den störrischen Willie, daß er am kürzeren Hebel saß. Dieses Trio hatte einen Durchsuchungsbefehl!

Durch den Lärm vor der Haustür waren Lynn und Brian wach geworden. In ihren Schlafanzügen und mit verstrubbelten Haaren standen sie plötzlich im Korridor.

„Will uns jemand in den Knast stecken?" fragte Brian so verschlafen wie neugierig.

Seine Mutter schüttelte beruhigend den Kopf. Doch der Mann mit dem markanten Kinn gab zu bedenken, daß diese Möglichkeit durchaus bestehe. Willie erklärte seinen Kindern den Sachverhalt, während Lee Frazier von Kate wissen wollte, ob das Tannersche Haus mit Keller und Dachboden ausgestattet sei.

Kate ahnte Fürchterliches. „Ja, schon. Aber wir haben gerade ein Mittel gegen Holzwürmer auf dem Dachboden gestreut. Es riecht dort wie die Pest. Sie können da wirklich nur mit einer Gasmaske rauf."

Kates Versuch, die Männer von ihrem Vorhaben abzubringen, schlug fehl. Lee Frazier schob sie einfach zur Seite. „Danke", sagte er kühl, „wir schaffen das schon so. Der Typ ist oben", stellte er, zu seinen beiden Helfern gewandt, fest, und gemeinsam stapften die drei in Richtung Dach.

Bestürzt redete Lynn auf den Rest der Familie ein, wie man denn dem armen ALF nur zu Hilfe kommen könne. Willie meinte, es gebe nur eine Möglichkeit, den Melmac von dem ungebetenen Besuch zu informieren: über die Treppe. Und da waren die drei Typen bereits schneller gewesen ... Ratlos standen die Tanners im Hausflur herum, als Brian plötzlich einen Umschlag auf der Telefonkommode entdeckte. Das Gekrakel auf der Vorderseite konnte nur von *einem* Absender stammen: ALF!

Willie riß den Umschlag auf und las flüsternd vor, während Kate und die Kinder gebannt an seinen Lippen hingen: *Liebe Tanners! Heute habe ich wieder einen Anruf von meinem unbekannten Freund erhalten. Er hat mir gedroht, uns alle in den wohlbekannten Knast zu bringen, wenn ich die Knete nicht rüberschiebe. Aber bevor ich mit anschaue, daß Ihr wegen mir gesiebte Luft atmet, lasse ich mich lieber zu Döner Kebab verarbeiten. Danke, keine Ursache. Leider bleibt mir nichts anderes übrig ..."*

Willies Stimme wurde so laut, daß der Rest der Familie befürchtete, die Fahnder würden jeden Moment herabgestürzt kommen. „*... nichts anderes übrig, als den Wagen zu nehmen!"*

Kate entriß Willie den Brief und hielt ihm den Mund zu. Schnell las sie weiter. „*Ich werde die Kiste auf dem Highway 71 abstellen. Ihr findet sie direkt vor dem Eingang zum Edwards-Luftwaffenstützpunkt. Ich bin sicher: Diese Rostlaube nimmt keiner mit!"*

„Was macht ALF bei der Luftwaffe?“ wollte Brian wissen.

„Er wird natürlich einen Düsenjäger entführen, um Oma Shumway und Rhonda zu suchen“, tippte Lynn. Manchmal stellte ihr kleiner Bruder richtig dusselige Fragen. Dann fiel Lynn ein, daß es bei der Luftwaffe eine Abfangjägereinheit gab, die sich mit UFOs und vermeintlichen Außerirdischen auseinandersetzte. Ob sich ALF direkt dorthin wandte?

Willie hatte andere Probleme. Er sank auf den Wohnzimmerstuhl und sah bereits die Schlagzeile der morgigen Zeitung vor sich: *Wesen von anderem Stern jagt Bürger mit Lieferwagen!* Mit seinem, *Willies, Lieferwagen!*

ALF war allerdings gar nicht nach Jagd zumute. Gemütlich zockelte er mit Willies Auto durch die Nacht. Zum Schutz vor Entdeckung hatte er sich eine Baseballmütze tief ins Gesicht gezogen. Auf Willies Diktiergerät, das er hatte mitgehen lassen, sprach er eine Botschaft für die Bosse der Luftwaffe. Seine Pläne waren nämlich genauso, wie Lynn vermutet hatte. „Hallo, liebe Abfangjäger. Bitte laßt mich am Leben“, begann er, um diesen Satz sofort wieder zu löschen. Er fand ihn irgendwie doch zu direkt. Und begann von neuem. „Liebe Abfangjäger, wenn Sie mein Leben schonen, kriegen Sie von mir technische Geheimnisse, daß Sie nur so mit den Ohren schlackern.“ Er überlegte kurz und fuhr fort: „Zum Beispiel, wie Sie Ihren Toaster richtig bedienen.“ ALF rümpfte die Nase. Irgendwie war's das auch nicht. Er machte einen neuen Anlauf: „He, Leute! Bevor Ihr meiner Leiche den Bauch aufschnippelt, bitte ich euch nur um eines: Laßt es bleibeeeeen!“ Er schaltete das Gerät aus und nickte befriedigt. Es war immer am besten, ehrlich zu sein!

Zu dieser Erkenntnis waren die Tanners noch längst nicht gekommen. Die mußten sich nämlich einem peinlichen Verhör einer frustrierten Truppe von Einwanderungsfahndern unterziehen.

„Können Sie mir sagen, wer auf dem Dachboden wohnt?" wollte der übelgelaunte Lee Frazier von Kate wissen, die ihm diese Frage mit einem schlichten „Niemand" beantwortete. Das brachte den Schnüffler auf die Palme. „Wie erklären Sie sich dann die Reste von etwa fünfzig Portionen Studentenfutter?" herrschte er die Arme an.

„Wir sorgen für schlechte Zeiten vor. Wir denken einfach an morgen."

Man sah den Gesichtern der drei Beamten an, daß sie kein Wort glaubten. Aber solange sie keinen Beweis präsentieren konnten, war die Familie erst mal im Recht.

Kate wußte das. Und es machte sie mutiger. Sie ging zum Gegenangriff über. „Wie kommen Sie überhaupt auf die Idee, daß wir einen illegalen Einwanderer beherbergen?"

„Wir haben seinen Namen auf einer Adressenliste gefunden", erklärte Lee Frazier. Er war sichtlich wütend. Sein Schwarzenegger-Kinn mahlte aufgeregt hin und her. „Unser Computer gab daraufhin Alarm, weil er keine Sozialversicherungsnummer finden konnte."

Willie interessierte, wer die Behörde überhaupt auf Gordon Shumway aufmerksam gemacht hatte. Das mit der Adressenliste war ihm denn doch ein wenig zu nebulös. Mit seiner Frage traf er anscheinend einen wunden Punkt bei Lee Frazier.

„Geht Sie das was an, Sie Blindgänger?" blaffte er Willie an, daß dem die Kinnlade herabfiel, und drohte mit einer Menge Ärger, die er den Tanners machen würde, wenn sie den Eindringling nicht augenblicklich herausgeben würden.

Jetzt reichte es Willie. Er hatte es nicht nötig, sich außer von ALF, von Kate, Lynn und Brian in seinem eigenen Haus von irgend jemandem herumkommandieren zu lassen. Ohne ihn eines Blickes zu würdigen, stolzierte er an Lee Frazier vorbei, öffnete schwungvoll die Haustür und erklärte ruhig: „Da Sie hier niemanden gefunden haben, möchte ich Sie und ..." - er warf einen Blick auf die beiden stummen Diener - „... Pat und Patachon bitten, sich jetzt zu verabschieden!"

Lee Frazier wußte, daß er verloren hatte. Mit einem wütenden „Sie hören noch von uns!" stülpte er sich seinen Hut auf den Kopf, gab den beiden anderen Figuren einen Wink und machte auf dem Absatz kehrt. Die drei verschwanden unverrichteter Dinge in der Dunkelheit. *Ein* Problem war damit, zumindest vorübergehend, gelöst. Erleichtert starrten die Tanners dem Trio nach.

„Blindgänger", murmelte Kate. „War das nicht der Ausdruck, mit dem ALF von seinem Erpresser beschimpft wurde?"

Willie ging ein Licht auf. Er zog seinen Bademantel enger zu. „So langsam glaube ich daran", brummelte er, während er sich übers unrasierte Kinn strich, „daß unser guter ALF tatsächlich erpreßt wurde."

Kate schlug eine Hand vor den Mund. „Du meine Güte", stammelte sie, „was für eine Angst das Kerlchen ausstehen muß!"

Ängstlich zupfte Lynn ihren Vater am Ärmel. „Und wenn ihm nun was passiert ist?" flüsterte sie.

Auch Brian gab sich ganz zerknirscht. „Und ich war noch wütend auf ihn, weil er mir meine zehn Dollar zwanzig geklaut hat!"

Es dauerte keine Minute, und Vater und Mutter Tanner hatten sich Mäntel über ihre Schlafanzüge geworfen. Die beiden hatten nur ein Ziel: ihren außerirdischen Hausfreund wiederzufinden. Brian und Lynn sollten zu Hause die Stellung halten, falls die drei Behördenheinis wiederkämen.

Das erste Hindernis der Suchaktion tauchte jedoch unversehens auf: Sie hatten ja kein Auto, um ALF zu suchen.

Doch zum Glück gibt es neugierige Nachbarn. Während die Tanners vor ihrer Haustür beratschlagten, was zu tun sei, kam Trevor Ochmonek angaloppiert. „Normalerweise bin ich ja sonst nicht so spät unterwegs. Aber ich hab' gehört, wie es bei euch zuging, und hatte Angst, ihr werdet überfallen", plauderte er drauflos.

„Oooch", erwiderte Willie gedehnt, „das waren nur ein paar Spitzel vom Einwanderungsamt."

Trevor machte ein noch dümmeres Gesicht als üblich und nickte geschäftig. „Alles klar", behauptete er.

„Wohl kaum", sagte Kate lächelnd.

Aber Trevor schien gar nicht sonderlich erpicht darauf, mehr über diesen Fall zu hören. Statt dessen drängte er Willie eine Visitenkarte auf und faselte etwas von einem Cousin, der Rechtsanwalt sei.

„Rufen Sie die Nummer an, die da draufsteht, und verlangen Sie Häftling 24601", empfahl er.

Willie bemerkte, daß es sich um die Visitenkarte des städtischen Gefängnisses handelte. Er beschloß daher, dieses Thema nicht zu vertiefen, sondern ein anderes, weitaus brennenderes anzuschneiden.

„Trevor, können wir uns Ihren Wagen ausleihen?" fragte er überfreundlich.

„Was ist denn jetzt schon wieder mit Ihrer Mühle los?"

„Was war es denn das vergangene Mal?“ fragte Willie vorsichtig zurück.

Trevor überlegte kurz und erinnerte sich vage an irgendwelche Negerküsse, die im Benzintank gesteckt hatten.

Willie grinste. „Genau dieselbe Sache“, behauptete er, während er schnell den Autoschlüssel an sich nahm, den ihm sein Nachbar entgegenhielt. Als er und Kate zur nachbarlichen Garage sausten, hörten sie noch, wie ihnen Trevor nachbrüllte, daß von dieser Einwanderungsgeschichte natürlich niemand je ein Wort erfahren würde.

„Außer Rachel – und damit der Rest der Welt“, dachte Willie. Aber das war ihm im Moment egal. Wenn er nur wüßte, wo dieser verflixte Melmac steckte und was für Unsinn er wieder trieb ...

Der Melmac steckte in der Patsche. Ihm war nämlich auf freiem Feld das Benzin ausgegangen. Das einzige, was sich in der Nähe befand, war eine große Scheune. Vorsichtig steckte ALF seinen Rüssel in die geöffnete Tür. Es roch nach frisch gemähtem Heu. ALF, der diesen Geruch nicht kannte, fand ihn durchaus attraktiv. Besonders in Verbindung mit dem Mist von Kühen und Hühnern. Diese Tiere hielten sich zuhauf in der Scheune auf. Was ALF allerdings weder sehen noch hören konnte. Denn es war Nacht, und die Tiere schliefen.

„Hallo“, flüsterte ALF. „Ist da jemand? Ich habe kein Benzin mehr.“ Er lauschte in die Stille. Aber die Stille blieb still. ALF steckte seinen Rüssel um eine Ecke und blickte in ein Gesicht, wie er es noch nie gesehen hatte: Es war das leicht dümmliche und ziemlich gleichgültig dreinschauende Gesicht eines großen Vierbeiners. Der schien damit beschäftigt, unentwegt Kaugummi zu kauen.

„He“, sagte ALF und ging vorsichtshalber erst mal einen Schritt zurück. „Hast du zufällig ’nen Hausschlüssel? Ich müßte dringend mal jemanden anrufen.“

Das große kaugummikauende Tier glotzte nur blöde, gab aber keine Antwort.

„Ich denke“, murmelte ALF, „wir schwimmen nicht auf einer Wellenlänge.“ Er lachte verlegen und nahm einen neuen Anlauf. „Auf die ein oder andere Weise sind wir ja alle Gefangene, findest du nicht?“

Die Antwort war - Schweigen.

„Wieso aber ausgerechnet auf diese Weise?“ fragte ALF. Er sprach diesmal mehr zu sich. Das Vieh war wohl noch ärmer dran als er. Es hing an einem Strick und hatte nichts zu futtern außer Stroh.

ALF entschloß sich zu einer Befreiungsaktion. „Lauf, Hündchen!“ rief er und öffnete das Scheunentor. Das Hündchen, das in Wirklichkeit eine Kuh war, rührte sich keinen Millimeter.

Dafür erscholl eine altbekannte Stimme aus der Dunkelheit. „ALF?“

„Willie!“ stotterte ALF, halb erschrocken, halb erleichtert. „Wie hast du mich gefunden?“

Wahrheitsgemäß berichtete Willie, daß er sein Auto am Straßenrand gesehen hatte und dann einfach den Bonbonpapieren nachgegangen war.

„Das habe ich aus ‚Hänsel und Gretel‘“, sagte ALF. „Ich wollte das Papier auf dem Rückweg natürlich einsammeln. Ich hab’s nur gemacht, damit ich den Wagen wiederfinde.“

Willie wollte wissen, was ALF in diese unwirtliche Scheune getrieben hatte.

Der Melmac räusperte sich. „Nächstens solltest du etwas mehr Benzin in den Tank tun“, ermahnte er Willie.

Behutsam legte Vater Tanner einen Arm um die Schultern des Außerirdischen. „Du mußt in dieser ... Sache nichts mehr unternehmen“, klärte er ihn auf.

ALF war anderer Meinung. „Doch, doch“, nickte er eifrig.

„Nein, wirklich nicht“, sagte Willie tröstend. Dann erzählte er seinem verängstigten Freund, was in den vergangenen Stunden vorgefallen war, daß drei Männer von der Behörde dagewesen seien, die aber nichts davon ahnten, daß ALF ein Außerirdischer sei. „Sie denken, du bist ein illegaler Einwanderer“, klärte er ALF auf.

Der zupfte ganz aufgeregt an Willies Ärmel. „Das heißt, ich wäre beinahe einem sprachlichen Mißverständnis zum Opfer gefallen?“

Willie nickte.

„Ich hätte mich um ein Haar wegen eines Übermittlungsfehlers enttarnt?“ wiederholte ALF ungläubig. Das war ja die Höhe!

Willie nutzte die Gelegenheit, ALF zu belehren, daß es besser gewesen wäre, er hätte vorher bei seiner Ziehfamilie um Rat gefragt. Damit schoß er jedoch ein Eigentor.

„Das habe ich ja! Aber keiner von euch hat mir geglaubt“, erinnerte ALF.

Willie schwieg einen Moment lang zerknirscht; dann vertrat er die Auffassung, es sei wohl besser, jetzt das Weite zu suchen, ehe noch jemand anders auf die Idee käme, einen Blick in die Scheune zu werfen.

Aber ALF war nicht bereit, ohne seine neue Freundin zu gehen.

„Neue Freundin?“ Willie fragte sich, wen ALF kennengelernt hatte. Da entdeckte er die Kuh.

Stolz verkündete der außerirdische Schwerenöter: „Ich hab' sie nach deiner Frau benannt.“

„Kate?"

„Nein – Lady Boß", scherzte ALF. Darauf legte er Mitleid in seine Stimme und fragte mit einer eindeutigen Handbewegung in Höhe des Halses: „Dir ist doch klar, was man mit dem armen Vieh vorhat."

Mit einem Blick auf das prallgefüllte Euter der Kuh erklärte Willie dem Melmac, daß es sich um eine Milchkuh und nicht um eine Schlachtkuh handele.

„Lügner", zischte ALF das unschuldige Tier an und wollte sich mit Willie auf die Socken machen.

Doch das Geplänkel mit der Kuh hatte seine Zeit gedauert. Die beiden waren noch nicht aus der Scheunentür getreten, als die Scheinwerfer eines Lieferwagens auftauchten. Der Lichtkegel erfaßte Willie, während der Melmac sich rechtzeitig ducken konnte und wie der Blitz in der Scheune verschwand.

Ein Bauer mit einer Schrotflinte im Arm sprang aus dem Fahrzeug. Das Licht ließ er an. Willie hielt sich beide Hände vor die geblendeten Augen.

„Was wollen Sie hier? Wer sind Sie?" herrschte ihn der Bauer an.

Er war, so vermutete Willie, der Besitzer des Schuppens. „Ich heiße Willie Tanner", stotterte der Ertappte. „Ich komme aus der Stadt. Ich ... ich ... ich ..."

Der Bauer schnitt ihm das Wort ab. „Ich weiß, was Sie wollen", sagte er barsch. „Sie sind ein Hühnerdieb."

Willie schüttelte heftig den Kopf.

„Ich hasse Diebe. Sie klauen immer Sachen, die sie einen feuchten Kehrricht angehen", zischelte der andere. Er zog einen Strick aus seiner Hosentasche und machte ein paar Schritte auf Willie zu, in der Absicht, ihn zu fesseln.

In seiner Not sah Vater Tanner eine Mistgabel im Heu

stecken und riß sie an sich. Drohend hielt er die Zinken auf den Bauern gerichtet, der abrupt stehenblieb.

„Sie haben gewonnen", stellte er resigniert fest und warf den Strick weg.

Willie rammte die Mistgabel in den Boden. „Schauen Sie, Mister", sagte er ruhig, „meinem Auto ist der Sprit ausgegangen, und ich dachte, hier drin sei jemand, der mir weiterhelfen könne."

Sofort änderte der Bauer seine Stimmlage. „Das hätten Sie ja gleich sagen können", stellte er versöhnlich fest. „Natürlich helfe ich Ihnen gern. Ich habe in meinem Wagen einen halbvollen Kanister."

„Das ist lieb. Ich danke Ihnen." Willie war erleichtert. „Wieviel kriegen Sie?"

Der Bauer winkte bescheiden ab. „Nicht der Rede wert. Zwanzig Dollar!"

Willie glaubte, Bohnen in den Ohren zu haben. „Zwanzig Dollar?" wiederholte er. „Für läppische fünf Liter Benzin?"

Lässig wies ihn der Bauer darauf hin, daß es bis zur nächsten Tankstelle vier Stunden Fußmarsch seien. Und mit einem Blick auf Willies Aufzug: „Bißchen kühl im Schlafanzug ..."

Mit Todesverachtung reichte Willie dem Erpresser die zwanzig Dollar.

„Vielen Dank", flötete er zuckersüß. „Dafür fülle ich es Ihnen auch in den Tank."

Willie wartete, bis der Farmer sein Auto betankt hatte und davongefahren war, dann rief er ALF aus der Scheune.

„Netter Kerl", stellte der fest. „Warum hast du ihm kein Trinkgeld gegeben?"

„Mach dich lieber auf den Weg zu unserem Auto", knurrte der Ausgebeutete.

ALF drückte Lady Boß noch ein letztes Küßchen auf die Stirn und nahm dann Abschied von ihr. Er hätte sich gut vorstellen können, sie in Tanners Garage einzuquartieren. Aber man konnte ja nicht alles haben ...

Wenige Tage später wurde das gemeinsame Abendessen durch das Klingeln des Telefons gestört. Die Erpressungsgeschichte steckte ALF noch so sehr in den Knochen, daß er sich sofort unter dem Küchentisch versteckte.

Aus sicherer Entfernung hörte er ein kurzes Gespräch zwischen Willie und irgendwem mit. Es mußte ein erfreuliches Gespräch gewesen sein. Denn breit grinsend erklärte Willie: „Es scheint so, als ob unsere Vermutung gestimmt hat. Ich habe gerade mit Fraziers Vorgesetztem gesprochen. Der hat eingeräumt, daß der Typ schon einige Zeit in Verdacht stand, illegale Einwanderer zu erpressen. Jetzt wird er degradiert und angezeigt."

Der Jubel der Tanners kannte keine Grenzen.

„Dem hätte ich gern die Fresse poliert", prahlte ALF. Dann stand er auf und hielt Willie die Hand hin. „Zum Dank dafür, daß du mir das Leben gerettet hast, ernenne ich dich zu meinem Sklaven", bot er großzügig an.

„Dann bleibt ja alles beim alten", stellte Willie ungerührt fest und dachte mit einem Seitenblick auf seine Frau: „Lady Boß und Melmac Boß – was will der Mensch mehr!" Aber er behielt es lieber für sich ...

Der Pechvogel

Auf dem Herd dampfte ein Topf. Es roch nach verbrannten Fußsohlen, als Willie und Kate frühmorgens die Küche betraten. Sie waren nicht die ersten. Ein gutgelaunter Melmac stand mit umgebundener Küchenschürze vor dem Herd und spielte den Drei-Sterne-Küchenchef.

„Guten Morgen, ALF, was kochst du denn da?" fragte Willie freundlich-skeptisch.

„Das ist eine Überraschung", vermeldete der außerirdische Maestro stolz.

Willie ahnte Schlimmes. „O nein!" stieß er hervor.

„Bleib ruhig! Es gibt feine Schnitzel in einer Maikäfersauce", verkündete ALF genießerisch.

„Das ist ja eine schreckliche Idee", sagte Kate. Ihr wurde ganz anders bei dem Gedanken an ein derartiges Menü.

„Du brätst Maikäfer?" fragte Willie. Er wollte es nicht glauben.

ALF entrüstete sich. „Also, Willie! Bitte! Raupen und Regenwürmer werden gebraten. Maikäfer werden sottiert."

Willie nahm die Pfanne vom Herd und forderte ALF auf, sich zu setzen. Derweil hatte Lynn ihre Morgentoilette ebenfalls beendet und war in die Küche gekommen. Sie schnupperte kurz und fragte dann ahnungslos, was denn hier so gut rieche.

„Maikäfer-Scaloppini", klärte ALF sie auf.

„Ich nehme lieber einen Saft", entschloß sich Lynn.

Kate wurde das Gefühl nicht los, daß es immer noch irgendwie absonderlich roch, obwohl Willie die Pfanne längst vom Herd genommen hatte.

„ALF, hast du noch etwas im Ofen?" wollte sie wissen.

„Brians Geschichtsbuch", gestand der Melmac ungerührt. Und auf Willies verständnislosen Blick fügte er erklärend hinzu: „Jemand hat es versehentlich ins Aquarium fallen lassen."

„Ich war das nicht", verteidigte sich Willie.

„Hab' ich gesagt, daß du das warst?" brauste ALF auf. „Ich war es. Deswegen habe ich es zum Trocknen in den Ofen gelegt." Willie sauste zum Ofen und wollte die Bratröhre öffnen.

„Daddy, er macht nur Spaß", rief Lynn aus. Sie wollte die neueste Missetat des kleinen Ungeheuers einfach nicht wahrhaben. Willies Gesicht belehrte sie dann aber eines Besseren. Er zog ein verkohltes Etwas aus der Röhre, das entfernte Ähnlichkeit mit einem Buch besaß. Allerdings konnte davon ausgegangen werden, daß in diesem Klumpen Papier nie wieder jemand würde lesen können. Mit spitzen Fingern hielt Willie das Gebilde in die Höhe und verzog angewidert das Gesicht.

ALF sackte in sich zusammen. Er schlug die Hände vors Gesicht und jammerte: „O nein! Wie schrecklich! Ich bin verdammt!"

„Das siehst du richtig!" antwortete Kate trocken.

„Bei uns auf Melmac brachte es Unglück, ein Geschichtsbuch zu vernichten", erklärte ALF stockend.

„Du meinst: Unglück, wie wenn man im Hause einen Regenschirm aufspannt?" fragte Lynn interessiert.

„Schlimmer", schluchzte ALF, „wie wenn man eine Mafia-Prinzessin sitzenläßt."

„ALF, so was ist doch albern", sagte Kate und lachte. Es klang ein wenig unsicher.

Im selben Augenblick schoß aus der Pfanne eine Stichflamme in die Höhe. Willie langte nach dem Feuerlöscher und schoß eine Portion Schaum auf die Pfanne.

„Hat jemand Appetit auf flambierte Maikäfer?" fragte ALF. Seine Frage blieb unbeantwortet.

Eine halbe Stunde später ähnelte die Küche der Tanners wieder der Küche ganz normaler Menschen. Willie hatte die letzten Reste des Löschmittels beseitigt, und Kate bereitete ein Müsli für die Familie vor.

Brian betrachtete die Reste seines Geschichtsbuches im Mülleimer. „Mein Geschichtsbuch ist in die Geschichte eingegangen", bemerkte er ungerührt. Geschichte war noch nie sein Lieblingsfach gewesen.

ALF sah das völlig anders. „Mein ganzes Leben ist Geschichte", stellte er niedergeschlagen fest. „Ich bin ein verwünschter Melmac."

„An dem Feuer in der Pfanne war aber kein Fluch schuld", wandte Willie ein.

„Wie erklärt ihr euch dann den Zeitpunkt dieses Desasters?" fragte ALF.

„Dein letztes ist doch schon ein paar Stunden her", scherzte Kate. „Dieses hier war längst fällig."

„Das war ein Fluch", beharrte ALF auf seiner Meinung.

„Das war nichts als Zufall", widersprach Willie.

ALF ließ diesen Einwand nicht gelten. „Ach ja? Dies ist ein elektrischer Herd. Da geht normalerweise nichts in Flammen auf!"

„Du hast sicher Fett verspritzt bei deinem Käfersottieren", argumentierte Kate.

„Du verstehst mich nicht", brüllte ALF und schlug erzürnt mit der Faust auf den Tisch. Im selben Moment brüllte er laut auf. Vor Schmerz. „Meine Hand ist durchbohrt! Von einer Gabel!" kreischte er.

Schnell zog Lynn die Spitze der Gabel aus ALFs Pfote und wickelte die verwundete Hand in eine Serviette. Es war nur eine kleine Wunde, doch ALF führte sich auf wie ein Schwerverletzter.

„Ich kapier' das nicht", meinte Brian, „wieso es Unglück bringt, ein Geschichtsbuch zu verbrennen." Er war eher der Meinung, daß dieses Schicksal noch ein paar anderen Schulbüchern gut anstände. Doch damit stieß er bei seinen Eltern auf pures Unverständnis.

Während ALF sich seine Wunde besah, erklärte er mit schmerzverzerrtem Gesicht, daß die Melmacker eben eine große Achtung vor Büchern hatten: „Wenn wir ein Geschichtsbuch verbrennen, betrügen wir künftige Generationen um das Wissen von der Vergangenheit."

Willie schmunzelte still vor sich hin. „Das ist reichlich tiefsinnig für den Bewohner eines Planeten, dessen Leitspruch ist: ‚He, kann ich dein Essen haben!'" stellte er sarkastisch fest.

Damit hatte er ALFs empfindliche Seele gekränkt. „Ich mache mich auch nicht lustig über euren blöden Planeten!" rief er empört, um dann gehässig hinzuzufügen: „Aber der macht's sowieso nicht mehr lange."

„Wie lange wird denn diese fluchbeladene Unglücksserie dauern?" kam Lynn wieder zum Thema.

ALF machte eine kurze Spannungspause. Dann sagte er bedeutungsschwer: „Ich sehe sieben Jahre Unglück voraus. Und darauf folgen dann – sieben Jahre wirkliches Unglück!"

Es schien so, als würde er mit seiner Prophezeiung recht behalten.

Denn während Willie und Lynn am Nachmittag dabei waren, die Wiege für Kates Baby zusammenzubasteln, gab es plötzlich ein Geräusch, das klang, als würde ein Melmac die Treppen hinunterpurzeln.

„Nicht schon wieder!" stöhnte Willie und sauste mit

seiner Tochter auf den Korridor. Dort lag ein benebelt dreinschauender Melmac auf dem Treppenabsatz.

„Ist dir was passiert?“ rief Lynn überflüssigerweise.

„Nicht mehr als bei den vorigen vier Treppenstürzen“, stöhnte ALF und rieb sich das schmerzende Hinterteil.

„Du warst so ruhig in den letzten vier Stunden. Ich hatte schon gehofft, deine Pechsträhne wäre vorbei“, sagte Willie.

ALF schaute ihn aus traurigen Augen an. „Ich war besinnungslos“, gestand er, „ich hatte mir den Kopf an einem Balken angeschlagen.“

Lynn grinste ihren fassungslosen Vater an. „Ganz ruhig, Daddy. In vierzehn Jahren ist alles vorbei!“

„Ach, er war doch nur unvorsichtig“, sagte Willie verärgert.

„Das war ich nicht“, stellte ALF fest. „Ich bin verflucht!“

Willie half dem Melmac auf die Beine. „Kennst du das Sprichwort: Aberglaube ist die Religion der Einfältigen?“ fragte er. ALF dachte nach und stellte fest, daß er dieses Sprichwort für ganz vernünftig halte.

In diesem Moment bekamen die Tanners Besuch von Jake Ochmonek. „Ich hab' schon von deiner Pechsträhne gehört, ALF“, sagte Jake lachend und gab dem Melmac einen freundlichen Schlag auf die Schulter, „wie geht's dir heute?“

„Ach, ganz gut“, sagte ALF und versuchte dabei, so beiläufig wie nur möglich zu klingen.

Dabei rieb er sich die Stelle, auf die ihn Jake soeben geklopft hatte. „Das heißt, es ging mir gut, bis du die Stelle berührt hast, auf die Willies Medaillensammlung geknallt ist.“

Das war ganz offensichtlich eine Neuigkeit für Willie

Tanner. Und was für eine! „Hast du sie beschädigt?“ fragte er mißtrauisch.

„Nur die vom Matheclub sind hin. Die vom Physikclub sind noch tadellos“, tröstete ALF.

„Würdest du bitte nächstens etwas besser aufpassen!“ schnaubte Willie. Als wäre dies ein Stichwort gewesen, stieß ALF mit dem Kopf an ein Wandregal und fegte eine Bonbondose auf den Boden. Sie zerbrach in tausend Scherben.

„Ich bin ja vorsichtig“, jammerte er, „aber diese Sache ist mächtiger als wir alle.“

„Kannst du gar nichts tun, um diesen Fluch ein bißchen aufzuhalten?“ fragte Jake besorgt.

„Na ja, auf eurer Erde wohl nicht. Auf Melmac gab es was“, deutete ALF an.

„Was?“ wollte Lynn wissen.

„Das Bibliozidritual - im wesentlichen eine Zeremonie, bei der Personen anwesend sein müssen, die mit Fleisch bekleidet sind.“

„Mit Fleisch?“ fragte Lynn angeekelt.

„Mit Fleisch“, bestätigte ALF, als sei es das Selbstverständlichste auf der Welt.

„Und warum machen wir das nicht?“ fragte Jake arglos.

„Das kommt überhaupt nicht in Frage!“ meinte Willie knapp. Für ihn stand fest: Auf *diesen* Unsinn würde er sich auf keinen Fall einlassen. Aber schon wirklich auf überhaupt keinen Fall!

„Es geht sowieso nicht“, beruhigte ihn ALF mißmutig, „die Person, auf der der Fluch lastet, muß im Licht eines vollen grünen Mondes stehen.“

„Und sonst gibt es gar nichts, was du tun könntest?“ fragte Lynn mitleidig.

„Ich muß es aussitzen", stellte ALF resigniert fest.

„Vier-vierzehn Jahre lang?" Willie kam ins Stottern. Er wußte, wenn ALFs These stimmte, wäre dies das Ende der Tanners, wenn nicht sogar das Ende der Welt!

„Ja. Es wird schwer sein für euch, mit mir zu leben", stellte der Pechvogel vom Melmac düster fest. „Als wenn es nicht schon die ganze Zeit schwer gewesen wäre", dachte Willie. Aber das behielt er angesichts des Seelenzustandes seines Untermieters lieber für sich.

Jake bot ALF an, ihm zum Trost eine Erdnußbutterstulle zu spendieren. Damit gelang es ihm wenigstens für kurze Zeit, den Außerirdischen auf andere Gedanken zu bringen.

Während die beiden in der Küche verschwanden, hakte sich Lynn bei ihrem Vater unter. „Daddy, wir müssen ihm beistehen", stellte sie fest.

„Er hat doch nur eine Pechsträhne, weil er glaubt, daß er eine hat. Er kommt drüber hinweg, wirst schon sehen", tröstete Willie seine Tochter.

Die machte den Vorschlag, ALF davon zu überzeugen, er hätte eine Glückssträhne. Ihre Idee wurde von einem scheppernden Geräusch übertönt, das aus der Küche kam. Die Glückssträhne war also offenbar noch nicht angebrochen ...

Willie schloß die Augen. „Krieg bloß nie einen Außerirdischen", grinste er Lynn mit Galgenhumor an.

Den ganzen Tag hörten die Tanners, wie auf dem Dach gehämmert und geklopft wurde. Doch erst am Abend beschlossen Lynn und Willie, einmal nach dem Rechten zu sehen. Sie fanden ALF in einem Holzkäfig sitzend vor, den er sich, wie es aussah, selbst gebaut hatte. So ganz spurlos war die Heimwerkertätigkeit des Melmac jedoch nicht an ihm vorbeigegangen. Sein Körper war mit Pflastern übersät. Und am Kopf und an der rechten Hand trug er zwei blutdurchtränkte Verbände.

„Ist dies das Ergebnis deiner Hammerorgie?" fragte Willie bewegt.

„Ja, das ist mein Zuhause für die nächsten vierzehn Jahre", bestätigte ALF mit schwacher Stimme. Er schien am Ende seiner Kraft.

Lynn deutete auf seine Verbände. „Wie ist das denn passiert?"

„Ach, die Decke ist mir beim Zusammenbauen auf den Kopf gedonnert. Und als ich mich dann einschließen wollte, habe ich mir die Hand in der Tür geklemmt. Ganz zu schweigen von den paar hundert Splittern, die ich mir eingezogen habe wegen dem blöden Ding! Aber ich will mich ja nicht beklagen ..."

Willie forderte ALF auf, aus seinem seltsamen Bau herauszukommen.

„Ich kann nicht", stöhnte ALF.

„Wieso?" fragte Lynn. „Fühlst du dich da drin sicherer?"

„Nein, ich habe mir den Knöchel verstaucht."

Lynn hatte eine gute Nachricht für den Geplagten: „Wir möchten dich kurieren. Wir haben eine Idee, die vielleicht funktioniert. Nicht wahr, Daddy?"

Willie nickte halbherzig, und Lynn fuhr fort: „Wir treiben dir den Fluch aus. Du mußt bloß etwas tun, wovon man auf der Erde glaubt, daß es Glück bringt."

„Diese Idee klingt etwas weit hergeholt", gab ALF zu bedenken.

„Na gut, dann sehen wir uns in vierzehn Jahren wieder, Kumpel", sagte Willie mißmutig.

„Schon gut, schon gut", willigte ALF ein, „vielleicht ist eure Idee ja etwas naheliegender, als ich dachte." Er kletterte aus dem Käfig und rammte sich beim Aussteigen einen weiteren Splitter in die Hand, als er sich an der Tür festhielt. „Das macht jetzt ein paar hundert und einen Splitter", seufzte er.

Lynn hielt ihm einen Salzstreuer entgegen, den sie aus der Küche mitgebracht hatte.

„Salz?" fragte ALF verständnislos.

„Auf unserem Planeten bringt es Glück, wenn man Salz über die Schulter wirft", erläuterte Lynn.

ALF tat, wie ihm befohlen, mit dem Ergebnis, daß Willie vor Schmerz aufbrüllte. „Wirf das Salz, nicht den Salzstreuer!" jammerte er. Wenn ALF etwas machte, dann zielgerichtet.

„Aber ich werfe immer den Streuer", entschuldigte sich ALF.

„Und was sage ich dann immer?" fragte Willie, während er sich die Stelle an der Schulter rieb, wo ihn ALF getroffen hatte.

„Wirf nicht den Streuer", räumte ALF ein.

Lynn, die einsah, daß man so nicht weiterkam, hatte einen anderen Vorschlag: „Vielleicht vergeht deine Pechsträhne ja auch, wenn du etwas tust, was hierzulande Unglück bringt."

„Jetzt hör aber auf, Lynn", mischte sich Willie unwirsch ein. Doch ALF fand, daß die Idee ganz einleuchtend klang. Willie gab nach. Lynn reichte dem Melmac einen kleinen Handspiegel und erklärte, daß es Unglück bringe, einen Spiegel zu zerbrechen. Während ALF eine Stelle suchte, wo er das Ding zerschellen lassen konnte, begab sich Willie vorsichtshalber hinter einem Schrank in Deckung. Schließlich erledigte ALF den Spiegel am Bettpfosten.

„Und?" fragte Lynn, „fühlst du dich jetzt erleichtert?"

„Nein", gestand ALF, „das war Kates Spiegel."

Willie beschloß, die Initiative zu ergreifen. Er hatte langsam die Faxen dicke. Er stellte eine Haushaltsleiter direkt vor ALFs Füße. „Hier, versuch das mal!“

ALF betrachtete die Aluminiumleiter von oben bis unten und stellte schließlich fest, daß es ihm wohl kaum möglich sei, sie zu zerbrechen.

„Du sollst sie nicht zerbrechen, du sollst nur drunter durchgehen. Das bringt angeblich auch Unglück“, drängelte Willie. Achselzuckend machte sich ALF auf den Weg. Doch kaum hatte er den ersten Schritt gesetzt, jaulte er vor Schmerz auf.

„Was ist denn nun schon wieder?“ fragte Lynn entgeistert.

„Ich bin auf die blöden Glassplitter vom Spiegel getreten“, jammerte ALF.

„Tut’s weh?“ fragte Lynn mitleidig.

„Die Splitter tun nicht besonders weh“, stöhnte ALF, „aber das Salz, das in die Wunden gekommen ist, brennt wie Feuer.“

Willie bot an, ein Pflaster zu holen, und ALF jammerte ihm nach: „Gute Idee! Ich bin es leid, jedesmal die Treppen runterzusegeln, wenn ich eines brauche.“ Da gab es plötzlich eine Anzahl dumpfer Geräusche. Es klang, als sei jemand die Treppen hinabgestürzt. ALF und Lynn sahen sich vielsagend an ...

Wenig später lag Willie Tanner mit schmerzverzerrtem Gesicht auf der Couch. „Tut’s weh?“ fragte seine Tochter besorgt. Dieser Satz gehörte seit ein paar Tagen zu ihrem Standardrepertoire, genau wie guten Morgen und auf Wiedersehen.

„Nein, nein“, stöhnte Willie.

„Nur wenn du lachst, nicht wahr?“ scherzte Lynn.

„Ja“, sagte Willie und versuchte zu lachen. Doch weil ihm dabei alle Rippen schmerzten, ließ er es wieder sein.

In diesem Moment kam Brian nach Hause. „Was ist denn hier passiert?" fragte er erschrocken.

„Willie ist tot", verkündete ALF sachlich.

„Ich bin nicht tot!" dementierte Willie.

„Daddy ist die Treppe hinuntergefallen", stellte Lynn den Sachverhalt klar, um dann ihren Vater zu fragen, ob sie nicht lieber doch einen Arzt holen solle.

Willie schüttelte den Kopf. „Nein, nein. Ich bin nur ein bißchen mitgenommen."

„Hör nicht auf ihn. Er ist tot", beharrte ALF.

„Ich glaub', du hast dir bei deinen Treppenstürzen eine Macke geholt", blaffte Lynn den Melmac an.

Der schüttelte traurig den Kopf. „Durchaus nicht. Aber das habe ich am allermeisten befürchtet."

„Was?"

„In den ganz schlimmen Fällen überträgt sich die eigene Pechsträhne auf Leute, mit denen der Verwünschte in Kontakt kommt. Es fängt schon an."

„Gar nichts fängt schon an!" wehrte sich Willie. „Ich bin die Treppe runtergefallen, weil ich nämlich Salz im Auge hatte. Und jetzt will ich zum Kuckuck nichts mehr von diesem Fluch hören." Zur Untermauerung seines Befehls schaltete Willie die Fernbedienung des Fernsehgerätes ein. Doch statt Bild und Ton kam lediglich eine dünne schwarze Rauchfahne aus dem Zuleitungskabel in Höhe der Steckdose. Es roch verschmort. Willie maß ALF mit einem durchbohrenden Blick.

„Ich sage kein Wort", stellte der kleinlaut fest.

Auf ALFs Drängen bat Brian seinen Freund Jake herüber, der bestens geübt war im Umgang mit kaputten Haushaltsgeräten aller Art. Vor allem mit Haushaltsgeräten aus dem Hause Tanner.

„Beeil dich, sonst versäume ich meine Show", drängelte ALF den Jungen, der verbissen im Innenleben der Flimmerkiste herumfuhrwerkte.

„Wie ist das Bild jetzt?“ fragte Jake hoffnungsvoll.

„Perfekto!“ jubelte ALF.

„Dann war's wahrscheinlich nur ein Kurzer im Stekker“, stellte Jake fest, womit er bei ALF jedoch auf erheblichen Widerstand stieß. Der ließ sich seine Weltanschauung nicht so einfach kaputtreden.

„Versuch doch mal, die Dinge realistisch zu sehen! Es war nicht der Stecker - ich bin verwünscht!“

Jake ignorierte den Einwand. „Was willst du sehen?“ fragte er sachlich.

„Den Fernsehpsychologen. Er hilft den Zuschauern, ihre Probleme zu bewältigen.“

„Ist er gut?“

„Er ist auf Kanal 129. Mach dir doch selbst ein Bild!“ ALF grabschte sich das Telefon und wählte die Nummer des Fernsehpsychologen. Zu seiner eigenen Überraschung wurde er direkt ins Studio durchgestellt.

„Hallo, willkommen auf der Fernsehcouch! Wer sind Sie?“ fragte der Psychologe jovial.

„Muß ich meinen Namen nennen? Ich möchte nicht, daß meine Nachbarn und Freunde davon erfahren“, wich ALF aus.

„Es wäre hilfreich, wenn ich Sie irgendwie anreden könnte“, gab der Fernsehpsychologe zu bedenken.

„Okay, Willie Tanner“, log ALF.

Der Telepsychologe wollte wissen, was er für ALF tun könne, und der Melmac erklärte es ihm: „Ich bin in Ihrem Land zu Besuch. Ich hab' was getan, was in meiner Heimat Unglück bringt. Jetzt kann ich das Unglück nur verhindern, wenn ich ein bestimmtes Ritual befolge. Aber die Leute hier sagen, ich wäre verrückt.“

ALF hatte das Gefühl, der Mann auf dem Bildschirm teile diese Auffassung. Doch freundlich erklärte er ihm und den anderen Zuschauern, daß Einwanderer öfter Probleme mit der neuen Kultur hätten. „Wenn Sie glauben, daß Sie Ihr Ritual benötigen, sollten Sie es tun", munterte er ALF auf.

„Äh, wissen Sie, das geht schlecht. Was ich dazu brauche, ist weit, weit weg. In meinem Sternensystem, äh, meinem Teil des Sternensystems, äh, unserem Sternensystem ..." ALF hatte sich hoffnungslos verheddert. Doch der Psychologe, der gewohnt war, die verrücktesten Leute am Telefon zu haben, teilte ihm und den anderen verrückten Leuten am Bildschirm mit, daß ihm vielleicht ein Glücksbringer helfen könnte.

„Sie meinen so etwas wie eine Maus oder ein Joghurtbecher?" fragte ALF verständnisvoll.

„Nun, was immer es in Ihrem Land gibt", gab sich der Psychologe diplomatisch. Er war sich jetzt ziemlich sicher, es mit einem ausgewachsenen Spinner zu tun zu haben.

„Hören Sie, ich habe das mit dem Glücksbringer bereits versucht, aber mein Pech wurde immer größer", sagte ALF verzweifelt.

„Wie denn das?" wollte der Psychologe wissen. Er überlegte, wie er das Gespräch schnell beenden konnte, ohne sein Gesicht zu verlieren.

„Es breitet sich aus. Die Leute, mit denen ich in Kontakt komme, haben auch Pech und kriegen blaue Flecken ab", erzählte ALF.

„Sie glauben, Sie haben die Macht, das Leben anderer Leute auf diese Weise zu beeinflussen?" fragte der Psychologe genervt.

Ehe ALF antworten konnte, stürzte eine Studiolampe

von der Decke. Sie verfehlte den Kopf des Psychologen um Haaresbreite. Verstört legte er den Hörer auf und grinste blöde in die Kamera. „Und nun, meine Damen und Herren, unser nächster Anrufer“, kündigte er an.

ALF schaltete das Gerät aus. „Man sollte von solchen Labersäcken nicht zuviel erwarten“, sagte er enttäuscht zu Jake.

Willie kam aus der Küche. Um die rechte Hand hatte er einen Verband. Jake wollte wissen, was er damit gemacht hatte. Willie winkte mit der linken Hand ab. „Das ist es! Es ist für euch Jungs viel zu gefährlich, in meiner Nähe zu sein. Ihr müßt weg von hier!“ zeterte ALF.

„Wir werden nirgendwohin gehen“, sagte Willie leise, aber bestimmt.

Jake dachte ein Weilchen nach. Dann fragte er, warum es denn nicht möglich sei, ALFs Ritual wenigstens mal zu versuchen.

„Wie denn?“ ALFs Frage klang hoffnungslos.

„Wir haben heute Vollmond“, gab Jake zu bedenken.

„Aber er muß grün sein, wie auf Melmac“, wandte ALF ein.

„Du hast uns Bilder vom Mond deines Planeten gezeigt. Er war nicht grün“, erinnerte sich Willie.

„Doch, das war er. Jedenfalls, wenn bestimmte atmosphärische Bedingungen herrschten. Dann sah er aus wie vollgekotzt“, erläuterte der Melmac.

„Wir könnten das simulieren. Wir brauchen nur eine grüne Sonnenbrille aufzusetzen“, schlug Jake vor.

ALF war begeistert von diesem Einfall. „Jake, du bist ein Genie! Außerdem hast du ein gutes Gefühl für Styling.“ Er kratzte sich kurz am Kopf, dann fuhr er fort: „Jetzt brauche ich nur noch fünf Leute, die der Zeremonie beiwohnen und mit Fleisch bekleidet sind.“

Willie weigerte sich strikt. Selbst auf ALFs dringende Bitte blieb er hart: „Irgendwo muß ich eine Grenze ziehen. Und ich ziehe sie da, wo ich Fleisch anziehen soll.“

ALF begann zu heulen. Und er gab zu verstehen, daß er so lange weiterheulen würde, bis Willie nachgab. „Vielleicht hilft's ja“, wandte Jake ein und tippte mit dem Zeigefinger an seine Stirn, allerdings so, daß ALF es nicht sehen konnte.

Der zog seinen letzten Trumpf aus dem Ärmel: „Denk mal an das Baby! Soll es etwa mit mir so weitergehen, wenn es mal da ist? Ich könnte mir jedenfalls nicht mehr in die Augen sehen, wenn dem kleinen ALF Tanner etwas passiert“, flötete er.

Willie fand zwar, daß dies eine üble psychologische Erpressung war, aber schließlich gab er nach. „Was für Fleisch muß es denn sein?“ fragte er genervt.

„Ach, was dir am liebsten ist! Schwein, Kalb, nur kein Büchsenfleisch!“ antwortete ALF großzügig.

„Ich nehme frisches“, beschied Willie unbehaglich.

Jake wollte wissen, wozu man für diese Zeremonie überhaupt Fleisch brauche. ALF wußte die Antwort: „Weil der Hohepriester auf dem Melmac zugleich Metzger war!“

„Wurde bei allen Ritualen auf dem Melmac Fleisch getragen?“ setzte Jake seine Befragung am späteren Abend fort. In der Zwischenzeit waren im Tannerschen Garten die Vorbereitungen für die große Vodoo-Fete getroffen worden. Ein paar Lampions hingen von einem Wäscheseil, ein Tisch mit Tischtuch stand auf dem Rasen. Auf ihm befand sich ein großer gußeiserner Topf. Jake trug zwei Steaks um den Hals, ALF hatte sich ein Stück Räucherschinken um den Bauch gebunden und hielt ein melmacsches Buch unter den Arm geklemmt.

Er erklärte Jake, daß dieses Ritual auf seinem Heimatplaneten durchaus üblich gewesen sei.

„Wie lange dauert so eine Zeremonie?“ wollte Jake wissen.

„Nicht lange, warum?“

„Damit die Steaks nicht anfangen zu riechen.“

Langsam füllte sich die Runde. Kate, Lynn und Willie kamen hinzu. Willie trug zwei Salamiwürste um die Hüften, Lynn hatte ein neckisches Kettchen von Medaillons um den Hals hängen, und Kate war mit einer Kette von Bratwürsten geschmückt, die sie wie eine Schärpe umhängen hatte.

„Keine Fotos bitte“, alberte sie, während Willie knurrte, daß er sich wie ein Idiot vorkomme.

„Nicht doch, Daddy! Das ist eine sehr ernste Angelegenheit für ALF, und wir sollten ihn nicht runtermachen, nur weil wir die Feinheiten seiner Kultur nicht begreifen“, mahnte Lynn.

„Ganz egal, wie unglaublich blöde diese Feinheiten auch sein mögen“, ergänzte Kate.

ALF rief nach Brian, der fehlte, während Kate vom Melmac wissen wollte, was jetzt eigentlich genau zu tun war.

ALF erklärte es ihr: „Ihr fungiert jetzt einfach als Zeugen, während ich mich für meine Missetaten entschuldige.“

„Und müssen wir das wirklich tragen?“ fragte Willie noch einmal nach. „Denn wenn ich später dahinterkomme, daß das überhaupt nicht nötig war ...“

„Ihr müßt unbedingt“, unterbrach ALF ungeduldig. Dann forderte er die Anwesenden auf, sich Soße ins Haar zu kippen. Angesichts des allgemeinen Entsetzens gab er zu, daß dieser Teil der Zeremonie freiwillig sei: „Ich versuche nur, die Sache etwas aufzuheitern." Alle vier verzichteten dankend.

Endlich kam auch Brian angestiefelt. „Sitzt mein Hot dog richtig?" wollte er wissen.

„Ausgezeichnet, Schätzchen", beruhigte ihn seine Mutter. Dann begann ALF mit dem Ritual, indem er alle aufforderte, ihre Sonnenbrillen aufzusetzen.

„Sieht der Mond grün aus?" fragte er.

„Alles sieht grün aus! Mach schon vorwärts." Kate war ungeduldig.

ALF blätterte in seinem Zeremonienbuch. „Da war einst ein junges Geschöpf aus Nantucet", begann er, um sogleich festzustellen, daß er im falschen Ritual gelandet war. Selbst die geduldige Lynn drängte langsam zur Eile. Sie konnte die Medaillons um ihren Hals nicht mehr riechen.

Plötzlich zerriß eine Stimme vom Nachbargrundstück die weihevolle Atmosphäre. „He, Tanners! Habt ihr Jake gesehen?" rief Trevor Ochmonek.

„Na toll! Meine Pechsträhne wird schlimmer statt besser", merkte ALF an, ehe er blitzschnell unter dem Tisch verschwand und sich hinter der Tischdecke versteckte. Der Nachbar traute seinen Augen nicht, als er das Quintett in diesem Aufzug vor sich stehen sah. „Stör' ich bei irgendwas?" fragte er verdattert.

Willie verneinte verlegen. Trevor Ochmonek sah seinen Neffen entgeistert an. „Warum trägst du nachts eine Sonnenbrille und Fleisch?" wollte er wissen.

„Weil es Spaß macht." Jake fiel nichts Klügeres zu dieser berechtigten Frage ein.

„Es macht uns allen Spaß", bestätigte Willie, wohl wissend, daß dies nicht der Wahrheit entsprach.

„Mir nicht", gab Kate offen zu.

„Was du nicht sagst“, bemerkte Lynn sarkastisch.

„Wir machen - äh - eine Grillparty“, redete sich Willie heraus.

„Und ihr grillt mit Körperwärme?“ sagte Trevor, der seinem Nachbarn kein Wort glaubte.

„Das ist nur zum Auftauen“, unterstützte Kate die Argumentation ihres Mannes.

„Trevor, wollten Sie noch nie Ihr Haar offen tragen und sich ein Rippenstück draufklatschen?“ fragte Wille mit unschuldigem Blick.

„Ich hab' schon mal drüber nachgedacht. Ich gehe davon aus, daß eigentlich jeder Mensch schon mal einen solchen Gedanken hatte“, sagte Trevor heiser. Es wurde ihm immer klarer, daß in den Oberstübchen der Familie Tanner ein paar Tassen in den Schränken fehlten. Er hob kurz die Hand zum Gruß und begab sich, so schnell er konnte, zurück nach Hause. Wer weiß, vielleicht waren solche Ticks ansteckend?

„Können wir endlich mit dieser Schwachsinnszeremonie fertig werden?“ fragte Willie, der am Ende seiner Geduld angelangt war.

Damit beleidigte er ALF zutiefst.

„Schwachsinn? Die Zerstörung der Geschichte sollte nicht auf die leichte Schulter genommen werden. Wer die Vergangenheit nicht kennt, ist dazu verurteilt, sie zu wiederholen. Das wißt ihr genau“, dozierte er eingeschnappt.

Willie verdrehte genervt die Augen. „Tut mir leid, ALF, ich wollte dich nicht beleidigen! Fang an!“

ALF faltete die Hände, hob feierlich den schweren Topf gen Himmel und sang eine herzzerreißende Litanei: „Linkes Bein, rechtes Bein, die einen finden's fein, die andern lassen's sein!“

„Gehört das Lied wirklich zum Ritual?“ unterbrach Willie.

„Nein, aber ich denke, es sollte dazugehören“, gab ALF zu.

„Halte dich ans Original“, mahnte Willie.

„Okay, okay“, quengelte ALF, dann öffnete er sein Buch, sagte: „Tut mir leid wegen dem Geschichtsbuch“, und dann klappte er das Buch wieder zu.

„Das war's?“ fragte Willie ungläubig.

ALF nickte. „Ja, oder hab' ich vielleicht wen umgebracht? Kommt, laßt uns essen!“

Willie wollte es immer noch nicht glauben. „Das alles haben wir mitgemacht nur wegen deinem ‚Tut mir leid wegen dem Geschichtsbuch?‘“ hakte er nach.

ALF zielte mit seinem rechten Zeigefinger direkt auf Willies Nase. „Eine Zeremonie muß nicht unbedingt lang sein, um zu wirken. Eine Hochzeit auf dem Melmac besteht aus einem Priester, der sagt: ‚Nun mal los, ihr seid unter der Haube!‘“

In diesem Augenblick näherten sich wieder Schritte vom Ochmonekschen Grundstück. Trevor kam zurück, eine Polaroidkamera in der Hand. ALF konnte gerade noch rechtzeitig in Deckung gehen.

„'tschuldigung, wenn ich noch mal störe, aber kann ich einen Schnappschuß von euch machen?“ nervte der Nachbar und versuchte, so unbefangen wie möglich auszusehen.

„Warum?“ forschte Willie.

„Rachel ist zum Einkaufen. Sie würde mir das hier nie glauben.“ Dann bat er die Gruppe, etwas näher zusammenzurücken, und drückte auf den Auslöser. Das Polaroidfoto kam aus der Kamera, und kopfschüttelnd betrachtete Trevor Ochmonek das Ergebnis seiner fotografischen Kunst. „Das wäre glatt was für die Zeitung", murmelte er, während er wieder nach Hause schlurfte. Er war so in die Betrachtung der absonderlichen Aufnahme vertieft, daß er sogar vergaß, sich zu verabschieden.

„Fühlst du dich jetzt erleichtert?" fragte Jake den Melmac, dessen Charakterkopf langsam unter dem Tisch zum Vorschein kam.

„Ich weiß noch nicht", gestand ALF. Er bat Jake, eine Münze in die Luft zu werfen.

Jake verstand zwar den Grund von ALFs Ansinnen nicht, aber er kam seinem Wunsch lieber nach. Man konnte ja nie wissen ...

„Wappen oder Zahl?" wollte er wissen.

„Egal", sagte ALF lachend. „Hauptsache, sie ist mir nicht ins Auge geflogen! Also ist mein Pech vorbei!" Willie nahm dies zum Anlaß, die fleischige Runde aufzulösen, während ALF noch einmal sein Lied vom linken und vom rechten Fuß sang. Er war so vertieft in sein Gegröle, daß er gar nicht gleich bemerkte, wie er plötzlich allein im Garten stand. Aber zum Glück lagen da ja noch ein paar Würstchen herum ...

Apropos Glück. ALFs Pechsträhne schien wirklich vorbei zu sein. Am nächsten Nachmittag hatte man sich zu einer gemütlichen Pokerrunde im Wohnzimmer zusammengesetzt, und ALF war auf der Gewinnerstraße wie noch nie. Soeben legte er wieder lässig einen Royal Flush auf den Tisch.

„Schon wieder einen?" seufzte Lynn, und Brian konnte nicht umhin festzustellen, daß er pleite war.

ALF konnte sein Glück nicht fassen. Er entschuldigte sich bei allen Mitspielern per Handschlag und machte den Vorschlag, man solle einmal ein Los der Jahreslotterie für ihn kaufen.

„Bist du sicher, daß du dich an die Spielregeln hältst?" fragte Kate argwöhnisch.

ALF machte eine seiner berühmten Unschuldsmienen. „Ich mogle nicht. Ich hab' euch doch gesagt, sobald jemand von seinem Fluch erlöst ist, folgt eine Zeit der Glückssträhnen. Manchmal dauert sie bis zu drei Tage."

Er beugte sich vor, um sich ein paar Erdnüsse zu holen. Dabei stieß er mit seinem linken Knie an den Tisch. Die Schüssel mit den Erdnüssen fiel zu Boden und zerbrach in tausend Scherben. Alle Blicke waren auf den Melmac gerichtet.

Der starrte auf das Chaos auf dem Fußboden und murmelte: „Ich habe gesagt: *manchmal.*"

Zwischen zwei Stühlen

Immer wenn Lynn zum Küchendienst eingeteilt war, hatte ALF seinen Spaß. Dann saß er am Küchentisch und handelte nach der Devise: „Ich liebe Arbeit. Ich kann ihr stundenlang zuschauen!"

Heute mittag war es wieder mal soweit. Vor sich auf dem Tisch hatte der Außerirdische eine Batterie von Spül- und Putzmittelflaschen aufgebaut und steckte seine Knautschnase hinein.

„Wie kommt es, daß so viele von den Dingern nach Zitrone riechen?" fragte er Lynn.

„Weil Zitronen besonders angenehm riechen."

„Dann müßten wenigstens einige auch den Geruch von alten Latschen haben. Ein sehr männlicher Duft ..."

Lynn rümpfte die Nase. Und weil ALF merkte, daß sein Geschmack auf wenig Gegenliebe stieß, wandte er beleidigt ein: „Finde ich jedenfalls."

In diesem Moment kam Willie in die Küche und brachte eine Kaffeetasse und ein Glasschälchen vom Nachtisch mit.

Mitleidig betrachtete er Lynn und das Küchenchaos und bot seiner Tochter spontan an abzuspülen.

Sie warf ihm statt dessen ein Trockentuch zu, und Willie nahm sich der bereits abgespülten Teller an.

ALF blieb davon ungerührt. Er baute seine Reinigungsmittel auf dem Tisch um und wies Willie darauf hin, daß man mit dem Trockentuch die Zukunft voraussagen konnte: „Für Ihr Geschirr: eine glänzende Zukunft, hähähä!"

„Darf ich fragen, was hinter deiner Begeisterung für Reinigungsmittel steckt?" wollte Willie wissen.

„Reinlichkeit! Ich werde gründlich saubermachen, jetzt, wo Kate entgiftet wird."

Lynn seufzte tief. „Sie wird doch nicht entgiftet. Sie ist auf einem Seminar für Grundstücksmakler", korrigierte sie.

ALF ließ sich nicht aus der Ruhe bringen. „Das ist deine Version ..."

Es klingelte. „Na toll! Ich wollte mir gerade gründlich das Wohnzimmer vornehmen", behauptete der putzwütige Melmac.

Während Lynn sich auf den Weg zur Tür machte, spielte Willie weiter den Hausmann und räumte die Flaschen vom Tisch, die ALF so schön arrangiert hatte.

„Ich weiß deine Hilfe durchaus zu schätzen. Aber ich fürchte, daß wir sie uns auf Dauer nicht leisten können", gestand er ALF.

Das ließ der nicht gelten: „Wenn du damit auf dein gestreiftes Hemd anspielst: Ich hab' die Flecken doch wieder rausgekriegt, oder nicht?"

„Du hast auch die Streifen rausgekriegt."

ALF kreuzte die Arme über der Brust und zog eine Flunsch. „Willie, Willie, du bist so negativ! Nimm meinen Rat: Gewinne Freunde", mahnte er und hielt Willie zwei Putzflaschen unter die Nase. Sie trugen die Markennamen „Gewinn!" und „Freund".

Schweigend wies Willie auf die dritte Flasche. Das Mittel nannte sich schlicht und einfach: „Dreckweg!"

Während ALF noch überlegte, was damit gemeint sein könnte, hatte Lynn inzwischen dem Besucher geöffnet. „Hey, Danny!" rief sie erfreut und wurde mit einem Begrüßungskuß empfangen.

„Bist du aus einem bestimmten Grund hier, oder war es nur der Kuß?" neckte Lynn den Jungen.

Danny senkte kleinlaut den Kopf. „Mein Dad hat gerade gesagt, ich müßte mit zu unserem Familientreffen in San Diego."

„Hast du ein Glück! Unser Familientreffen war in Oxnard", tröstete Lynn.

Danny lachte auf. Der Sarkasmus in seiner Stimme war unüberhörbar. „Glück?! Ich werde nicht rechtzeitig zum Frühlingsball zurück sein können." Er war offenbar den Tränen nahe.

Auch Lynn sackte zusammen. „O nein!" entfuhr es ihr.

„Ich bin fix und fertig", stöhnte der junge Mann.

Lynn kniff die Lippen zusammen. „Du hast gut reden! Ich hab' mir extra ein Kleid gekauft! Die Rechnung darf mein Vater nicht zu Gesicht bekommen!"

Danny wollte das Mädchen aufheitern und versuchte es mit einem Scherz. „Ich dachte, du hast das Kleid mit Nachhilfestunden finanziert."

„Es wird sicher noch andere Gelegenheiten geben, das Kleid auszuführen", sagte Lynn schließlich, als sie einsah, daß es keinen Sinn hatte, sauer zu sein.

Danny nahm sie in die Arme und gab ihr einen kleinen Kuß. „Ich wollte einfach persönlich kommen und dich ein bißchen trösten", sagte er traurig. Lynns Angebot, ein wenig zu bleiben, schlug er ab: „Ich muß noch meiner Mutter helfen."

„Ich bin noch nicht ganz getröstet", sagte Lynn leise und wurde mit einem weiteren Kuß belohnt.

„Besser?" grinste Danny.

„Für den Augenblick reicht's."

„Ich ruf' dich an, wenn ich zurück bin", versprach Danny.

Dann machte er sich auf die Socken und ließ eine traurige junge Dame zurück.

ALF war in der Zwischenzeit mit dem Vorschlag an Willie herangetreten, noch mal Kate anzurufen, um ihr zu sagen, daß er ihren neuen Pullover gewaschen hatte.

Willie ahnte Schlimmes. Er wühlte im Wäschekorb und fand einen verfärbten Pulli vor, der ursprünglich sicher zwei Nummern größer gewesen war. Entsetzt ließ er das gute Stück wieder fallen.

„Na ja, wir müssen sie nicht anrufen. Sie wird sich sicher über die Überraschung freuen, wenn sie wiederkommt“, fand ALF.

Lynns Sieben-Tage-Regen-Gesicht kam dem außerirdischen Waschkünstler zugute, verhinderte es doch einen größeren Anpfiff.

„Wer war denn an der Tür, Schätzchen?“ fragte Willie besorgt.

„Danny.“

Willie wiegte den Kopf hin und her. „Oh, oh, Liebesschmerzen?“

Mit Tränen in den Augen fuhr Lynn ihren Vater an: „Das klingt ja gerade so, als wäre ich ein kleines Kind!“

Willie schwante, woher der Wind wehte. „Und wo liegt das Problem?“ fragte er väterlich.

„Nur eine kleine Schwierigkeit mit ...“, Lynn stockte, „... mit seinen Eltern.“

ALF sah Willie streng an. „Und du behauptest, du verstündest deine Tochter!“

Schniefend berichtete Lynn, was vorgefallen war. Nur die Sache mit dem Kleid behielt sie lieber für sich.

„Und es gibt niemanden, mit dem du sonst zu dem Ball gehen könntest?“ forschte Willie.

ALF wurde hellhörig. „*Ich* wäre eventuell frei! Ich seh' mal in meinem Terminkalender nach.“

Lynn überhörte dieses hochherzige Angebot. „Es wäre

nicht richtig, jemand anderen mitzunehmen", erklärte sie ihrem Vater. „Danny und ich gehen zusammen, wir sind gewissermaßen fest befreundet."

ALF klatschte in die Hände. „Oh, ihr habt eure Socken getauscht?"

„Nein!" zischte Lynn.

„Auch nicht die Bauchnabelfussel?"

Lynn holte tief Luft, und Willi herrschte den Melmac an, er solle gefälligst jetzt keine weiteren unappetitlichen Vorschläge mehr zum besten geben.

ALF konnte die Unwissenheit dieser Menschen nicht begreifen. Unbeeindruckt von Willies Anpfiff, fuhr er fort: „Davon habt ihr bestimmt noch nichts gehört. Von den drei Stadien der Brautwerbung auf Melmac!" sagte er, als sei es das Selbstverständlichste von der Welt. „Die linken Socken tauschen, die Bauchnabelfussel tauschen und sich gegenseitig in die Suppe spucken." Auf die angewiderten Blicke der beiden gab er zu bedenken: „Ihr müßt doch zugeben, das verbindet!"

Willie beschloß, den absonderlichen Bräuchen des Melmac endgültig kein Gehör mehr zu schenken. Zumal das Geständnis seiner Tochter doch eine ziemliche Neuigkeit für ihn war. Er wollte weitere Einzelheiten erfahren: „Wann habt ihr euch eigentlich entschieden, miteinander zu gehen?"

„Dafür gab es keinen bestimmten Moment", räumte Lynn ein.

„Aber er geht doch nicht mehr mit anderen Mädchen aus?" fragte Willie. Er dachte an seine eigenen wilden Jahre.

Lynn zögerte. „Das hat er nicht gesagt, also nicht genau."

ALF schlug in Willies Kerbe und bohrte ein wenig weiter: „Aber er will nicht, daß du mit anderen Jungs ausgehst?"

Lynn fühlte sich in die Enge getrieben. „Das weiß ich nicht. Wahrscheinlich nicht", sagte sie leise.

ALF schüttelte den Kopf über soviel Leichtsinn der irdischen Jugend. „Also ihr habt kein Bindungsversprechen. Keine Watte. Keine Spucke. Was hast du eigentlich in der Hand? Ehrlich gesagt, mir wäre das zuwenig!"

Lynn erhob sich und warf dem Melmac einen vernichtenden Blick zu. „Wenn ihr mich braucht: Ich bin auf meinem Zimmer." Dann knallte sie die Tür hinter sich zu.

ALF war mit dem Thema noch nicht am Ende. „Das Problem wäre gelöst, wenn sie einfach draufspucken würde – zum Beispiel auf Dannys Frühstücksmüsli."

Willie fühlte, wie ihm flau im Magen wurde. „Das ist widerlich", sagte er angeekelt.

ALF grinste breit. „Weißt du, was dir völlig abgeht, Willie? Der Sinn für Romantik."

Alles andere als Romantik war auch im Spiel, als Lynn am folgenden Samstag morgen Randy Nachhilfe gab. Während sich der gute Junge alle Mühe gab, seine Vokabeln auswendig runterzurattern, war Lynn reichlich zerstreut.

Randy merkte bald, daß seine Nachhilfelehrerin nicht so recht bei der Sache war. Als sie eine völlig unpassende Bemerkung von sich gab, sprach Randy sie darauf an: „He, ist was mit dir?"

Lynn lachte nervös. „Entschuldige, Randy, ich habe nur laut gedacht."

Der Junge stützte seine Fäuste gegen die Stirn und seufzte. „Ich wünschte, ich könnte das!"

„Was?"

„Denken und so was. Ich bin ein bißchen blöd."

„Das bist du überhaupt nicht", sagte Lynn lachend.

Randy widersprach. „Doch, bin ich schon. Ich glaub', die anderen finden das auch."

Lynn wollte die Selbstmitleidstour ihres Nachhilfeschülers nicht durchgehen lassen. „Dann haben die anderen eben unrecht. Du bist überhaupt nicht blöd. Du bist eher - ruhig."

Randy versank immer tiefer in seinen Weltschmerz. „Es ist nicht leicht, die Dinge richtig auszudrücken, wenn man zu blöd dazu ist."

Langsam ging er Lynn auf die Nerven. „Du bist nicht blöd, echt! Deine Vokabeln zum Beispiel hast du in Null Komma nix intus."

Randy lächelte sie verträumt an. „Ja, aber das liegt an dir. Du - du bist einfach genial!"

„Randy, ich bin überhaupt nicht genial!" wehrte Lynn das Kompliment ab. In Wahrheit fühlte sie sich jedoch ziemlich geschmeichelt.

Aber so langsam kam der „ruhige" Randy in Fahrt. „Das bist du wohl! Und ernsthaft. Und sympathisch. Und - äh - exorbitant." Das war das schwierigste Fremdwort, das ihm eingefallen war.

„Exorbitant?" fragte Lynn nach.

„Ja, obwohl ich nicht ganz sicher bin, was das bedeutet", gestand Randy zögernd.

Lynn lachte hell auf: „Du bist richtig nett." Ehe sie einen roten Kopf bekommen konnte, störte Willie die traute Zweisamkeit, um sich nach Randys Wohlbefinden zu erkundigen.

„Gut", bekannte er einsilbig.

„Und wie geht's auf der Aschenbahn?" hakte Willie nach.

„Auch gut.“

„Und, immer noch fleißig am Kugelstoßen?“

„Ja.“

„Und wie läuft's mit den Vokabeln?“

„Gut.“

Willie fand, daß die Konversation einen Punkt erreicht hatte, wo man einander nicht mehr viel zu sagen hatte. Er wünschte Randy Glück und wollte sich in Richtung Küche verabschieden. Dann fiel ihm doch noch etwas ein, was Lynn betraf.

„Äh, Julia hat vorhin angerufen, irgendwas wegen dem Frühlingsfest.“

„Hast du ihr gesagt, daß ich nicht komme?“ fragte Lynn.

„Ja, aber du sollst sie trotzdem anrufen“, drängelte Willie.

Dann nickte er Randy zu, warf ein fröhliches „War nett, mit Ihnen zu plaudern“ in den Raum und trollte sich pfeifend.

Wenig später machte sich auch Randy startklar. „Ich muß jetzt los“, sagte er.

„Bis nächsten Samstag“, sagte Lynn.

An der Haustür druckste der Junge herum. Dann mußte er heraus: „Also, dann seh' ich dich heute nicht auf dem Frühlingsfest?“ Seine Stimme klang enttäuscht.

„Gehst du denn hin?“ fragte Lynn überrascht. Sie kannte Randy eher als Stubenhocker.

„Nein“, lautete die folgerichtige Antwort.

Lynn lächelte verlegen. „Ich auch nicht, aber das wußtest du ja schon.“

Randy nestelte an seinem Sweatshirt. „Also, wir gehen dann nicht miteinander. Ich meine, daß wir nicht zusammen, sondern mehr miteinander …“

„Ja, das heißt nein ...“ Jetzt war auch Lynn ins Stocken geraten.

Randys Stimme wurde immer leiser und immer schneller. „Außer du willst, daß wir miteinander gehen, während wir ja jetzt, bis jetzt noch nicht miteinander gehen.“

Es entstand eine peinliche Zwei-Sekunden-Pause, die Lynn zum Nachdenken nutzte. „Du meinst - uns? Daß wir miteinander?“ stellte sie dann stockend fest. Erst jetzt, ganz langsam begann Lynn das Ausmaß von Randys Stammelei zu verstehen.

Randy nickte so heftig, daß Lynn Angst bekam, er würde sich den Hals verrenken.

„Ich weiß nicht ...“, sagte sie zögernd.

„Schon gut.“ Randy nickte enttäuscht. Es schien, als gäbe er den Kampf verloren.

Lynn lachte. „Nicht falsch verstehen! Es ist nur, daß Danny und ich ...“ Sie brach ab. Denn in diesem Augenblick waren ihr ALFs Worte von vorhin eingefallen. Was hatte sie schon in der Hand?

Völlig unvermittelt strahlte sie Randy an. „Klar! Wieso nicht?“ sagte sie und streckte ihrem Nachhilfeschüler die Hand hin.

Randy hatte zunächst Mühe, den plötzlichen Sinneswandel zu verstehen. Dann beschloß er, die Tatsache schlicht und einfach als erfreulich zu werten. Sein Gesicht spiegelte Weihnachten, Ostern und Geburtstag an einem Tag wider. „Gut“, sagte er tief befriedigt.

„So um sieben Uhr?“ schlug Lynn vor.

„Gut“, sagte Randy. Wenn er auch sonst nicht viel sagte - diesmal fehlten ihm fast völlig die Worte.

Als Lynn ihn verabschiedet hatte und in die Küche kam, war ALF damit beschäftigt, einen herrlichen Porzellanteller mit Silberpolitur zu bearbeiten. Die Hälfte des

Tellers glänzte bereits blumenfrei. „Ein Wunder, nicht wahr?" strahlte der Melmac Lynn begeistert an.

„Mam wird ihr blaues Wunder erleben, wenn sie wieder heimkommt", brummte Lynn. Dann informierte sie ALF darüber, daß sie sich jetzt die Haare waschen werde, um schön für den Ball mit Randy zu sein.

„Hoffentlich gibt's nur langsame Tänze", spottete ALF. Lynn überhörte die Anspielung und erinnerte ALF daran, Kate, falls sie anriefe, zu fragen, wann sie auf dem Flughafen ankäme.

„Null Problemo!" rief ihr der Melmac hinterher. Dann widmete er sich wieder dem Teller.

Kurz darauf ging tatsächlich das Telefon. Aber es war nicht Kate, es war die Stimme eines jungen Mannes. Sie klang, als käme sie aus San Diego.

„Nein, Lynn kann jetzt nicht ans Telefon kommen", erklärte ALF dem Anrufer. „Wer ich bin, Danny? Ich bin Lynns Cousin ALF – äh, Alfred. Na, was macht San Diego? Wirklich? Ach, wegen der Rückfahrt? Nein, du brauchst dich nicht zu beeilen. Lynn hat schon einen anderen Begleiter für den Ball. Hallo! Hallo!!!" Hatte der Bengel doch glatt eingehängt! ALF war's recht.

Stunden später tauchte eine Lynn aus dem Bad auf, die aussah, als wolle sie sich als Miß World bewerben. „Hat jemand von euch meine schwarze Samttasche gesehen?" fragte sie ALF und Brian, die ein Videospiel am Fernseher spielten.

„Waschküche. Ich hab' sie gewaschen", antwortete ALF beiläufig. Er hatte jetzt für so was keine Zeit. Schließlich lag er in Führung.

Lynn schluckte. „Wie schlimm ist es?" wollte sie wissen.

„Sieht aus wie ein ertrunkener Biber. Aber vielleicht gefällt's dir. Schau dir's doch selber an!" ALF war verärgert. Brian hatte die Ablenkung genutzt, den Melmac zu überrunden.

„Können wir jetzt die Pizza bestellen?" fragte Brian ungeduldig, als Lynn zur Tür hinaus war.

ALF verdrehte die Augen über soviel Dummheit. „Null Wurt uber Puzza, wunn dune Schwuster du ust!" brummte er geheimnisvoll und trat Brian gegen das Schienbein.

Wie aufs Stichwort steckte Lynn noch einmal den Kopf durch die Tür. „Keine Pizza, ALF! Du hast soeben gegessen!"

„Aber wir wollten Kate ein Willkommensgeschenk machen. Und was wäre da wohl passender als eine große, fettige Pappschachtel?" verteidigte sich ALF.

Lynn ließ sich auf keine weiteren Diskussionen ein und schickte ALF in die Küche. Schließlich konnte Randy jeden Moment hier sein.

„Ich hoffe nur, daß Danny die Sache nicht mißversteht, wenn ich mit jemand anderem zum Ball gehe", sinnierte sie vor sich hin.

„Er war relativ friedlich am Telefon", sagte ALF beiläufig.

Lynn glaubte, einen Herzinfarkt zu bekommen.

„Was?!" brüllte sie.

„Allerdings hat er ziemlich plötzlich aufgelegt", schränkte ALF ein.

„Was?!"

ALF ließ sich nicht aus der Ruhe bringen. „Habe ich vergessen zu erwähnen, daß Danny angerufen hat, als du unter der Dusche warst?" fragte er harmlos.

„Allerdings!" schnauzte Lynn.

ALF ließ sich nicht aus der Ruhe bringen. „Er rief

wirklich an, als du unter der Dusche warst! He, Brian, was denkst du jetzt über Popcorn?"

Lynn sackte in sich zusammen. „ALF, was hast du angerichtet?" flüsterte sie mit zitternder Stimme und schlug die Hände vors Gesicht.

„Gar nichts", meinte der Melmac mit Unschuldsmiene. „Es ist allein Dannys Fehler. Du solltest nicht mit jemandem gehen, der so unzuverlässig ist."

Lynn ließ sich auf keine Schuldfrage ein. „Was hat er gesagt?" wollte sie wissen. Ihre Stimme schwankte zwischen Wut und Weinen.

„Bloß, daß er's noch schaffen würde, rechtzeitig zum Ball zurück zu sein", erzählte der Außerirdische wahrheitsgemäß.

„ALF!" brüllte Lynn.

Der Melmac versuchte, Lynn wieder zu beruhigen. „Nur keine Sorge. Ich habe gesagt, er soll sich Zeit lassen. Du gingest mit jemand anderem. Nichts zu danken!"

Lynn wollte ALF an den Kragen. „Ich gehe nicht mit jemand anderem. Es ist bloß Randy. Wir sind Freunde. Aber wir gehen doch nicht miteinander!" brüllte sie zornentbrannt.

„Keine Panik! Ich weiß absolut nicht, was zu tun ist."

„Was?!"

„Ruf Randy an und sag ihm, du hättest Amnesie. Oder sag ihm, er hätte Amnesie. Das wird er fressen."

Lynn sah ALF schweigend an. Manchmal sagen Blicke mehr als Worte. ALF gab nach.

„Na schön, sag ihm die Wahrheit. Dein Freund käme zurück, und es würde Ärger geben. Das versteht er, und dann geht er. So blöd ist er auch wieder nicht."

„Ich kann es nicht fassen", sagte Lynn tonlos. Sie fühlte sich völlig leer im Kopf.

„Ich kann es auch nicht fassen, daß Rambo ein Star ist. Aber er ist einer“, stellte ALF fest.

Lynn versuchte, sachlich zu bleiben. „Ich wollte Danny erklären, daß ich mit Randy bloß gehe, weil er ein Freund von mir ist. Dank deiner liebenswürdigen Mitarbeit wird er glauben, ich gehe mit Randy, weil er mein Freund ist.“

Es läutete. „Das ist Randy“, stellte Lynn fest und warf ALF einen weiteren bösen Blick zu. „Aber glaub ja nicht, daß du damit aus dem Schneider bist.“

„Das ist das letztemal, daß ich für dich den Postillon d'amour spiele“, rief ihr ALF beleidigt nach.

Als Lynn die Tür öffnete, stockte ihr der Atem. Danny stand vor ihr, eine Flasche Wein in der Hand. „Erlaubst du, daß ich reinkomme?“ fragte er eisig.

„Ich bin nicht mal einen Tag weg, und schon holst du dir jemanden von der Ersatzbank“, warf er Lynn vor, als er im Wohnzimmer Platz genommen hatte.

Lynn versuchte, sich zu verteidigen. „Du hast gesagt, du könntest nicht rechtzeitig hier sein. Und ich wollte den Ball nicht versäumen. Jemand hat mich eingeladen, und ich hab' ja gesagt.“

„Wer ist es?“ fragte Danny tonlos.

„Randy Boylna.“

Danny lachte laut auf. „Nein wirklich, Lynn! Du mußt mich nicht anlügen. Du kannst es mir sagen ...“

„Es ist wirklich Randy“, antwortete Lynn, die sich über Dannys Reaktion ärgerte. „Er ist sehr nett. Außerdem hast du gesagt, du kannst nicht mit mir auf den Ball gehen. Was erwartest du von mir? Daß ich zu Hause sitze und dein Foto anstarre?“

Jetzt war es Danny, der in die Luft ging. „Ich habe den ganzen Tag auf meinen Vater eingeredet, daß ich zurückfahren darf! Ich rufe an, und dein Cousin Alfred erklärt mir, daß du mit jemand anderem hingehst!"

„Leider hat sich Alfred eben falsch ausgedrückt. Er ist ja auch schließlich kein Informationsdienst", verteidigte sich Lynn. Dann wurde ihre Stimme ruhiger. „Ich will wirklich mit keinem anderen gehen. Er ist nur ein Freund", versicherte sie.

Danny lenkte ein. „In Ordnung, okay, keine große Sache. Wenn Randy auftaucht, dann sagst du ihm Bescheid, und es ist alles in Ordnung."

Lynn schluckte. Sie war in der Klemme. Sie hatte Mitleid mit Randy.

„Aber ich kann ihn doch jetzt nicht so einfach ..." Weiter kam sie nicht. Es läutete.

„Ich wollte dir irgendwas mitbringen, aber ich wußte nicht, was", sagte ein strahlender Randy. Er stand mit einer Flasche Wein in der Tür. Es war dieselbe Marke wie Dannys. Lynn fand, daß er ausgezeichnet aussah. Für seine Verhältnisse.

Doch Randys Gesicht wurde lang und länger, als er Danny hinter Lynn auftauchen sah. Der warf einen Blick auf Randys Flasche und spöttelte: „Wein! Ein toller Einfall!"

„Danny!" Lynn warf ihrem Freund einen zornigen Blick zu.

„Hallo, Danny!" sagte Randy. Seine Stimme klang plötzlich reichlich belegt.

„Ich möchte die Sache aufklären", begann Lynn, aber Danny fiel ihr ins Wort. „Wieso aufklären? Sag's ihm!"

„Sag ihm was?" Randy verstand kein Wort.

Lynn bot den beiden eine Limo an, um die Stimmung nicht aufzuheizen, aber Danny war dagegen. „Spiel jetzt nicht die Gastgeberin! Wir sind spät dran."

„Wofür spät dran?“ Was hier passierte, überstieg Randys Phantasie.

„Für das Fest“, sagte Danny ungeduldig. Er ließ Randy deutlich spüren, daß er ihn für einen Dummkopf hielt.

„Ich versteh' das nicht“, murmelte Randy kopfschüttelnd.

„Endlich was Neues“, bemerkte Danny verächtlich.

ALF, der durch einen Spalt an der Durchreiche linste, beobachtete die Szene. Gerade jetzt, als es spannend wurde, wollte Brian wissen, wie man merke, wann Popcorn fertig sei.

„Wenn es aufhört zu springen oder wenn die Feuerwehr kommt. Je nachdem, was zuerst passiert“, erklärte ALF und machte Brian ein Zeichen, er solle die Klappe halten.

„Was ist denn da draußen los?“ flüsterte Brian.

„Danny hat gerade Lynns Rendezvous mit Randy storniert“, flüsterte ALF zurück.

„Ist Randy sauer?“ wollte Brian wissen.

ALF grinste höhnisch. „Der hat das noch gar nicht mitgekriegt. Die Information ist durch seine Ohren eingedrungen und sucht nun im Kopf verzweifelt nach einem Gehirn.“

Lynn versuchte, dem ratlosen Randy auf die Sprünge zu helfen. „Danny und ich hatten eine Verabredung für den Ball heute abend. Aber *er* hat abgesagt“, stellte sie mit besonderer Betonung fest.

Randy machte eine großzügige Geste. „Wenn er abgesagt hat, gehst du eben mit mir.“

Danny lächelte süffisant. „Ich hab's mir anders überlegt. Jetzt geht sie mit mir!“

Randy bewies, daß er sturer sein konnte, als man es von ihm erwartete. „Nein, sie geht mit mir!“ stellte er fest.

Danny überlegte kurz, dann fragte er geringschätzig: „Willst du etwa in *dem* Jackett antanzen?“

„Was hast du gegen mein Jackett?“ fragte Randy verblüfft.

„Nichts, wenn du Trabi-Verkäufer wärst“, sagte Danny gedehnt.

„Wirklich? Und *dein* Jackett?“ fragte Randy in sachlichem Ton.

„Was ist damit?“ Zum erstenmal war Danny leicht verunsichert.

Randy sah sich seinen Widersacher von oben bis unten an. Dann befand er: „Es ist okay.“

Danny verschlug es die Sprache.

Brian hatte die kurze Atempause drüben im Wohnzimmer mitbekommen. „Streiten sie jetzt nicht mehr?“ fragte er den lauschenden ALF.

„Nein. Jetzt sprechen sie gerade über Modetrends“, informierte der Melmac seinen Freund.

„Ißt du deins mit Salz?“ wollte Brian wissen, während er das Popcorn in eine Schüssel gab.

„Streu Curry drüber“, bat ALF.

„Igitt!“

„Wieso? Curry tut gut. Da wachsen dir die Haare in den Ohren“, wußte ALF.

Brian wechselte das Thema. ALFs Vorlieben und der Geschmack der meisten Menschen liefen so weit auseinander, daß eine Diskussion darüber völlig sinnlos war. „Weißt du, wieso sich die beiden überhaupt um Lynn streiten? Schließlich ist sie nicht Miß Universum“, meinte er. Er konnte sich nicht vorstellen, was an seiner Schwester so wichtig sein sollte. Er fand sie manchmal sogar richtig unausstehlich.

„Das ist schwer zu erklären“, murmelte ALF, der inzwischen wieder das Wortduell verfolgte, das sich im Wohnzimmer abspielte.

Inzwischen ging es in die nächste Runde. Die beiden Jungs starrten sich feindselig an, und Lynns hilflose Bemerkung, daß die Sache das ganze Theater doch überhaupt nicht wert sei, verbesserte die Stimmung auch nicht gerade.

„Lynn, bitte, das ist eine Angelegenheit zwischen Randy und mir", sagte Danny barsch. Dann wandte er sich Randy zu. „Hör mal, ich will mich deshalb nicht mit dir schlagen", versuchte er einzulenken.

Doch seit seiner trockenen Bemerkung über Dannys Jackett hatte Randy Oberwasser bekommen. Seine Augen verengten sich, und er sagte langsam und leise: „Warum eigentlich nicht? Hast du Angst um dein Jackett?"

„He, laß das Jackett aus dem Spiel!" giftete Danny.

Randy nickte. Er hatte sich lange genug demütigen lassen. Jetzt war er am Drücker. „Mal sehen, ob dein Kopf auch aus dem Spiel bleibt", erklärte er kalt.

ALF bekam richtige Schwitzepfoten. Die Sache begann spannend zu werden. „Ich wette zehn Mäuse, daß Randy mit Danny gleich den Boden aufwischt."

Brian war derselben Meinung. „Da könntest du recht haben", beschied er kurz.

Die Küchentür öffnete sich, und eine völlig verzweifelte Lynn steckte den Kopf herein. „Was soll ich denn nur machen? Sie ziehen schon ihre Jacken aus", schluchzte sie.

„Du mußt sie stoppen, bevor sie sich an die Wäsche gehen", schlug ALF vor.

„Aber ich kann sie doch nicht aufhalten!" Lynn war mit den Nerven am Ende.

ALF blieb gelassen. „Ich beschieße sie einfach mit meiner Zeitgefrierkanone", sagte er trocken.

Brian war von diesem Vorschlag begeistert. „Genau! Das habe ich in ‚Odyssee im Weltall' gesehen!"

Lynn konnte die Begeisterung ihres Bruders ganz und gar nicht teilen. „Ich wünschte, Mam und Dad wären hier", jammerte sie.

„Und weißt du, was Willie sagen würde?" schulmeisterte ALF. „Du hast dich selbst reingeritten, also zieh dich auch selbst wieder raus!"

„ALF, das würde er *dir* sagen. Aber *ich* bin doch nicht schuld an dieser Sache." Lynn stockte. Denn plötzlich fiel ihr etwas ein. „Warte mal! Vielleicht geht's so!" Sie machte auf dem Absatz kehrt und hauchte gerade noch ein schnelles: „Danke, ALF!"

Der Außerirdische verbeugte sich theatralisch. „Keine Ursache! Null Problemo! Ich bin der geborene Diplomat!"

Das hätte allerdings auch Lynn von sich behaupten können. Sie stellte sich mutig zwischen die beiden Jungen, die einander umkreisten wie zwei Kampfhähne.

„Okay, wenn ihr auf diesem Spiel besteht, dann spielt es nach meinen Regeln", verlangte sie entschlossen.

„Welchen Regeln?" fragte Danny verdattert.

„Jeder von euch hat nur einen Schlag", sagte Lynn knapp.

„Ich brauche auch nur einen", knurrte Randy.

Lynn nickte gefaßt. „Okay, Randy. Du als erster. Schlag mich."

Augenblicklich blieben die beiden Streithähne stehen und starrten ihre Angebetete an. „Dich schlagen? Du bist ein Mädchen!" stellte Randy ganz richtig fest.

„Stimmt. Ich bin das Mädchen, das diesen Mist hier angerichtet hat", stimmte ihm Lynn zu. „Aber wieso seid ihr nicht böse auf mich? Ich will es euch sagen! Weil es gar nicht um mich geht. Es geht um irgend so ein Machogehabe!"

„Dieser Kerl hat mein Territorium betreten!" klagte Danny seinen Widersacher an. Das hätte er jedoch lieber nicht tun sollen. Denn damit hatte er Lynn empfindlich getroffen.

„Dein Territorium?" fauchte sie. „Bin ich ein Stück Viehweide, das du gekauft hast?"

„Hau endlich ab, Danny!" pflichtete ihr Randy bei, der sich schon als Sieger fühlte. Aber auch das war verkehrt.

„Hat dich jemand gebeten, für mich den Rambo zu spielen?" kanzelte Lynn ihn ab.

„Eigentlich nicht", räumte der Möchtegernrambo sanftmütig ein.

Aber Lynn war noch lange nicht besänftigt. „Randy, ich wollte mit dir auf den Ball gehen, weil ich dachte, du bist nett. Und nicht, weil du die Leute zusammenschlagen kannst", erklärte sie.

Randy bekam große Augen. „Soll das heißen, du willst immer noch mit mir hingehen?" fragte er ungläubig.

„So ist es!" nickte das Mädchen.

„Bist du verrückt geworden?" schrie Danny. Damit kam er Lynn gerade recht. Sie verlangte, ihn mal eben vor der Tür zu sprechen.

Danny zierte sich: „Alles, was du mir zu sagen hast ..."

Aber Lynn gab kein Pardon. „Draußen", sagte sie mit großer Bestimmtheit und zeigte auf die Tür.

Dort versuchte sie, Danny ihre Gedankengänge wesentlich sanfter plausibel zu machen. „Alles, was passiert ist, war nicht Randys Schuld", begann Lynn die Aussprache.

„Ach, dann war es wohl meine?" brauste Danny auf.

„Danny", sagte Lynn sanft, „du bist zurückgerast, weil

du dachtest, ich würde hier rumsitzen und auf dich warten. Aber das habe ich nicht getan."

„Aber - wir sind zusammen gegangen", stammelte Danny.

Langsam nickte Lynn mit dem Kopf. „Genau! Wir sind zusammen gegangen. Nicht mehr und nicht weniger."

Danny wurde blaß. „Du willst doch damit nicht sagen, daß du mich nicht mehr sehen willst", fragte er atemlos.

Lynn mußte unwillkürlich schmunzeln. „Keineswegs. Oder willst du mich nicht mehr sehen?"

Danny verneinte heftig.

Endlich hatte Lynn ihren Freund dort, wo sie ihn haben wollte. „Also dann, wenn du ernsthaft mit mir was vorhast, sollten wir darüber reden."

Danny zögerte kurz. Dann fragte er: „Also, Lynn, was empfindest du, wenn ich es ernst meine?"

„Es würde mir gefallen", gab Lynn zu.

„Mir auch. Heißt das jetzt, daß du nicht mit Randy zum Ball gehst?"

Lynn atmete tief durch. Sie wurde das Gefühl nicht los, Danny hätte noch immer nicht alles begriffen. „Nein", sagte sie geduldig. „Er ist mein Freund. Er hat mich eingeladen, und ich hab' angenommen."

Diesem Argument hatte Danny nichts entgegenzusetzen. Endlich gab er nach. „Was meinst du dazu, wenn wir morgen ganz ernsthaft anfangen?" fragte er umständlich. Lynn lachte ihr versöhnlichstes Lachen. „Das ist gut!" rief sie erleichtert.

Danny nahm sie in den Arm. „Alles klar! Also, amüsier dich heute abend!"

Lynn sah ihn strahlend an. „Das werde ich!"

„Aber auch nicht zu sehr! Und daß du um elf zu Hause bist!"

„Um elf?"

„Also gut, um halb zwölf!"

Lynn gab ihm einen Kuß. „Bist du jetzt getröstet?" fragte sie lachend. Danny schüttelte ernst den Kopf. Der nächste Kuß wurde ein wenig länger. Dann verabschiedete sich Danny. Und kurz darauf zogen eine gutgelaunte Lynn und ein grüblerischer Randy los.

„Sie hatten nicht einen einzigen Schlagabtausch. Das ist Betrug", faßte ein enttäuschter Brian die Ereignisse des Abends zusammen.

„Du solltest Gewalttätigkeit nicht als Unterhaltung ansehen", dozierte ALF. „Das wäre nicht gut für deine Entwicklung." Dann warf er einen Blick ins Fernsehprogrammheft. „Hey!" rief er erfreut aus, „im sechzehnten Programm läuft Rambo III. Na los, tun wir was für unsere Bildung!"

Der Film war gerade zu Ende, als Kate und Willie kamen. Erleichtert und froh, wieder daheim zu sein, hängte Kate ihren Hut an einen Haken. „Sei vorsichtig! Der Boden ist naß", warnte Willie seine Frau. Er wollte vermeiden, daß ALFs Putzfimmel gleich am ersten Abend unangenehme Folgen zeitigte.

„Er ist nicht naß", widersprach der Melmac heftig. „Ich habe ihn bloß meisterlich auf Hochglanz gebracht."

Kate kam aus dem Staunen nicht mehr heraus. „Ich habe diese Küche noch nie so sauber und blitzblank gesehen", wunderte sie sich. „Sogar die Glühbirnen blinken und glänzen."

Sie schnupperte aufmerksam. „Das riecht wie ..."

„... wie ein Pinienwald nach einem Sommerregen", fiel ihr ALF ins Wort.

„Ja, genau!" bestätigte Kate.

„Kontrollier doch mal das Geschirr", forderte ALF die

Dame des Hauses auf. Willie kontrollierte gleich mit. „In diesem Teller kann ich mich spiegeln", stellte er verblüfft fest.

Auch Kate lobte den Außerirdischen: „Die ganze Küche sieht wunderbar aus."

Mit dem Stolz des perfekten Hausmannes machte ALF eine großzügige Geste über das Feld seiner guten Taten. Dann ließ er seine Knopfäuglein blitzen und stellte zufrieden fest: „Tja, es geht eben nichts über einen guten WC-Reiniger!"

Der Herr der Ameisen

Das Grundsätzliche war geklärt. Jetzt ging es um die Feinheiten: ALF hatte beschlossen, daß es an der Zeit wäre, sich ein Haustier anzuschaffen. Schließlich hatte er lange genug allein gelebt. Nur welches - darüber war er sich noch nicht ganz im klaren.

Aus diesem Grunde saß er mit Brian in der Küche und studierte „Brehms Tierleben". Dieses berühmte Werk sollte ihm Aufklärung darüber geben, welches Schoßtierchen ideal für ihn wäre.

Leider war der Tyrannosaurus Rex bereits ausgestorben. Der hätte ihm gut gefallen. Auch ein Archäopterix im Käfig hätte sich gut gemacht, fand ALF. Doch auch dieser süße Piepmatz war vor kurzem für immer von der Bildfläche verschwunden.

Also hieß es weiterblättern. Auf Seite 324 wurde der Außerirdische erneut fündig. „Wie wär's mit dem da?" schlug er vor.

„Wie heißt denn das Vieh?" fragte Brian.

„Schnabeltier", klärte ihn ALF auf. Brian fand das Tier eher häßlich.

„Ich suche Gesellschaft und kein Liebesverhältnis", konterte ALF. Er konnte es nicht leiden, wenn große Entscheidungen wegen Lächerlichkeiten hinausgezogen wurden.

Die beiden waren so in ihre Diskussion vertieft, daß sie gar nicht bemerkt hatten, daß Willie in die Küche gekommen war.

Erst seine mißtrauische Frage: „Was macht ihr denn da?" ließ ALF und Brian hochschrecken.

„Wir sehen uns ein Buch über alle Tiere der Welt an",

erklärte Brian. „ALF will sich entscheiden, welches er als Haustier haben will."

„Wir haben bereits eine Katze", erwiderte Willie kurz angebunden. Ihm schwante Furchtbares. Er sah bereits ein Nilpferd durch sein Haus stapfen, eine Klapperschlange in seinem Bett liegen oder einen Skorpion in seinem Hausschuh wohnen.

„Du hast gesagt, mit Essen spielt man nicht", konterte ALF den Hinweis auf die Katze.

Willie warf ihm einen bösen Blick zu. „Wieso möchtest du überhaupt ein Tier?" fragte er verständnislos.

„Wieso haben alle ein Tier? Ich will es dir sagen: Es ist offenbar ein Gipfel des Machtgefühls", gab der Melmac zurück.

„Er ärgert sich, daß ich jetzt größer bin als er", vermutete Brian pragmatisch.

Willie hob die Hände. „Also abgesehen von Machtgefühlen: Im Augenblick ist in diesem Haus kein Platz für irgendein weiteres Tier", beschied er streng.

ALF sah seine Stunde gekommen: „Genau aus diesem Grund plädiere ich für ein Haustier, das man auch außerhalb des Hauses halten kann. Es heißt Gemeines Scheunenpferd!" Er deutete auf ein Bild in „Brehms Tierleben" und verkündete dann wie ein Marktschreier: „Hier ist er – der Mustang 2000!"

Willie kniff die Lippen aufeinander. Dann sagte er leise, aber sehr bestimmt: „Wir werden uns weder ein Pferd anschaffen noch irgendein anderes Stall- oder Scheunentier. Und damit basta!" Er drehte sich abrupt um und ließ die beiden stehen.

Nachdem sich bei ALF die erste Verblüffung gelegt hatte, grinste er Brian an und meinte: „Warten wir bis nach dem Abendessen – dann bringen wir den Büffel ins Spiel."

Nachdem auch das Abendessen keine Verhandlungsfortschritte brachte, tröstete sich ALF fürs erste mit Brians altem Steckenpferd. Wie Old Shatterhand ritt er durch die Wohnung.

Willie, der schwer bepackt von der Arbeit nach Hause kam, sah sich unvermittelt in einen Hinterhalt gelockt. ALF zielte mit einer Wasserpistole genau zwischen Willies Augen. „Gib mir ein Pferd, oder du fällst tot um, wo du jetzt stehst“, forderte er.

„Wenn du vielleicht einen Augenblick absitzen könntest, würde ich dir gern etwas zeigen“, schlug Willie vor.

ALF ließ die Zügel des Steckenpferds locker und gab sich kompromißbereit. „Na gut, bei dem Sattel kriegt man sowieso nur Splitter ins Hinterteil“, lenkte er ein.

Während die beiden ins Wohnzimmer gingen, teilte Willie seinem Hausgenossen mit, daß er inzwischen zu der Auffassung gelangt war, ein Tier für ALF anzuschaffen sei vielleicht doch keine schlechte Idee.

Das war Musik in den Ohren des Außerirdischen. „O danke, danke, danke!“ jubelte er. „Ich werde es jeden Tag mit Hafer füttern. Ich werde es sogar nach dir benennen: Weiße Schönheit!“

Willie fühlte sich geschmeichelt, doch er mußte ALFs Euphorie trotzdem ein wenig dämpfen. „Es ist kein Pferd“, sagte er, „aber es ist etwas, was du sicherlich genauso gern haben wirst.“ Endlich befreite er das Paket, das er mitgebracht hatte, von seinem Papier.

ALF starrte ein wenig ratlos auf das Gebilde, das Willie dort aus dem Packpapier grub. Er hielt es für eine Art Aquarium ohne Wasser, das statt dessen mit Sand gefüllt war. „Was ist das? Ein Strand?“ fragte er. Seine Stimme klang ein bißchen enttäuscht.

„Sieh genau hin“, forderte ihn Willie auf.

ALF gab sich große Mühe und suchte mit seinen schwarzen Knopfaugen den „Strand" ab. Endlich bemerkte er, daß irgendwelche Kleintiere auf dem Boden des Glasbehälters herumkrabbelten. „Insekten unter Glas", stellte er fest. Seine Begeisterung hielt sich offenbar in Grenzen.

„Das ist eine Ameisenfarm", erklärte Willie.

„Du hast recht, das ist genauso, als hätte man ein Pferd", meinte ALF mit heiterer Ironie. Trotzig blickte er Willie an und fragte bissig: „Hast du dafür auch noch Geld bezahlt?"

„19,95 inklusive Mehrwertsteuer", gab Willie zurück.

„Man hat dich reingelegt. Eine alte Limoflasche vorm Haus bringt dasselbe und ist billiger." ALFs Enttäuschung war jetzt wirklich nicht mehr zu überhören.

Aber Willie blieb geduldig. Er hielt seine Idee für eine überaus wertvolle erzieherische Maßnahme. „Du übersiehst das Wesentliche, ALF", sagte er sanft. „Ameisen sind faszinierend. Und mit diesem Gefäß hast du die Möglichkeit, sie bei der Arbeit und beim Spielen zu beobachten. In ihrer natürlichen Umgebung."

ALF erkundigte sich bissig, ob wohl diese kitschigen grünen Windmühlen und Plastikbäume in dem Behälter eine natürliche Umgebung seien.

Doch Willie ließ sich nicht aus der Ruhe bringen. „Den Ameisen ist es egal. Die wollen nur einen kleinen Hügel, der ihnen gehört und wo sie ihre Gänge anlegen können", erklärte er.

„Und was habe ich damit zu tun?" knurrte ALF.

„Das sind jetzt deine Tiere. Du mußt sie füttern und dich um sie kümmern, und zum Dank dafür lassen sie dich an ihrem Privatleben teilhaben." Willie fuhr heute voll auf der pädagogischen Schiene.

ALF war jedoch noch längst nicht vom Wert dieser Mildtätigkeit überzeugt. „Die leben in einem Schaufenster. Was für eine Art von Privatleben können sie uns bieten?“ maulte er.

Jetzt endlich riß Willie der Geduldsfaden. „Soll ich sie wieder zurückgeben?“ schnauzte er.

„Könnte man sie nicht umtauschen gegen etwas mit vier Beinen und einem Sattel?“ hielt ALF hoffnungsvoll dagegen.

Wütend nahm Willie die Ameisenfarm an sich und verließ kopfschüttelnd das Zimmer. In diesem Moment gab es für ihn mal wieder nichts Undankbareres als ein ockerbraunes, behaartes Wesen, dessen Heimat einige Meilen von Mutter Erde entfernt lag ...

ALF hatte an Willies Reaktion erkannt, daß er wohl doch ein wenig zu weit gegangen war. Und er handelte nach der Devise: Besser eine Ameisenfarm in der Hand als ein Pferd auf dem Dach. Jedenfalls stand wenig später das Glasgebilde mit den wuseligen Tierchen auf dem Dach neben seinem Schlafkorb, und ALF versuchte, den lieben Kleinen ein paar Kunststückchen beizubringen.

Er warf Brot in den Behälter und munterte eine Ameise auf, die Brösel zu apportieren. Dieser vergeblichen Liebesmüh kamen zwei Störenfriede in die Quere. Lynn und Brian wollten nach dem Rechten sehen. „Na, wie geht's mit deiner Ameisenfarm?“ fragte Lynn aufmunternd.

„Die emotionale Bindung ist nicht so stark, wie ich dachte“, gestand ALF. „Ich krieg' die Burschen einfach nicht dazu, irgendwas zu tun. Das einzige, was sie wollen und können, ist Tunnel bauen.“

„Aber das machen alle Ameisen“, warf Brian ein.

Doch dieses Argument ließ ALF schon gar nicht gelten. „Sie hören auf kein Kommando, weder auf ‚Sitz!‘ noch auf ‚Platz!‘, noch auf ‚Mach Männchen!‘, noch ‚Hol's Stöckchen!‘“, zählte er auf.

Lynn lachte. „Ameisen sind ja auch keine Hunde“, sagte sie. „Schau mal, fang doch erst mal mit so kleinen Tierchen an. Wenn du bewiesen hast, daß du gut für sie sorgst, werden dir Mami und Daddy sicher die Verantwortung für was Größeres zugestehen.“

„Ja, Riesenameisen“, antwortete ALF sarkastisch.

„Mein erstes Haustier war eine Schildkröte“, erinnerte sich Brian. ALF lachte bitter. „Das ist sicherlich genauso spannend, wie einem Berg beim Wandern zuzuschauen.“

Lynn versuchte, im „Handbuch für Ameisenbeobachter“ weitere Argumente zu finden, die für die Ameisen sprachen. „Hier steht: ‚Ameisen arbeiten zwar hart, aber sie spielen auch gern.‘ Sieh dir die beiden an - als ob sie einen Ringkampf machen!“

Sie deutete auf zwei Tierchen, die endlich auch ALFs Aufmerksamkeit auf sich zogen. Ringkämpfe mochte er.

Gespannt beobachtete er die dramatischen Ereignisse, die sich in dem Glasbehälter abspielten: „Na los, mach ihn fertig. Oh, he! Sieh dir das an. Jetzt hat er ihn im Würgegriff. Gleich wird er ihn - uh, jetzt knallt er ihn auf die Matte!“

Plötzlich sah der Melmac seine neuen Hausfreunde in ganz anderem Licht.

Auch Brian begeisterte sich zusehends. „Schau doch mal, jetzt ist es ein Viererkampf!“ rief er aus. „Ey! Der hat ihn ja in einem Zwölfer-Nelson! Das ist gegen die Regeln!“ Lynn schmunzelte. Sie wußte, der Bann war gebrochen!

Ein paar Tage später tauchte ALFs Zottelkopf unvermittelt in der Durchreiche zum Wohnzimmer auf, wo Kate und Willie gerade ihren Nachmittagskaffee tranken.

„He, Kate! Ich habe eine Frage zur Etikette. Wirft man weißen oder braunen Reis bei der Hochzeit?“ lautete ALFs seltsame Frage.

„Ich würde sagen, weißen“, überlegte Kate, „nicht wahr, Willie?“ Willie war derselben Meinung. Er hielt braunen Reis für unangebracht.

Die Klappe der Durchreiche schloß sich, und die Tanners vernahmen lediglich ALFs Stimme aus der Küche: „Viel Glück und viel Segen! Werft den Brautstrauß!“ Unversehens flog die Klappe wieder auf, und Willie und Kate wurden mit weißem Reis überschüttet.

Sie sausten in die Küche und landeten im Reis-Chaos. Willie hätte beinahe die Kurve nicht mehr gekriegt. Er konnte sich nur mit Mühe am Kühlschrank festhalten.

„Nur ’n Momentchen, Willie, ich mache gerade das Foto fürs Hochzeitsalbum!“ ALF, mit einer Polaroidkamera bewaffnet, ließ sich nicht aus der Ruhe bringen.

„Was ist hier eigentlich los?“ wollte Kate wissen, die auf dem Küchentisch die Ameisenfarm erspäht hatte, was sie äußerst mißtrauisch machte.

„Freunde der Braut oder des Bräutigams?“ fragte ALF.

„Was für eine Braut? Was für ein Bräutigam?“ Willie verstand überhaupt nichts mehr.

„Na, Meddie und David! Die beiden irren Kleinen haben gerade den Bund fürs Leben geschlossen“, sagte ALF ungerührt und hielt die Kamera auf die Ameisenfarm gerichtet. „Na kommt schon, ihr Turtelmeisen. Und denkt daran: Immer nur lächeln!“

Kate, die sich die possierlichen Tierchen etwas näher anschaute, glaubte ihren Augen nicht zu trauen. „Willie, sieh mal! Irgendwas geht da drin vor. Ich glaube, sie tanzen“, sagte sie verblüfft.

„Nun, zumindest bewegen sie sich“, brummte Willie

Tanner vergnügt. Er war zutiefst befriedigt darüber, daß seine erzieherischen Pläne auf so fruchtbaren Boden gefallen waren. Und schließlich gehörte zu jedem Spiel ein wenig Phantasie.

„Hey, Willie, würdest du ein Foto von mir und der Hochzeitsgesellschaft machen?" bat ALF.

„Warum nicht?" sagte Willie grinsend. Und nachdem ALF seinen Arm um die Farm gelegt und alle zum Lächeln aufgefordert hatte, drückte er ab.

„Du scheinst deine Meinung über die Ameisen geändert zu haben", stellte Kate fest.

ALF gab dies unumwunden zu. „Sie haben mich zu einem Teil ihres Lebens gemacht. Wir haben zusammen Brot gebrochen – na ja, ich habe es gebrochen, und sie haben die Brösel auf ihren Köpfen weggeschleppt ..."

„Sei ehrlich, ALF: Findest du es jetzt nicht auch besser, eine Ameisenfarm statt eines dämlichen Pferdes zu besitzen?" wollte Willie wissen.

„Bleiben wir realistisch, Willie: Ein Pferd ist ein Pferd", stellte der Melmac lakonisch fest. „Aber wenn ihr mich jetzt entschuldigen wollt: Ich muß etwas faules Obst besorgen. Ich richte nämlich diese Hochzeit aus."

Und mit dem Hochzeitsmarsch „Treulich geführt" aus Wagners „Lohengrin" auf den Lippen, ließ er Kate und Willie einfach stehen. Gebannt starrten die beiden noch ein Weilchen auf die tanzenden Ameisen.

Ein paar Tage später hatte Lynn eine neue Überraschung für den Melmac: einen Ameisen-Kalender, der jeden Monat ein anderes prächtiges Exemplar dieser Gattung zeigte. Sie hängte den Kalender gerade auf, als Willie zur Türe hereinkam.

Willie bewunderte Lynns Idee ausgiebig. „Ist es nicht sonderbar, wie häßlich die Dinger werden, wenn man sie vergrößert?“ stellte er fest. Auch er hatte ein Präsent für ALF - ein paar Kleinigkeiten, um die Farm herauszuputzen: Plastikkühe, Schafe, sogar einen Traktor.

Lynn wollte lachend wissen, ob Ameisen überhaupt einen Führerschein haben, während Willie die Utensilien für ALFs Farm auspackte, neben der im nachmittäglichen Sonnenlicht ein prächtiges Farbfoto stand, das den Außerirdischen in trauter Eintracht mit seinen neuen Freunden zeigte.

Plötzlich machte Lynn eine merkwürdige Entdeckung: „Daddy, ich glaube, irgendwas stimmt mit den Tieren nicht. Sie bewegen sich nicht.“

„Vielleicht haben sie Angst gekriegt, weil du sie geschüttelt hast“, vermutete Willie. „Stell die Farm zurück, dann gibt sich das.“

„Nein, das glaube ich nicht“, sagte Lynn zögernd. „Ich muß dir leider sagen, daß sie zusammengekrümmt auf dem Rücken liegen.“

Erschrocken sah sich Willie die Angelegenheit näher an.

„Sind sie ...“, wisperte Lynn.

„Ja, sie sind“, bestätigte Willie mit rauher Stimme. „Ich glaube, das hat die Sonne angerichtet. Wahrscheinlich haben sie den ganzen Morgen gebraten.“

Die beiden schwiegen betreten, als mit lautem Gepolter ein fröhlich singender ALF die Treppen nach oben kam, mit Lockenwicklern im Haar und Willies Bademantel um die Schulter. Er hatte etwas Schönheitspflege betrieben. Als er in die Gesichter von Willie und Lynn blickte, war ihm klar, daß etwas nicht stimmte.

„Warum guckt ihr denn so komisch, Wilhelm?“ fragte der Melmac.

„Hey, ALF, ich habe dir ein Geschenk mitgebracht“,

versuchte Lynn abzulenken und deutete auf den Kalender. Willie stellte sich so, daß ALF die Farm nicht gleich sehen konnte.

ALF freute sich riesig. „Die Burschen erfahren gern etwas über ihre Verwandtschaft. Der Kalender wird ihnen sicher Spaß machen“, vermutete er.

„Ich fürchte, ich muß dir etwas über deine Ameisen sagen“, begann Willie.

„Ich weiß, die Jungs können nicht lesen“, unterbrach ALF unbekümmert. „Es ist ja nur ein kleines Spiel, das ich zu ihrer Unterhaltung erfinde.“

Willie beschloß, mit der Wahrheit rauszurücken. „Ich muß dir was anderes sagen“, fuhr er ernst fort.

ALF spürte, das etwas nicht stimmte. „Was?“ fragte er.

Umständlich holte Willie aus. „Du erinnerst dich doch, daß du mir erzählt hast, was mit den Orbit-Mücken passiert, wenn sie zu dicht an den Hitzeschild eines Raumschiffes heranfliegen?“

„Ja, es werden Knuspermücken“, bestätigte ALF.

„Tja“, sagte Willie bedauernd, „dasselbe kann mit Ameisen passieren, wenn man sie zu lange in der Sonne stehenläßt.“ Er hielt dem Melmac die Farm hin. Der sah sie sich von allen Seiten an.

„Sie sehen aus wie tot“, sagte er tonlos.

„Sie sind tot“, bestätigte Willie.

ALF wollte es nicht glauben. „Vielleicht nehmen sie nur ein Sonnenbad?“

Willie schüttelte traurig den Kopf. Auch Lynn schwieg bedrückt.

„O meine armen kleinen Krabben. Vor einer Stunde noch haben sie auf ihrer Farm malocht“, jammerte ALF, der so langsam das ganze Ausmaß der Katastrophe begriff.

Willie und Lynn spürten, daß es jetzt am besten war, den Melmac allein zu lassen. Jedes Wort wäre in diesem Augenblick zuviel gewesen.

Erst als ALF nicht zum Abendessen erschien, machte sich Willie ernstliche Sorgen.

Mit einem Sandwich begab er sich in die Wäschekammer. Hier fand er den Melmac. Unbeweglich starrte der auf seine Ameisenfarm.

„Darf ich dich ein bißchen besuchen?“ fragte Willie mitleidig.

„Danke, ich bin nicht hungrig“, erwiderte ALF mit Blick auf den Teller. Es mußte ihm wirklich mies gehen, überlegte Willie, wenn er sogar Essen verschmähte. Willie stellte das Sandwich auf einen Tisch und setzte sich.

„Wenn du mit mir reden willst: Ich bin trainiert auf Sorgen und Nöte“, bot er nach einigen langen Schweigesekunden an.

„Was soll ich schon sagen“, seufzte ALF, „meine Freunde sind hin. Ich habe ihr Zuhause in einen Backofen verwandelt. Aus und vorbei.“ Dann verfiel er wieder in dumpfes Brüten.

„Das ist ein Unfall gewesen“, brach Willie das Schweigen. „ALF, du hast dir nichts vorzuwerfen.“

Der Melmac ließ diesen Trost nicht gelten. „Ich muß immer daran denken, daß es sicher nicht passiert wäre, wenn ich nicht dauernd mein Fell shampoonieren und spülen und fönen würde, um gepflegt zu sein.“

Willie legte ihm eine Hand auf die Schulter und suchte nach neuem Trost. „Man sucht immer nach einem Grund, wenn irgend etwas passiert ist. Und daß man sich schuldig fühlt, ist ganz natürlich“, sagte er.

ALF dachte ein wenig über Willies Worte nach. Dann fragte er: „Und wie ist es mit Ärger?“

Willie nickte bedächtig mit dem Kopf. „Das ist auch sehr verbreitet.“

ALF dachte ein paar Momente nach, dann sagte er erfreut: „Dann ist es gut.“ Plötzlich wechselte er die Stimmlage und fuhr Willie an: „Ich bin nämlich stocksauer auf dich, daß du mir diese blöde Ameisenfarm überhaupt erst angeschleppt hast!“

Willie feuerte den Außerirdischen an. „Gut so, ALF! Laß es raus, laß deinen Gefühlen freien Lauf!“

„Ich bin auch sauer auf dich, weil ich kein Pferd gekriegt habe!“ Der Melmac wurde immer lauter.

„Nur weiter so. Bist du auf noch jemand sauer?“ forschte Willie.

ALF dachte ein wenig nach, dann schimpfte er drauflos. „Dieses Mistfernsehen! Dauernd Wiederholungen, mich eingeschlossen.“

„Fühlst du dich jetzt besser?“ wollte Willie wissen.

ALF ließ augenblicklich den Kopf hängen. „Offen gesagt, nein“, gestand er.

Willie machte einen Vorschlag: „Wenn du willst, besorg’ ich dir ’ne neue Ameisenfarm.“

„Sehr schön, wenn Kate abkratzt, besorg’ ich dir ’ne neue Rothaarige.“

Willie sah, daß er so nicht weiterkam.

„Ich weiß, daß es jetzt schwer für dich ist, aber glaub mir, morgen fühlst du dich schon besser.“ Er flüchtete sich in Gemeinplätze. „Und in den nächsten Tagen fühlst du dich noch besser. Und eines Tages fühlst du dich wirklich viel besser ...“

„Du bist wirklich sicher, daß du auf diesem Gebiet Erfahrung hast?“ spottete ALF.

Willie schwieg. Er erkannte, daß ALFs Trauer noch zu frisch war, um ihm wirklich helfen zu können. Der kleine Kerl mußte erst mal mit sich selbst zu Potte kommen. Willie beschloß, schlafen zu gehen.

Am anderen Morgen erwachte Wiliam Tanner dadurch, daß ihm jemand den Arm kitzelte. Weil er außerordentlich kitzlig war, mußte er kichern. „Kate, hör doch auf damit", bat er seine Frau.

Ein verschlafenes „Was ist?" war die Antwort.

Das Kribbeln auf Willies Arm verstärkte sich.

„Kate, du kitzelst mich!" rief Willie, der es beinahe nicht mehr aushielt vor lauter Gekrabbele.

„Ich hab' dich überhaupt nicht berührt", antwortete seine verschlafene Frau, die gar nicht wußte, wie ihr geschah.

Willie setzte sich auf und öffnete seine Augen. Blitzartig war er hellwach, als er sich seinen Arm anschaute. Eine ganze Armee von Ameisen hatte ebendiesen Arm als Autobahn in Beschlag genommen.

„Ich habe Ameisen an mir! In meinem Bett sind Ameisen!" rief Willie entsetzt.

Jetzt war auch Kate hellwach und stellte fest, daß auf ihrer Bettdecke ebenfalls Dutzende dieser schwarzen Krabbler unterwegs waren. „Hier sind überall Ameisen", kreischte sie und sprang aus dem Bett.

Willie rannte in die Küche, um Insektenspray zu holen, Kate flitzte hinterher.

„Wieso haben wir plötzlich so viele Ameisen in der Wohnung?" wollte Kate wissen.

Die Antwort fand sie auf dem Küchenboden: ein Dutzend Teller mit den unterschiedlichsten Speisen standen herum – ein gefundenes Fressen für die kleinen Krabbler. Die Teller waren mit Grußkärtchen geschmückt, auf denen Sätze standen wie „Hallo, Ihr lieben Kleinen!" oder „Guten Appetit wünscht Euer ALF!"

„Ein einziges Mal möchte ich diese Küche betreten, ohne irgendeine Überraschung zu erleben", stöhnte Kate.

„Geh ins Wohnzimmer, Kate, ich werde hier erst mal sprayen", bat Willie.

Kate hatte einen besseren Vorschlag: „Warum brennen wir die Bude nicht einfach ab und fangen neu an?"

„Das ist Plan B. Plan A ist: Wo ist das Insektenspray?" Willie suchte verzweifelt, konnte aber das Vertilgungsmittel beim besten Willen nicht finden.

„Das habe ich weggeworfen", sagte eine wohlvertraute Stimme, die zu einem Wesen gehörte, das selbstzufrieden mit gekreuzten Armen in der Tür stand.

„Warum hast du das gemacht?" fauchte Kate ALF an.

„Was gemacht? Das Insektenspray weggeworfen oder diese kleinen Raststätten gebaut?"

„Das beste wird sein, wenn du uns beides erklärst. Also fang an, und hör erst auf, wenn ich es sage", forderte Willie.

Mit ernster Miene gab ALF eine Erklärung ab, die einem Botschafter der UNO zur Ehre gereicht hätte: „Von nun an widme ich mein Leben der Sorge und Erhaltung der Spezies Ameise!"

„Wenn du überall im Hause Essen rumstehen läßt, werden wir die Ameisen bald überall haben", empörte sich Kate.

„Das ist das mindeste, was ich für sie tun kann, nachdem ich so viele ihrer Artgenossen ausgedörrt habe", gab ALF ungerührt zu bedenken.

„Deine Ameisenfarm kommt nicht wieder, und wenn du die Ameisenverwandtschaft aus der ganzen Welt zur Gedächtnisfeier einlädst", entgegnete Willie.

ALF blieb stur. „Aber so fühle ich mich besser!" behauptete er. „Ich habe beim Schutz der mir anvertrauten

Ameisen versagt. Deshalb jetzt mein Schritt in die Ameisenöffentlichkeitsarbeit!"

„Hör auf mich, ALF", bettelte Kate, „die besseren Überlebenschancen für deine Ameisen liegen außerhalb meiner Küche."

Willies Gesicht erhellte sich. Ihm war eine grandiose Idee gekommen. Langsam formulierte er: „ALF würde vielleicht über den Verlust seiner Ameisen leichter hinwegkommen, wenn er die Möglichkeit hätte, sich bei einer Art Beisetzung offiziell zu verabschieden. Wie ich vorhin sagte: eine Art Gedächtnisfeier ..."

„Eine Ameisenbeerdigung?" Kate blieb skeptisch.

ALF hingegen fand die Idee reizend, war sich aber nicht sicher, ob sie gegen seinen Herzschmerz helfen konnte.

„Ganz sicher wird dir das helfen. Rituale sind ein wirksames Mittel, Kummer zu bekämpfen", erklärte Willie. „Du hast eine Gedenkfeier, wir werden alle kommen, es wird ganz ergreifend werden. Und dann ist die Sache vorbei, klar?"

„Klar!" Die Sanftmut in ALFs Stimme war mehr als verdächtig.

Doch Willie hatte noch einen draufzusetzen: „Und dann machen wir ein Picknick!"

Es wurde ein denkwürdiges Picknick im Garten der Tanners. Die ganze Familie war mit schwarzen Armbändern erschienen, inklusive ALF, der sich von Kate zusätzlich ein paar dunkle Nylonstrümpfe ausgeliehen hatte. Außerdem hatte er einen kleinen Kranz aus Tannengrün nebst Kerzen besorgt. Wenn die Ochmoneks, die zum Glück verreist waren, das Spektakel gesehen hätten – sie hätten geglaubt, jemand würde im Sommer Advent feiern.

Willie wollte von ALF wissen, wo der Gedenkkranz hinzulegen sei.

„Irgendwo neben den Grabsteinen wäre es passend", entschied der Melmac.

Willie legte den Kranz neben eine Batterie von Holzplättchen, wie sie Ärzte verwenden, um jemandem in den Mund zu schauen. Dann mäkelte ALF an Kates Kleid herum: „Ist es für unsere Feierlichkeiten nicht ein wenig zu schrill?"

Willie beendete den Disput, indem er vorschlug, die Feier endlich beginnen zu lassen.

„Bitte, meine Freunde, setzt euch, macht es euch bequem", lud ALF theatralisch ein.

Brian spürte, wie ihm das schwarze Armband das Blut abschnürte. Doch ALF bestand darauf, daß er es anließ. Dann hob er zu seiner Trauerrede an: „Darf ich zunächst der lieben Kate Tanner meinen Dank sagen für den stilvollen Picknickkorb und die dezente Dekoration. Und ebenso danke ich Brian Tanner, der mir geholfen hat, die vielen Eis am Stiel zu essen, die uns die geschmackvollen Grabsteine geliefert haben."

Die Familie applaudierte gedämpft, und ALF verbeugte sich dezent. Dann fuhr er im Stile eines Fernsehpredigers fort: „Wir sind heute hier zusammengekommen im stillen Gedenken an eine Kolonie von Freudenspendern, in liebevoller Weise genannt: ‚Meine Ameisen'! In nur fünf kurzen Tagen haben sich diese drahtigen Sechsfüßler einen Tunnel in unsere Herzen gegraben. Nun liegen sie dort neben uns, symmetrisch ausgerichtet, Opfer einer unbarmherzigen Mittagssonne."

ALF blickte ernst in die Runde, um zu ergründen, ob seine Worte auch die richtige Wirkung fanden. Da niemand grinste oder weinte, machte er ganz einfach im bewährten Ton weiter: „An dieser Stelle scheint es wohl angebracht, ein paar Worte zum Gedenken zu sprechen."

Er nickte Willie aufmunternd zu, der reichlich zögernd das Wort ergriff. „Ich kannte unsere Ameisen nicht so gut wie ALF – ich glaube, das gilt für uns alle –, aber für mich waren sie die Verkörperung der Freundlichkeit."

Willie drehte seinen Hut in der Hand und gab sich redliche Mühe, feierlich zu bleiben. So langsam fand er seine eigene Idee denn doch nicht mehr so genial, sondern er hatte das Gefühl, sich in einer schlechten Show zu befinden. Aber er entschloß sich, das Ding durchzuziehen. „Ihr Haus war unser Haus. Sie werden mir fehlen", schwadronierte er theatralisch.

Kate machte es kürzer. „Von allen Ameisen, die ich kannte, waren diese die liebenswertesten", bekannte sie.

Lynn schloß sich nahtlos an: „Ich vermisse sie auch sehr, sie waren emsig und fleißig. Adieu, Jungens."

Und auch Brian bewies ein Herz für Insekten. Er stand ihnen außer ALF am nächsten: „Ich mochte Spunky, den Langen mit dem großen Kopf. Der konnte wirklich graben!" Dann setzte sich der Junge wieder.

ALF ergriff erneut das Wort. „Aber natürlich war er nur einer von vielen. Da waren Sybill und Jerry, die die Friedhofsarbeit verrichteten, damit sie ihre Tage mit den Larven verbringen konnten. Chad, Tyler, Jack, Logan und Jenna, und nicht zu vergessen ..."

Kate unterbrach, pietätlos, wie sie war, für eine wichtige Mitteilung: „ALF, ich wollte nur wissen, ob die Grabrede noch lange dauert, denn eine ganze Armee von Ameisen macht sich über unser Picknick her!!!"

„Es sind Trauergäste, Kate", entgegnete der Melmac ungerührt.

„Aber sie denken nur an unseren Leichenschmaus!" warf Willie ein.

ALF zeigte sich einsichtig. „Okay, wir kürzen die Sache ab. „Adieu, Abner, Alan, Alicia, Amie, Ameise Bea, Ameise Em, Esther, Ed, Eunice ...“

Während er das Namensalphabet herunterratterte, brachte der Rest der Familie das Picknick vor den räuberischen Insektenhorden in Sicherheit.

Es wurde dann noch ein sehr ordentliches Beisammensein, wie es sich für einen ordentlichen Leichenschmaus gehört, sieht man einmal davon ab, daß ALFs Appetit noch längst nicht seine alte Form erreicht hatte. Jedenfalls blieb nahezu die Hälfte des Menüs übrig.

Als jedoch Willie am späteren Abend einen Blick in die Küche warf, stellte er mit Genugtuung fest, daß ALF dabei war, sich über die Reste herzumachen.

„Es ist erstaunlich“, erklärte der Melmac auf Willies fragenden Blick hin, „aber ich finde zu meinem gewohnten Hunger zurück!“

„Erstaunlich? Du hast das ganze Huhn verspeist?“ fragte Willie ungläubig.

„Ja, die beiden Flügel wollte ich eigentlich zurücklassen. Aber ich war gerade so gut in Fahrt ...“

Willie gab sich damit zufrieden. „Na, dann scheinst du ja wieder ganz der alte zu sein“, stellte er fest.

ALF nickte. „Ich glaube schon.“ Einschränkend fügte er hinzu: „Aber tief im Inneren sitzt immer noch ein kleiner, dumpfer Schmerz.“

Das konnte Willie gut nachvollziehen. „Du hast sehr viel durchgemacht in den letzten vierundzwanzig Stunden, ALF. Darauf reagiert natürlich auch der Körper.“

„Nee, ich glaube, das ist nur Kates Kartoffelsalat. Ich hatte auch schon früher Probleme damit.“ Ein deftiger Rülpser des Melmac unterstrich diese Behauptung und lieferte Willie den endgültigen Beweis dafür, daß ALF wieder zu sich gefunden hatte.

Einige Tage später befand sich ein unerwarteter Brief in der Post. Er stammte vom Fernsehen, gerichtet an Mr. Shumway. „Was ist das denn?“ wollte Lynn wissen, die „Shumway“ ALF den Brief überreichte.

„Ich hab’ an den Intendanten geschrieben“, erklärte der Melmac und las den Inhalt des Antwortschreibens vor: „‚Lieber Mr. Shumway, ich danke für Ihre nützliche Anregung, den Bürgerrechten der Ameisen eine neue Sendefolge zu widmen.‘“

Lynn verzog grinsend das Gesicht.

Dann fuhr der Melmac fort: „‚Bedauerlicherweise steht uns für dieses Thema keine zusätzliche Sendezeit zur Verfügung.‘“

Enttäuscht ließ ALF den Brief sinken.

Lynn nahm ihn aus der Hand und drehte ihn um. Die Rückseite hatte ALF überhaupt noch nicht beachtet. Lynn las: „‚Wir wären jedoch sehr daran interessiert, Sie persönlich bei einer unserer nächsten Sendungen begrüßen zu dürfen, die unter dem Titel steht: Zwangsneurotiker, die mehr Zeit haben, als sie brauchen.‘“

Stolz warf sich ALF in die Brust: „Na bitte! Und Willie sagte, es wäre verrückt gewesen, meinen Brief abzuschicken!“

So langsam freundete sich der Melmac mit dem Gedanken an, Fernsehstar zu werden. Eines wußte er: Die Welt würde noch von ihm zu hören bekommen – ob mit oder ohne Ameisen ...

Bangemachen gilt nicht

Auch „Das große Handbuch der Pfadfinder" konnte ALF nicht weiterhelfen. Er brachte einfach keine vernünftigen Seemannsknoten zustande. Schon minutenlang - für seine Verhältnisse ohne Zweifel eine enorme Zeit - saß er da und knotete an einem schlanken Seil herum, das er in Willies Garage gefunden hatte. Aber die Angelegenheit glich eher einer Portion Kuttelfleck als einer Reihe ordentlicher Knoten.

Das bemerkte auch Willie, als er mitten in ALFs Knoterei platzte. Aber er bemerkte auch etwas anderes: „Das ist doch nicht etwa meine gute Schnur, oder?" fragte er mißtrauisch.

„Willie, wenn du 'ne *gute* Schnur hast, mußt du sie gefälligst rausrücken", forderte der Melmac, der der Auffassung war, daß das, was er in den Pfoten hielt, alles andere als eine gute Schnur war. Sonst hätte sie sich ja knoten lassen!

Aber Willie reagierte nicht auf ALFs Wunsch. Er war in Gedanken schon wieder ganz woanders. „Brian, es ist zehn vor sieben! Wir sind reichlich spät dran!" brüllte er in Richtung Brians Zimmer.

Sekunden später stand Brian geschniegelt und gebügelt vor ihm. Er hatte seine brandneue Pfadfinderuniform an und schlug militärisch die Hacken zusammen.

„Sieht aus wie ein General für arme Leute", brummte ALF.

„Mußt du immer deine blödsinnigen Kommentare abgeben, wenn Brian seine Uniform anzieht?" ärgerte sich Willie.

„Ja! Nächste Frage!" grinste der Außerirdische.

ALF hatte bereits auf seinem Heimatplaneten eine Abneigung gegen jede Art von Uniform gehabt, abgesehen vielleicht von der Tracht einer hübschen Krankenschwester.

„Du siehst gut aus", bewunderte Willie seinen Sohn und musterte ihn von oben bis unten. Wenn er Brian so gestiefelt und gespornt vor sich stehen sah, mußte er an alte Zeiten denken. „Ich war schließlich auch mal Pfadfinder", sagte er und lächelte stolz.

Das war dem Außerirdischen neu. Er konnte sich beim besten Willen nicht vorstellen, wie dieser unsportliche Kauz namens Willie in kurzen Hosen durch die Wälder gesprungen war und am Lagerfeuer zur Klampfe sentimentale Lieder gesungen hatte.

„Ehrlich, Willie, auch du hast mal das freie Leben in der Natur ausprobiert?" fragte er höhnisch.

„Es gibt mehr Dinge, die ich getan habe, von denen du keine Ahnung hast", antwortete Willie spitz.

„Das weiß ich. Manchmal macht es dir Freude, die Brille abzunehmen und die Nase zu reiben", konterte ALF. Daß er dies für den Gipfel an Sportlichkeit bei Willie hielt, behielt er aber lieber für sich.

„Ich war vier Jahre lang Pfadfinder. Ich habe elf Abzeichen gemacht und eine Auszeichnung für Brandverhütung bekommen. Das hat mir im Leben mehr genutzt, als mir je im Traum eingefallen wäre. Brian, wir gehen!" Willie war offensichtlich beleidigt.

Aber ALF rümpfte nur die Nase. „Vermutlich hat Willie die Auszeichnung bekommen, weil er ein Feuerzeug ausgepustet hat", dachte er sich.

Im Vorbeigehen fiel Brians Blick auf ALFs Knotenkunstwerk. „Das ist aber nicht besonders sicher", stellte er geringschätzig fest.

„Hör auf, mich anzuöden, du Oberpfadfinder!" Jetzt war ALF beleidigt.

Dann waren die beiden Tanners verschwunden. Doch nur eine Sekunde später tauchte Willies bebrillter Kopf bereits wieder in der Küchentür auf. „Ich hab' die Autoschlüssel vergessen", sagte er zerstreut. Schweigend deutete ALF auf den Küchentisch.

Willie grapschte nach den Schlüsseln und steckte sie achtlos in die Hosentasche. Als er sich umdrehte, um zu gehen, gab es einen Riesenkrach. Die Tischdecke lag auf dem Boden und hatte alles unter sich begraben, was darauf gestanden hatte: Obstschale, Blumenvase, ALFs Knotenspiele.

Ein Stück Zwirn spannte sich zwischen einem Eck der Decke und Willies Hosentasche. Willie zog den Autoschlüssel wieder hervor. Er war mit der Tischdecke verknotet.

„Seemannsknoten", stellte ALF sachlich fest. Willies giftigen Blick ignorierte er geflissentlich.

Nachdem Tanner junior und senior endlich das Haus verlassen hatten, setzte sich ALF zu Kate an den Eßtisch, wo kiloweise Broschüren ausgebreitet waren. ALF erkannte mit Kennerblick, daß es rund ums Kind ging. Er las „Tips für die Tagespflege", „Wohin mit dem Baby?", „Babysitting rund um die Uhr" und ähnliche Überschriften. Der Melmac begriff nicht, was Kate überhaupt damit wollte.

„Ich kapier' das nicht", sagte er kopfschüttelnd, „ich bin doch tagsüber zu Hause!"

Kate lächelte geduldig. „Ja, ich weiß, ALF, aber ich glaube trotzdem, daß das Baby in einer Kinderkrippe besser aufgehoben ist, wenn ich wieder arbeite."

ALF war empört. „Willst du damit sagen, du vertraust

dein Kind einer völlig fremden Person lieber an als mir?" rief er entrüstet.

Kate zögerte mit einer Antwort. Glücklicherweise rettete Lynn, die soeben nach Hause kam, die Situation. Sie trug einen Collegekatalog unter dem Arm.

„Mami, du hast doch auf dem College Kunstgeschichte im Hauptfach gehabt, nicht wahr?"

Kate nickte.

„Hat dir das Spaß gemacht?" wollte Lynn wissen.

„Ja, sehr, warum?"

„Ich bin dabei, die Kurse fürs nächste Jahr auszusuchen, aber ich weiß nicht, welche ich belegen soll, weil ich mich noch nicht entschieden habe, welches Hauptfach ich wählen soll."

ALF wußte Rat. „Vergiß das College. Stürz dich in die dynamische Branche der medizinischen und zahnmedizinischen Assistenten. Dann kannst du deinen Job behalten und nachts studieren."

Mutter und Tochter ignorierten den fachmännischen Tip und begannen, den Katalog zu durchforsten.

ALF ließ sich durch die Mißachtung seiner Ratschläge keineswegs beirren. „Vielleicht bekommst du eine Ausbildungsbeihilfe nach dem Wehrdienst", überlegte er.

„Würdest du jetzt bitte still sein", forderte Kate ihn energisch auf.

„Ich will euch wenigstens noch sagen, was die Chirurgen so machen", fuhr der außerirdische Berufsberater ungerührt fort.

Lynn verzog gequält das Gesicht. „ALF ..."

Der hob beschwichtigend die Pfoten. „Sie machen Bereitschaftsdienst", glaubte er zu wissen.

Vom Hausflur war Gemurmel zu hören. Vater und Sohn waren von ihrem Ausflug zurückgekehrt. Willie redete mit glühenden Wangen auf Brian ein: „Dann war da noch die Sache, als wir eine Latrine hinter dem Patrouillenzelt ausgehoben haben. Und dann kam aus heiterem Himmel ein Stinktier und spritzte alle voll. Du kannst dir nicht vorstellen, wie das gestunken hat."

„Könntest du mit solchen Geschichten nicht warten, bis ich mein Popcorn zu Ende gegessen habe und in mein eigenes Appartement gezogen bin?" meldete sich ein kauender Melmac zu Wort.

„Nein! Ich gebe meine Lagerfeuererinnerungen an den Pfadfinder Brian weiter, wenn du nichts dagegen hast", stellte Willie mit Nachdruck fest.

„Wie war denn das Pfadfindertreffen, mein Schatz?" wollte Kate von ihrem Sohn wissen.

„Ganz gut", lautete Brians knappe Auskunft.

Willi stutzte. „Ganz gut? Es war phantastisch! Brian wird nächsten Samstag zu seiner ersten Nachtübung gehen", verkündete er enthusiastisch.

ALF verzog gelangweilt den Rüssel. „Na toll! Jetzt können wir uns eine Woche lang die Abenteuer von Willie Tanner-Crockett anhören, dem König des wilden Vorgartens."

„Tja, man merkt eben, daß du nie die Freuden des rauhen Lebens in der freien Natur genossen hast", erwiderte Willie geringschätzig.

„Bitte! Bitte! Halt's mir nur immer wieder vor, daß ich ein Außerirdischer bin."

Während Brian sich mit dem einsilbigen Hinweis zurückzog, er werde sich jetzt umziehen, war Willies Redefluß kaum zu bremsen: „Mein Sohn wird das Leben in der Natur genauso genießen, wie ich es getan habe! Einschlafen unter dem Sternenzelt, die kühle Erde unter dir und die Hände am Lagerfeuer wärmen ..."

„Was warst du? Ein Pfadfinder oder ein Tippelbruder?“ wollte ALF wissen, mit vollen Backen Popcorn kauend.

„Mußt du eigentlich alles miesmachen, was ich tue?“

„Ja. Nächste Frage!“

ALF war nun mal eine ehrliche Haut. Doch irgendwann wurde auch er vom Pfadfinderfieber erwischt. Am Tag vor der Nachtübung, dem großen Abenteuer, ging er zusammen mit Brian die Liste der Dinge durch, die laut Handbuch zu einem solchen Ereignis unbedingt dazugehörten. Daß Brian wenig begeistert dreinblickte, merkte ALF in seinem Pioniergeist nicht. Er hakte auf der Liste ab, was Brian auf einen Haufen gelegt hatte. Brian hatte die Aufgabe, das Vorhandensein der verschiedenen Ausrüstungsbestandteile zu bestätigen.

„Schlafsack?“

„Ja.“

„Poncho?“

„Ja.“

„Kochgeschirr?“

„Das ist im Wandschrank.“

„Ich hole es.“

Kaum hatte der Melmac diese Tat angekündigt, war er schon im Schrank verschwunden.

Und Sekunden später flogen Brian alle möglichen Gegenstände um die Ohren. Dann klang dumpf ALFs Stimme aus dem Schrank.

„Brian?“

„Ja.“

„Was ist ein Kochgeschirr?“

„Es besteht aus einem Topf mit Deckel und Besteck“, erklärte der Junge. Dann zog er das Geschirr unter dem Schlafsack hervor.

Schnaufend kletterte ALF aus dem Schrank. „Warum

nimmst du nicht mit, was man immer bei sich tragen sollte: ein schmackhaftes Fertiggericht?"

„Mir egal. Pack ein, was du willst." Brians Stimme klang resigniert. Jetzt hatte es auch ALF bemerkt.

„Ich verspüre eine wachsende Ernüchterung bei diesem Unternehmen", merkte er an. „Warum gehst du eigentlich nicht gern zum Campen?"

„Wieso denn? Ich geh' doch gern zum Campen", widersprach Brian halbherzig.

„Ich weiß. Mit derselben Begeisterung zieht der König aufs Schafott", erwiderte ALF.

Freundschaftlich legte er seine behaarte Pranke um die Schulter seines Freundes. „Sag's mir: Was ist los?"

„Kannst du schweigen?" fragte Brian zaghaft.

„Nein. Aber es gibt für alles ein erstes Mal."

„Ich hab' echt Angst. Es wird so dunkel sein da draußen", flüsterte Brian.

„Ja, das schon. Aber es sind doch eine Menge Jungs da", versuchte ALF die Sache zu entschärfen. Vergebens.

Brian wandte ein, daß dies schlimm sei, weil man ihn für einen Feigling halten werde. ALF dachte ein paar Sekunden nach, dann hatte er die Lösung: „Sprich doch mit Willie darüber! Er wird seine Brille abnehmen, sich die Nase reiben und sagen, daß du zu Hause bleiben kannst."

Brian hielt das für eine schlechte Idee: „Aber er liebt die Camperei! Er wäre schwer enttäuscht, wenn er merkt, daß ich nicht gehen will."

„Wohin nicht gehen will?" Die beiden hatten in ihrer Diskussion völlig überhört, daß Jake Ochmonek in der offenen Zimmertür stand. Er hatte die letzten Worte mitbekommen und war neugierig geworden.

„Brian will nicht zum Campen mit den Pfadfindern", verriet ALF dem Nachbarsjungen.

„Kluges Kerlchen", sagte der, wenig erstaunt.

„Sag du ihm, daß er keine Angst zu haben braucht", bat ALF Jake.

„Das war ein *Geheimnis*, ALF!" Brian fühlte sich verletzt.

„Dann hebe ich die Geheimhaltungspflicht hiermit auf", entgegnete der Melmac ungerührt.

Jake merkte an, daß er selbst zwar noch nie beim Campen gewesen sei, aber mal von einer Pfadfindertruppe gelesen habe, die im New Yorker Zentralpark zeltete. „Von denen hat man nie wieder was gehört!" sagte er und wollte sich ausschütten vor Lachen.

ALF erkannte, daß diese Geschichte nicht gerade dazu angetan war, Brian zu beruhigen. Deshalb verkündete er: „Das einzige, wovor man Angst haben muß, ist die Angst an sich. Oder ein unerklärliches Etwas."

„Was meinst du damit?" Brian hatte das philosophische Gefasel des Außerirdischen nicht so recht begriffen.

ALF wurde konkreter: „Wir könnten morgen nacht hinterm Haus ein Probezelten machen. Ich beweise dir, daß es nicht zum Fürchten ist. Nur langweilig."

Brian machte ein skeptisches Gesicht.

„Wir können aufbleiben, solange wir wollen, ins Bett gehen, ohne uns die Zähne zu putzen, Hamburger essen, bis wir aus allen Nähten platzen", schwärmte ALF.

Brian verzog desinteressiert das Gesicht.

„Na los, Brian, nimm mal ein bißchen am Leben teil! Du kannst auch mitmachen, Jake", munterte der Melmac die beiden Jungen auf.

„Danke, ich nehme schon ziemlich ausgiebig am Leben teil", sagte Jake.

ALF gab nicht auf. „Es ist echt irre, unter freiem Himmel zu schlafen!"

„Ich liebe Zimmerdecken“, hielt Jake dagegen.
„Frische, saubere Luft zu atmen!“
„Bei dem Smog?“
ALF spielte seinen letzten Trumpf aus: „Direkt unter Lynns Fenster zu schlafen!“
Jake war endlich von den Vorteilen des Zeltens überzeugt. „Was muß ich alles mitbringen?“ fragte er begeistert.
Kate entging der Sinneswandel ihres Sohnes und des Nachbarsjungen nicht. „Komisch“, sagte sie zu ihrem Mann, „eigentlich hatte ich das Gefühl, Brian steht gar nicht so aufs Campen. Und jetzt sieht es so aus, als könne er seinen Pfadfindertrip überhaupt nicht mehr erwarten.“
Für Willie war die Sache klar: „Er hat das Tannersche Abenteuerblut in den Adern, das steht fest. Weißt du, daß ich lange Zeit zweifelte, ob er alt genug ist für solche Sachen? Eigentlich bis gestern ...“
Kate lächelte. „Er wird langsam ein kleiner Mann, unser Sohn.“ Dann fiel ihr ein, daß sie noch seine Gummibärchen einpacken mußte. Auf dem Weg in die Küche stieß sie beinahe mit ihrer Tochter zusammen, die mal wieder ihre College-Information studierte. Lynn wirkte recht zufrieden.
„Ich glaub', ich weiß jetzt, was ich im Hauptfach studieren will“, erklärte sie ihren Eltern. „Ich denke, Kunstgeschichte wäre das richtige für mich.“
Willie blickte hinter seiner Zeitung hervor. „Schatz, ich finde es super, daß du dich für Kunst interessierst. Aber glaubst du wirklich, daß es als Hauptfach ideal ist?“
„Wie meinst du das?“ Lynn wußte nicht, worauf ihr Vater hinauswollte.
Willie grinste: „Nun, wir hatten da so einen Spruch auf

dem College: ‚Wer was kann, studiert, was er will. Der Rest studiert Kunstgeschichte.‘“

Kate schnappte hörbar nach Luft. „Ich habe auch Kunstgeschichte studiert!“ Sie hatte empört beide Hände in die Hüften gestemmt und blitzte ihren Mann an.

„Du warst natürlich eine Ausnahme, Liebes. Über dich hat sich niemand lustig gemacht“, beeilte sich Willie zu versichern. Aber er konnte nicht verhindern, daß er ein wenig rot wurde.

Kate war in Rage. „Natürlich, die größten künstlerischen Leistungen der Menschheit zu studieren, das ist nicht halb so interessant wie die hohe Kunst der Sozialwissenschaftler, Bevölkerungskurven zu zeichnen“, sagte sie mit beißender Ironie in der Stimme.

„Ich habe noch niemals im Leben diese komischen Diagramme gezeichnet“, wehrte sich Willie. Kate schwieg hartnäckig, ebenso Lynn.

„Na gut“, lenkte Willie schließlich ein, „einmal habe ich so ’ne Kurve gezeichnet. Und wißt ihr, was? Sie war gar nicht schlecht!“

Kate lachte höhnisch auf. „Und wo ist dieses Kunstwerk heute? Ich sag’s dir, wo es *nicht* ist: im Louvre!“

Willie versuchte, der Diskussion eine angenehmere Wendung zu geben: „Ach, das erinnert mich an eine Wette im Büro. Kann mir jemand sagen, wann Rembrandt gestorben ist?“

„In dem Jahr, als er sein erstes Bevölkerungsdiagramm zeichnen mußte“, erwiderte Kate bissig.

Während im Hause über Lynns Zukunft, Willies Gegenwart und Kates Vergangenheit gestritten wurde, spielten sich im Garten handfestere Dinge ab. Jake und Brian hatten das Zelt aufgebaut und testeten jetzt seine Standfestigkeit. „Also, bis jetzt ist es noch nicht unheimlich“, stellte Brian fest, der im Inneren des Zeltes eine Schnur festzurrte.

„Warte nur, bis es dunkel wird und der Mond sich hinter einer Wolke versteckt und die Nebel aufziehen", sagte Jake hämisch grinsend.

Und er traf genau ins Schwarze: Brians Mut war augenblicklich wieder dahin. „Ich geh' wieder ins Haus", verkündete er ängstlich.

Jake hielt ihn am Ärmel fest. „Warte, bleib ruhig! Hier gibt es nichts in der Dunkelheit, was es nicht auch bei Tageslicht gibt. Außer Fledermäusen ..."

Ehe Brian die Flucht antreten konnte, kam ihm ALF in die Quere. Keuchend und schnaubend schleppte er einen Riesenrucksack an.

„Was hast du denn da alles drin?" rief Jake erstaunt.

„Nichts weiter", schnaufte ALF, „nur ein bißchen Handgepäck. Es paßt genau in die Gepäckablage oder unter den Vordersitz."

Jake erinnerte den Melmac daran, daß man doch nur das Notwendigste mitnehmen wollte.

ALF bestand darauf, daß er genau das getan habe.

„Zeig mal", forderte Jake ihn auf.

„Hast du einen Durchsuchungsbefehl?" knurrte ALF.

Aber Jake war bereits dabei, ALFs Rucksack zu durchstöbern. Er förderte eine Dose Fleischklößchen und zwei Videokassetten mit den Titeln „Das Abenteuer Natur" und „Ernest im Zeltlager" hervor. Er schaute ALF fragend an.

„Das ist die Wildnis-Trilogie", redete sich der Melmac heraus.

„Und was sollen wir mit dem Zeug machen?" wollte Jake wissen.

„Hast du denn den Videorecorder nicht dabei?" fragte

ALF ungläubig. Jake warf die Kassetten aus dem Zelt. „He! Das sind Leihkassetten!" protestierte ALF.

Jake kramte weiter im Rucksack. Er konnte es kaum glauben. „Käsepaste! Fleischpaste! Fischpaste!"

„Glaubt mir: Von jeder Paste brauchen wir mindestens eine", beteuerte ALF.

„Komm schon, Brian, wir packen den ganzen Schrott wieder ein", forderte Jake seinen Freund auf.

ALF, der hilflos mit ansehen mußte, wie seine Vorbereitungen über den Haufen geworden wurden, stieß ein verächtliches „Verräter!" hervor.

Aber Brian war auf Jakes Seite: „Er hat recht. Wir halten uns an die Regeln im Pfadfinderhandbuch", entschied er.

ALF setzte sich schmollend ins Eck. „Keine Pasten, keine Videos - weshalb geht man dann überhaupt zum Campen?"

„Genau deshalb!" belehrte ihn Jake.

„Dann sitze ich ja noch bequemer im Gefängnis", maulte der Melmac.

Jake erinnerte ALF daran, daß es seine Idee gewesen war, ein Zelt aufzuschlagen. Und daß man das, was man anfange, auch richtig machen solle. Im Rucksack klingelte es. Jake kramte das tragbare Telefon hervor und hob ab. „Nein danke! Streichen Sie die Pizza", bat er den Anrufer.

ALF vergrub das Gesicht in seinen Pfoten. „Wir sterben hier noch", wimmerte er.

Unterdessen hatte sich Willie vom Rest der Welt abgeschottet: Er lag im Wohnzimmer, hörte mit dem Walkman lautstark klassische Musik und las. Als ihn jemand am Ärmel zupfte, zuckte er regelrecht zusammen. Lynn stand vor ihm und versuchte offenbar, ihm etwas mitzuteilen. Willie nahm die Kopfhörer ab.

„Hallo, Dad! Hast du 'ne Briefmarke?" fragte seine Tochter. „Ich möchte meine Kursbelegung abschicken."

Willie nickte freundlich. „Und? Hast du jetzt ein Hauptfach gefunden?"

Lynn nickte ernsthaft. „Ich denke, ich nehme Sozialwissenschaften. Vielleicht geh' ich mal in die Sozialarbeit, so wie du."

Willie verschlug es fast die Sprache. „Ich fühle mich geschmeichelt", gab er zu. „Aber es ist kein leichter Weg, den du gewählt hast."

„Nicht?"

„O nein! Man muß schon Ausdauer mitbringen, um den jahrelangen Anforderungen gerecht zu werden."

„Jahrelange Anforderungen?"

„Na ja, vier Jahre Grundstudium, zwei Jahre Hauptstudium, dann mehrere Praktika ..."

„Aber es lohnt sich doch", wollte Lynn ernüchtert wissen, „ich meine: Du magst doch deinen Beruf?"

Willie nickte. „Natürlich. Es gibt wenig vergleichbare Jobs."

„Oh!"

„Und man wird nicht reich dabei."

„Oh!!"

„Aber es lohnt sich wirklich", sagte Willie und legte seiner Tochter einen Arm um die Schulter. „Du kannst mit 'ner Menge Leute arbeiten, die wirklich Probleme haben."

Lynn wiegte nachdenklich den Kopf. Willie lächelte sie an. „Na, willst du diesen Brief jetzt abschicken?"

Lynn zögerte. „Ach, ich warte noch ein wenig", entschied sie dann, „vielleicht kann ich ja doch mehr Leuten helfen, wenn ich Skilehrerin werde ..."

Die Gruselgeschichten, die Jake währenddessen seinen

Freunden erzählte, waren von anderem Kaliber als Willies Schilderungen seiner beruflichen Aufgaben. Im Schein der Petroleumlampe saßen ALF und Brian mit offenen Mündern vor dem Zelt und lauschten, was Jake Schauerliches von sich gab.

„Also, das Taxi gab den Geist genau vor dem U-Bahnhof in Manhattan auf. Und als der Taxifahrer aussteigt, um zu sehen, was los ist, kommt 'ne blaue Dampfwolke aus dem U-Bahn-Schacht. Und zwar genau aus dem, den sie damals geschlossen haben, nachdem dort ein paar Jungs auf äußerst mysteriöse Weise ums Leben gekommen waren ..."

„Aaah!!!" ALFs Angstschrei unterbrach Jake in seinen genüßlichen Schilderungen. Zitternd deutete der Melmac auf einen Busch. „Was war das?" fragte er ängstlich.

Brian winkte ab. „Nur der Wind!"

„Und wenn's ein Taxi war?" fragte Jake spöttisch.

„Hör auf damit! Du machst Brian angst!" sagte ALF.

„Es ist doch nur 'ne Geschichte, ALF. Weiter, Jake", bettelte Brian, dem die Sache anfing großen Spaß zu machen.

Jake grinste den Melmac höhnisch an und fuhr fort: „Also, aus der Dampfwolke stieg das Phantom der U-Bahn, ganz in Schwarz gekleidet, mit einer Kapuze über seinem Totenkopfgesicht. Und statt der linken Hand hatte er einen blitzenden Haken."

ALF hatte regelrecht Bauchschmerzen. „Äh, wäre es nicht Zeit, sich jetzt durch den Bach zum Mädchencamp zu schleichen und ihnen die Räucherkerzen auszublasen?" versuchte er das Thema zu wechseln.

Jake ließ sich nicht aus dem Konzept bringen. „Also, das Phantom winkt dem Taxi mit der rechten Hand. Aber der Fahrer hat Angst und ruft laut: ‚Ich bin außer

Dienst, Kumpel!‘ Doch das Phantom weiß nichts von Dienststunden und geht langsam zum Taxi rüber.“

ALF begann laut einen Gospel anzustimmen. Jake und Brian ließen sich nicht stören. „Mach weiter, Jake“, bettelte Brian. Das war die tollste Story, die er seit langem gehört hatte. Jakes Stimme wurde immer leiser und eindringlicher. „Das Phantom greift in den Wagen, packt den Taxifahrer am Kragen, und alles, was man noch hört, ist das Phantom, wie es lacht. Hahahaha!“

Just in diesem Moment wurde in der Nachbarschaft ein Auto gestartet. ALF rastete völlig aus. „Das Geistertaxi!!! Hilfe! Hilfe! Hilfe! Taxi! Taxiii!!!“ brüllte er und raste los. Er flüchtete ins Haus, sauste wie ein Wahnsinniger mitten durchs Wohnzimmer und rannte in seine Wäschekammer, ununterbrochen nach dem Taxi brüllend.

Jake kam hinter ihm her.

Willie, dem trotz Walkman der Lärm nicht entgangen war, blickte ein zweites Mal von seiner Zeitung auf. „ALF ruft nach einem Taxi im Haus. Ich denke, jetzt sind die Dinge außer Kontrolle geraten.“

Obwohl Jake nur Sekunden hinter ALF auf dem Dach angekommen war, fand er den Melmac nicht auf Anhieb. Er rief nach ihm.

„Hier ist niemand, außer uns Bettdecken“, klang es dumpf.

Jake schlug die Bettdecke zurück und fand einen angstschlotternden Melmac vor. „Hast du Probleme?“ fragte er mitleidig.

„Nicht im mindesten, außer daß ein Phantom hinter mir her ist“, bibberte ALF.

Jake war enttäuscht. „Wie soll Brian seine Angst verlieren, wenn du plötzlich feige wirst und den Schwanz einziehst?“

„Er kann seine Angst vor der Dunkelheit tagsüber bekämpfen, wenn's draußen hell ist."

„Wir campen in eurem Garten. Glaubst du vielleicht, Geister besorgen sich einen Lageplan von eurem Haus?" Jake konnte nicht fassen, daß eine Horrorgeschichte einem so weitgereisten Wesen wie ALF echte Probleme bereitete.

ALF versuchte, sein Gesicht zu wahren. „Seh' ich so blöd aus? Ich spreche lediglich von echten Gefahren. Zum Beispiel Schnecken."

„Schnecken?"

„Eine echte Bedrohung für alle, die barfuß gehen."

Jake machte ein Angebot: „Wenn ich dir verspreche, den Garten zu entschnecken, kommst du dann wieder raus?"

„Kein Gedanke!"

Jake versuchte es mit Psychologie. „Hey, wir machen da draußen so schöne Fortschritte! Aber wenn Brian merkt, daß du Angst hast, kriegt er auch wieder Angst. Ich meine, du könntest damit sein ganzes Leben zerstören. Welches Mädchen geht schon gern mit einem Jungen, der bei Dunkelheit Angst hat?"

ALF blieb stur. „Dann mußt du ihm helfen, ich kann es nicht."

Jake beteuerte, daß da draußen überhaupt nichts Unheimliches wäre, und fügte dann beiläufig hinzu: „Außer den paar Katzen, die sich da herumtreiben."

ALF wurde hellhörig. „Katzen?"

„Besonders viele und große", versprach Jake. Er versuchte, so normal wie möglich zu sprechen. Aber er wußte bereits, daß er ALF mit diesem Angebot herumgekriegt hatte.

ALF kratzte sich am Bauch. „Vielleicht hast du recht.

Was soll an unserem Garten schon unheimlich sein", überlegte er.

„So gefällst du mir schon besser."

„Aber ich tue alles nur für Brian", beteuerte der Außerirdische.

Dann schlug er noch schnell vor, auf dem Rückweg einen kleinen Abstecher in die Küche zu machen - Nachschub fassen.

An der Treppe begegneten sie Willie, der nach dem Rechten sehen wollte. „Falls das Taxi kommt, nehme ich es!" rief er den beiden nach, nachdem er sich versichert hatte, daß sie sich so normal wie sonst auch verhielten. Sofern man in ALFs Fall überhaupt von „normal" reden konnte.

„Keine unheimlichen Geschichten mehr", warnte ALF auf dem Weg durch den dunklen Garten.

„Nur noch die vom kopflosen Börsenhändler", bettelte Jake.

„Vergiß es", knurrte ALF.

Als die beiden beim Zelt angekommen waren, fanden sie Brian seelenruhig schlummernd vor. „Soviel über Angst in der Dunkelheit", faßte Jake zusammen.

ALF machte sofort kehrt. „Dann ist ja meine Arbeit hier draußen getan. Wir sehen uns zum Brunch."

Jake zog ihn am Fell. „Warte! Was ist, wenn er nachts aufwacht und merkt, daß du ihn im Stich gelassen hast?"

„Laß dir was einfallen!"

„Komm schon, ALF, Brian verläßt sich auf dich", mahnte Jake.

„Ich hasse es, Vorbild zu sein", knurrte ALF. Aber dann schlüpfte er doch ins Zelt, wenn auch widerwillig.

„Schnecki, Schnecki, Schnecki", lockte er. „Raus aus meinem Schlafsack." Aber zum Glück war der Sack leer.

Dann wandte sich ALF an Jake: „He, würdest du mich mal zudecken!“

„Niemand deckt jemanden in der Wildnis zu!“

„Zieh mir wenigstens den Reißverschluß zu“, bat ALF energisch. Jake zog und zwickte dabei ALFs Fell ein, was zu neuem Gezeter führte.

„Es ist zu deinem Schutz“, erklärte Jake, „wir wollen doch nicht, daß Schnecken in deinen Schlafsack kriechen.“

„Igitt! Zieh ihn mir über den Kopf!“

Jake kroch in seinen eigenen Schlafsack und drehte sich um. „Also, gleich nach dem Börsenkrach erschien dieser kopflose Börsenmakler ...“, begann er.

„Hör mal“, protestierte ALF, „es gibt vergitterte Zellen für so etwas!“

„Party-Pfadfinder“, grinste Jake. Dann rollte er sich zusammen und schlief bald darauf ein.

ALF konnte nicht einschlafen. Er drehte sich von links nach rechts und von rechts nach links. Plötzlich vernahm er das Miauen einer Katze. Wie der Blitz schoß der Melmac hoch - oder besser gesagt, er versuchte es. Denn Jake hatte ihn bis zum Hals in seinen Schlafsack gesperrt.

Was der Melmac auch versuchte - er bekam die Hände nicht frei. „Das ist die schlimmste Nacht meines Lebens!“ stöhnte er verzweifelt. Er hatte fürchterlichen Hunger auf eine bestimmte Sorte Haustier ...

Doch auch diese Nacht verging, und es kam ein Tag wie jeder andere. Als Willie am frühen Abend von der Arbeit nach Hause kam, hatte er ein Geschenk für seine Frau dabei - als Entschuldigung für seine Bemerkung über das Kunststudium. Es war ein Buch über die Entwicklung der Kunst von der primitiven Höhlenmalerei bis zum Zeichentrick.

„Weißt du“, sagte Willie und küßte Kate auf die Stirn,

„es ist mir klargeworden, daß es ziemlich egal ist, was unsere Kinder mal werden. Ob Sozialarbeiter, Künstler oder Millionär – sie werden auf jeden Fall ALF erben und pleite sein."

Lynn störte die Versöhnungsszene mit der Ankündigung, daß sie jetzt endlich eine Entscheidung getroffen habe über die Fächer, die sie studieren wolle: „Ich bin dahintergekommen, daß ich mich erst im vorletzten Jahr für ein Hauptfach entscheiden muß. Und genau das werde ich tun!" sagte sie fröhlich.

Aus dem Wohnzimmer erscholl ALFs liebliches Stimmchen. Es rief nach Willie. „Könntest du mal rüberkommen und mir bei meinem Seemannsknoten helfen?"

Willie dachte nicht daran. Er hatte genug von ALFs Zeltabenteuern, die mit einem leergefegten Kühlschrank geendet hatten. „Wenn du Hilfe brauchst, mußt du schon zu mir kommen!" antwortete er nüchtern.

Man vernahm langsame und äußerst schleppende Schritte sowie ein merkwürdig schleifendes Geräusch. ALF erschien in der Wohnzimmertür. Er war hoffnungslos eingewickelt.

„Komm her zu mir, und ich werde dich entknoten", bot Willie grinsend an.

ALF versuchte, sich zu bewegen. Es ging nicht, sosehr er auch zerrte und zog. „Ich würde gern kommen", versicherte er stöhnend. „Aber ich glaube, ich kriege das Klavier nicht durch die Tür!"

Spätestens jetzt würde sich entscheiden, ob Willie von seinen Pfadfindertugenden wenigstens die des Entknotens immer noch beherrschte. Langsam erhob sich Willie Tanner aus seinem Sessel. Er wußte, seine Autorität stand auf dem Spiel ...

Mutter Langfinger

Das Abendessen trat bei den Tanners in die Endphase. Lynn servierte den Nachtisch. Willie tupfte sich den Mund mit einer Serviette ab und lobte Kate für das köstliche Menü: „Wieder einmal ein exzellenter Hackbraten, Kate!“

ALF wiederholte das Lob, wenn auch leicht abgeschwächt: „Wieder mal, Kate, Hackbraten.“ Für ihn wurde die mangelhafte Abwechslung der Speisenfolge in diesem Haus langsam zum Ärgernis. So etwas hatte es auf dem Melmac nicht gegeben!

Kate schien die Gedanken des Außerirdischen zu durchschauen. „Zu eurer Information: Das war kein Hackbraten! Das waren Buletten!“

„Toll! Hackbraten mit einem Sprachfehler!“ entfuhr es ALF.

Bevor das Ganze zu einem handfesten Streit ausartete, kam Besuch. Jake schneite herein.

„Hallo, Jake, du kommst gerade noch rechtzeitig zu Schnaps und Zigarren“, begrüßte ihn ALF.

„Weder das eine noch das andere“, widersprach Willie in scharfem Ton.

„Ich könnte sowieso nicht bleiben. Tante Rachel läßt fragen, ob ihr frischen Fenchel habt. Onkel Trevor haßt den getrockneten“, erklärte Jake. Seine Stimme klang längst nicht so aufgekratzt wie normalerweise.

„Wir haben weder getrockneten noch frischen Fenchel“, bedauerte Kate.

Jake nickte lustlos und verabschiedete sich einsilbig. Willie hatte bemerkt, daß den Jungen etwas bedrückte.

„He, was ist denn los?“ sprach er ihn darauf an. „Wir

haben dich ja schon ewig nicht mehr bei uns gesehen! Du machst dich ziemlich rar in letzter Zeit!"

Jake druckste herum. Er wollte nicht so recht raus mit der Sprache. „Das ist, weil wir - bei uns war jemand ein paar Tage zu Besuch", stotterte er.

„Freiwillig?" fragte ALF frech, wofür er einen Rüffler von Willie erhielt.

„Verwandtschaft?" wollte Kate wissen.

Jake nickte und seufzte tief. „Sozusagen. Es ist meine Mutter."

„Du hast eine Mutter?" rief ALF aus. Jakes Äußerung kam ihm wie das achte Weltwunder vor.

„Ich bin ein Säugetier, oder nicht?" konterte Jake beleidigt.

„Was ALF damit sagen wollte", mischte sich Lynn beschwichtigend ein, „ist, daß du sie nie vorher erwähnt hast."

„Ja, wir dachten, sie wäre tot", bestätigte Brian.

Jake sah ihn verärgert an.

Diesmal war es an Willie, das Mißverständnis aufzuklären: „Was Brian damit sagen wollte, ist, daß du doch bei deiner Tante und deinem Onkel lebst, und da dachten wir ..."

„... sie wäre tot", ergänzte ALF pietätlos.

In dem Moment hörte man, wie Rachel Ochmonek nach Jake rief. Damit war die unglückliche Diskussion schnell beendet, denn Jake machte, daß er nach Hause kam.

Im Wohnzimmer der Tanners entstand eine peinliche Pause, die schließlich ALF durchbrach.

„Es muß doch einen Grund geben, daß mir Jake nie etwas von seiner Mutter erzählt hat", sinnierte er. „Wir sind die besten Freunde, wir sind Blutsbrüder, wir sind die zwei Seiten von einem gefüllten Keks. In Dänemark würde man uns neuerdings als Verlobte bezeichnen."

„Vielleicht hat er es in deiner Gegenwart schwer, überhaupt zu Wort zu kommen", bemerkte Willie bissig.

„Das ist ohne Belang", schnitt ihm der Melmac das Wort ab. „Zu deiner Information: Jake erzählt mir alles! Er sagt mir, daß sein Vater im Gefängnis sitzt, daß er bei der letzten Matheprüfung durchgerasselt ist und daß sich Trevor und Rachel manchmal verkleiden als norwegische ..."

Rachels „Juchu! Ich bin's, Rachel!" ersparte den Tanners weitere Einzelheiten über die exhibitionistischen Neigungen der Ochmoneks.

„Laß sie nur rein. Ich tu' so, als sei ich eine Stehlampe", bemerkte ALF trocken. Aber Willie verwies ihn unbarmherzig aus dem Wohnzimmer.

„Wo geht's zur Küche?" fragte ALF noch provozierend. Doch als ihn Kates unbarmherziger Blick traf, schob er schnell nach: „Okay, aber was erwartet ihr von einer Stehlampe?"

Dann konnte Willie endlich die Haustür öffnen. Rachel Ochmonek war nicht allein. Sie hatte eine, wie Willie fand, durchaus attraktive, gepflegte Blondine von etwa Mitte Dreißig im Schlepptau. Sie bildete einen gewissen angenehmen äußeren Gegensatz zu Rachel, stellte Willie insgeheim fest.

„Ich möchte euch mit meiner Schwägerin Elaine bekannt machen. Elaine, das sind Willie Tanner und seine Frau Kate. Sie ist schwanger", quasselte Rachel los, ohne Luft zu holen.

Elaine sagte freundlich lachend: „Das sieht man! Freut mich, Sie kennenzulernen." Dann gab sie den beiden die Hand.

Kate bat die beiden Damen ins Haus und machte auf Konversation: „Wir alle haben Jake sehr gern ..."

Wieder lachte Elaine freundlich. „Ja, auch er redet die ganze Zeit über seine Freunde, die Tanners."

„Aber manchmal hört er plötzlich auf zu sprechen, mitten im Satz", unterbrach Rachel.

Willie lachte verlegen. „Oh, tun wir das nicht alle mal hin und wieder?" fragte er.

„Nein", erwiderte Rachel kalt.

Elaine wechselte das Thema: „Ich bin sehr dankbar für alles, was Sie für Jake getan haben. Es ist recht schwer für ihn, so weit weg von all seinen Freunden in New York", sagte sie mit traurigem Unterton.

Kate versicherte, daß Jake schon so gut wie zur Familie gehöre. Und sie schlug vor, daß man ja mal etwas gemeinsam unternehmen könne, solange Elaine Ochmonek zu Besuch sei.

Sofort griff Rachel diesen Vorschlag auf: „Was für eine reizende Idee! Wollen wir nicht morgen zusammen essen? Wie wäre es um halb acht bei Ihnen?"

Den Tanners entgleisten die Gesichtszüge. Elaine Ochmonek hatte die Taktlosigkeit ihrer Schwester bemerkt und versuchte abzublocken: „Ach, machen Sie sich doch keine Mühe ..."

Aber sofort fiel ihr wieder Rachel ins Wort und bemerkte jovial: „Pipifax! Kate macht das nichts aus! Stimmt doch, Kate?"

„Pipifax?" fragte Kate leise zurück.

Rachel merkte leisen Widerstand. Doch sie wußte ihn zu brechen.

„Gut! Wir haben noch ein Essen gut bei Ihnen. Nicht, daß ich zu denen gehören würde, die so was aufs Tapet bringen ..."

„... halb acht morgen – das paßt mir sehr gut!" Kate gab sich geschlagen.

Kurz darauf verabschiedeten sich die beiden wieder. Willie brachte sie zur Tür und wäre auf dem Rückweg beinahe mit einem seltsamen Gebilde kollidiert – einem Lampenschirm mit äußerst behaarten ockerfarbenen Beinen. Willie lüpfte den Schirm, unter dem ALFs Kopf zum Vorschein kam.

„Gestatten, eure Stehlampe!" stellte sich der Melmac vor. Willie wußte, daß dafür jetzt in der Küche die Deckenlampe fehlen würde.

Pünktlich um halb acht saßen am nächsten Abend die Ochmoneks mit am Tisch. Kate hatte beschlossen, gute Miene zum bösen Spiel zu machen, und gab sich überfreundlich.

„Hier ist der Rest von den Zucchinis, Trevor", bot sie ihrem kauenden Nachbarn an.

Trevor Ochmonek nahm dankend an. Und seiner Frau zugewandt, sagte er: „Wieso sagst du eigentlich, Kate wäre eine schlechte Köchin?"

Rachel wurde ein wenig rot. „Du sollst doch mit vollem Mund nicht sprechen, Trevor", blaffte sie ihren Mann an. „Am besten, du sagst überhaupt nichts!"

Elaine Ochmonek legte für einen Moment ihr Besteck beiseite, um zur Serviette zu greifen. „Das Essen ist einfach köstlich!" befand sie höflich.

„Ich bin voll. Gehen wir jetzt?" quengelte Jake.

„Wo bleiben deine Manieren? Wir sind doch noch nicht fertig", stellte seine Mutter erschrocken fest.

Brian erinnerte schnell an den Nachtisch: „Es gibt Eistorte!" jubelte er.

Doch Jake, der ansonsten für Eistorte durchs Feuer

ging, blieb merkwürdig einsilbig. Mehr als „Auch gut“ rutschte ihm nicht heraus.

In der Zwischenzeit hatte sich Lynn aus dem Zimmer gestohlen, um den einzigen Hausbewohner, der nicht am Festmahl teilnehmen konnte, zu versorgen.

„Ich bring’ dir dein Abendessen, ALF. Ich mußte es bei den Ochmoneks vorbeischmuggeln“, erklärte sie dem Melmac, der mit hungrigem Magen und schlechter Laune im Wäschekorb saß und ein Buch las.

„Dann bedank’ ich mich bei der Aufsicht“, erklärte er ironisch.

„Komm schon, ALF, wenigstens waren Mum und Dad einverstanden, daß du hierbleiben kannst und nicht in die Garage mußt“, erinnerte Lynn den undankbaren Melmac an die Tatsachen.

„Aber doch nur, weil der Kerker für mich noch nicht fertig ist“, erwiderte ALF bissig. Neugierig, wie er war, fragte er dann nach, wie es denn unten laufe.

„Jakes Mutter scheint sehr nett zu sein, während Jake immer noch komisch ist.“

„Komisch?“ ALF wolle es präziser wissen. „Wie komisch? ’n bißchen komisch, mittelkomisch, saukomisch? Oder ochmonek-komisch?“

„Eher eigenartig-komisch.“

ALF machte sich über die Zucchini her. „Ich wußte, daß sie eine Hochstaplerin ist“, sagte er kauend.

„Wer?“

„Jakes Mutter. Sie ist in Wirklichkeit gar nicht seine Mutter, sondern sein Vater.“

Lynn grinste breit. „Aha, eine neue interessante Theorie von ALF!“

Aber der außerirdische Sherlock Holmes ließ sich nicht aus seinem Konzept bringen: „Jakes Vater ist in Wirklichkeit aus dem Gefängnis abgehauen und hat sich jetzt als seine Mutter verkleidet, um so dem Steineklopfen im Zuchthaus zu entgehen."

Lynn stellte ALFs leeren Teller wieder aufs Tablett. „Das klingt so überzeugend", sagte sie schmunzelnd, „daß es unmöglich wahr sein kann."

ALF blickte Lynn fragend an. „Wenn Jake eine Mutter hat, wieso lebt er dann bei seiner Tante und seinem Onkel?"

„Ich weiß nicht. Aber ich bin sicher, daß es dafür eine logische Erklärung gibt."

„Ich bin nicht sicher", sagte ALF mit Nachdruck. „Um mit einem berühmten Sprichwort von Melmac zu kommen: Da ist eine Schnecke im Salat!"

Lynn lachte. „Iß deinen Nachtisch, ALF! Und wenn ich was über Jakes Mutter rauskriege, sag' ich dir's." Daraufhin verließ sie den Außerirdischen wieder.

„Stell ihr Fragen, geh taktisch vor!" rief ALF ihr noch nach. Dann machte er sich über die Eistorte her. „Die ist ja eiskalt!" schrie er entsetzt.

„Alles klar auf dem Speicher?" begrüßte Willie Lynn, als sie wieder an den Tisch zurückkehrte.

„Ihr habt Probleme mit dem Dachboden?" nahm Trevor den Faden auf. „Ich hatte mal Tauben auf dem Boden. War 'n schöner Mist."

„Trevor, bitte!" mahnte Rachel.

Aber Trevor ließ sich nicht bremsen. „Sah aus, als wären Stukkateure dagewesen."

„Trevor, wir essen!" Rachel wurde heftiger.

Trevor auch. „Na, was denn! Ich habe die Vogelkacke nicht erfunden!" rechtfertigte er sich.

Kate fand es an der Zeit, das Thema zu wechseln. „Na,

Elaine, wie lange bleiben Sie in Kalifornien?“ fragte sie freundlich.

„Nicht lange, stimmt’s, Mami?“ mischte sich Jake ungefragt ein.

Elaine nickte bestätigend: „Ja, ich fahre am Mittwoch wieder.“

Willie merkte enttäuscht an, daß er es schade fände, daß sein reizender Gast so bald wieder gehen würde.

Wieder war es Jake, der Stellung nahm: „Sie kann nicht. Sie würde gern, aber sie kann nicht“, sagte er auffällig schnell. „Sie muß bald wieder in New York sein, sie lebt da.“

„Ich bin sicher, daß deine Mutter selbst antworten kann“, fuhr Rachel ihn jetzt zornig an.

„Ich weiß. Aber ich dachte, es sei unhöflich, mit vollem Mund zu reden. Und weil meiner gerade leer war, dachte ich, am besten sei ...“

„Halt die Klappe, Jake“, brummte Trevor. Langsam riß sogar sein Geduldsfaden, ihm, der ansonsten eher in dem Bereich Geduldstau einzuordnen war. Dann kam er wieder auf wichtigere Dinge zu sprechen: „Kate, ist noch was von dem Hühnchen da?“ fragte er gierig. Und während Kate sich auf den Weg in die Küche machte, rief er ihr noch nach: „Wenn nicht, nehme ich’n Burger!“

Elaine, die inzwischen ausgekaut hatte, fragte nun nach dem Badezimmer.

„Nehmen Sie das neben dem Schlafzimmer. Im anderen ist das Becken verstopft.“ Willie wollte Elaine den Weg erklären, doch Jake bot sich an, ihn seiner Mutter zu zeigen.

„Ich bin sicher, daß ich ihn finden werde“, rief Elaine Ochmonek peinlich berührt und stand auf.

ALF hatte in der Zwischenzeit sein Mahl beendet und verspürte ein menschliches beziehungsweise melmacsches Bedürfnis. Auf Zehenspitzen machte er sich auf den Weg zur Toilette. „Der Verstand besiegt die Blase, der Verstand besiegt die Blase", murmelte er vor sich hin, während er immer schneller lief, um plötzlich abrupt stehenzubleiben. „Die Blase besiegt den Verstand", stellte er resigniert fest. Mit Mühe erreichte er dann doch noch das Badezimmer - es war noch einmal alles gutgegangen!

Auf dem Rückweg stellte der Melmac fest, daß die Tür zu Kate und Willies Schlafzimmer halb offenstand. Was er im Spiegel des Zimmerschrankes sah, ließ ihm den Atem stocken: Elaine Ochmonek machte sich an Kates Schmuckschatulle zu schaffen.

ALF sah, wie sie ein Stück in ihrer Handtasche verschwinden ließ, die Schatulle wieder auf die Spiegelkommode stellte und sich aus dem Schlafzimmer schlich. Zum Glück für ALF bog sie in Richtung Badezimmer ab, so daß sie ihn nicht zu Gesicht bekam.

Schwer atmend lehnte sich ALF an die Wand. „Kein Wunder, daß Jake bei seiner Mutter nervös ist! Sie klaut!" Zufrieden nickte er vor sich hin. Er hatte ja gleich geahnt, daß irgend etwas mit dieser Dame nicht stimmte.

Natürlich hatten die Tanners nicht die geringste Ahnung von dem, was im Schlafzimmer vorgefallen war. Am späten Abend schließlich verabschiedeten sie ihre Gäste an der Haustür.

Und wieder war es Jake, der durch seine Drängelei unangenehm auffiel. „Nun kommt schon", quengelte er ein ums andere Mal, bis Trevor erneut der Geduldsfaden riß.

„Verdammt, Junge, was ist los mit dir? Warum hast du es denn so eilig?"

„Ich muß noch Hausaufgaben machen", sagte Jake, aber es klang wenig überzeugend.

„Hausaufgaben? Seit wann bist du denn ein Streber geworden?" wunderte sich Trevor. Aber schließlich gab man dem Drängen des Jungen doch nach und ging aufgekratzt auseinander.

„Was ist bloß los mit Jake?" wunderte sich Lynn, nachdem Willie Tanner die Haustür geschlossen hatte.

„Ich bin sehr froh, daß du diese Frage stellst!" ALF stand auf der Treppe und machte ein ernstes Gesicht.

„Was machst du denn hier?" fragte Willie verwundert.

Doch ALF war jetzt nicht mehr zu bremsen: „Du fragst dich vermutlich, wozu ich diese Familiensitzung einberufen habe", begann er bedeutungsschwer.

Kate fiel ihm erst mal ins Wort. Sie verdonnerte ihn dazu, in Zukunft ein für allemal in der Garage zu bleiben, wenn Besuch da sei.

ALF machte ein beleidigtes Gesicht. „Aha! Aber wenn ich in der Garage gewesen wäre, hätte niemand herausgefunden, was ich jetzt herausgefunden habe."

„Und was hast du herausgefunden?" fragte Lynn gedankenverloren.

An einer ausführlichen Antwort schien sie nicht sonderlich interessiert zu sein.

ALF machte es spannend: „Ich gebe dir eine Hilfe! Es ist so, wie eure Herzen an dem Tag ausgesehen haben, als ich zu euch kam."

„Kaputt?" riet Brian.

„Ich sagte: Eure Herzen, nicht euer Haus!"

Kate hatte die Nase voll. „Du versuchst nur, abzulenken. Du weißt genau, daß du auf dem Dachboden bleiben sollst!"

„Ich lenke nicht ab", widersprach der Melmac, „ich

steure auf die Sache zu. Na gut, kleine Umleitung. Aber jetzt zu den Tatsachen! Wollt ihr sie hören?"

Ein dreistimmiges „Nein!" schallte ihm entgegen.

„Aber es klärt zwei Geheimnisse mit einem Schlag auf. A: Warum benimmt sich Jake so sonderbar? B: Wo ist Kates rote Brosche?"

„Du sprichst doch nicht von der Granatbrosche meiner Großmutter?" brauste Kate auf.

„Die so aussieht wie eine zerquetschte Weintraube?" forschte ALF noch einmal nach.

„Die ist in meinem Schmuckkästchen", wußte Kate.

ALF wußte es besser. „Da ist sie bis vor kurzem gewesen. Jetzt ist sie im Handtäschchen von Jakes lieber Mutter!"

Empört stemmte Kate ihre Hände in die von der Schwangerschaft gerundeten Hüften: „Also, ALF, so etwas kannst du doch nicht einfach behaupten!"

„Das kann ich wohl", erwiderte die außerirdische Spürnase gekränkt, „denn als ich an eurem Schlafzimmer vorbeiging, um einem Bedürfnis zu folgen, zog die Gute gerade ihre Fünf-Finger-Show in deinem Schmuckkästchen ab!"

„Ich sehe nach", rief Kate entschlossen und lief, so schnell es ihr anderer Umstand zuließ, ins Schlafzimmer.

„Das ist kein Witz, oder?" fragte Lynn mißtrauisch.

ALF schüttelte energisch den Kopf.

„Du weißt, wie gefährlich es ist, Leute wissentlich falsch zu verdächtigen", hakte Willie nach.

„Verdächtigen? Schreibst du jetzt die Zehn Gebote neu?" empörte sich der Melmac.

Lynn grübelte nach, ob Jake wohl über die „Leidenschaft" seiner Mutter Bescheid wußte.

Für ALF war das sonnenklar: „Wieso benimmt er sich

sonst wie ein verhuschtes Findelkind am Muttertag?" fragte er.

„Ist Jakes Mutter nun eine Gaunerin?" Brian sah erwartungsvoll in die Runde.

Willie schüttelte halbherzig den Kopf und wollte gerade etwas sagen, als Kate zurückkam. Sie war kreidebleich. „ALF hat recht. Meine Brosche ist weg", sagte sie tonlos. „Willie, was sollen wir jetzt machen? Diese Brosche ist ein altes Erbstück."

Willie kratzte sich nachdenklich hinter dem Ohr. „Diese Situation muß sehr taktvoll behandelt werden. Am besten rede ich mal mit Trevor."

Kaum hatte er diesen Vorschlag gemacht, verwarf er ihn gleich wieder – Trevor und Takt, das paßte nicht so recht zusammen.

ALF, der ein wenig eingeschnappt war, weil Kate ihm nicht unbesehen geglaubt hatte, machte einen besseren Vorschlag: „Am besten rede ich mit Jake. Ich bring' das in Ordnung!"

Willie fand die Idee gar nicht so schlecht. Natürlich mußte er als Familienoberhaupt noch einige Mahnungen loswerden: „Sei taktvoll! Erkläre ihm, wir wollen nur diese Brosche zurückhaben!"

ALF grinste ihn breit an, so daß all seine Stummelzähne zu sehen waren: „Keine Sorge! Ich weiß, wie man so was dezent behandelt!" Er hielt einen Moment inne und brüllte dann los: „Wo haben wir denn unsere Scheinwerfer und Lautsprecher aufbewahrt?"

Am nächsten Tag fand auf dem Dachboden das große Geheimtreffen statt.

„Brian sagte mir, du wolltest mit mir sprechen", sagte Jake mit unbehaglich klingender Stimme.

ALF nickte verlegen. „Ja, will ich. Wollte ich. Wollte ich, und will ich. Beides."

„Schieß los", sagte Jake genervt.

„Fang du an", forderte ALF seinen Freund auf.

„Ich weiß nicht, worüber ich mit dir reden sollte", gab Jake zurück.

„Nichts, was du mir sagen möchtest?" säuselte ALF.

Jake schüttelte ungeduldig den Kopf. „*Du* wolltest doch mit mir reden. Hast du das vergessen?"

„Ach ja? Wollte ich? Nun: Das Thema unseres Gespräches ist nicht einfach ..." ALF seufzte, als müsse *er* Jake etwas beichten. „Ich weiß nicht, wie ich es dir er-*broschen* soll ..."

Jake verstand nur „Bahnhof". Jedenfalls tat er so. „Was meinst du damit?" fragte er tonlos.

„Ich meine, daß ich froh bin und es zu schätzen weiß, daß du dir die Zeit sozusagen *stehlen* konntest, um mit mir zu sprechen."

„Ist doch gern geschehen", sagte Jake gequält.

„Ich meine", redete ALF weiter um den heißen Brei herum, „daß ich dich nicht weiter um die knappe Zeit mit deiner Mutter *berauben* möchte."

„Was willst du mir damit sagen, ALF?"

Wenn ALF gekonnt hätte, wäre er rot geworden. Ihm wurde die Sache immer peinlicher. „Ja, was nur? Glaub mir, wenn ich irgend etwas über deine Mutter zu sagen hätte, würde ich es tun."

„Was ist los mit meiner Mutter?" Jake scharrte nervös mit seinem rechten Fuß auf dem Fußboden.

„Nun" sagte ALF gedehnt, „sie scheint sehr nett zu sein. Ich hab' sie zwar nicht persönlich kennengelernt, aber sie sieht jedenfalls nicht aus wie eine Diebin."

„Sie ist keine Diebin!" schrie Jake.

ALF streckte wie zur Abwehr die Arme von sich. „Okay, dann ist sie eine Schlafwandlerin, die träumte, sie wäre eine Elster.“

„Weder das eine noch das andere“, sagte Jake eisig.

Endlich war ALF soweit, daß er seinem Freund den Vorfall mit der Brosche erzählen konnte.

Jake nickte nur traurig. „Das habe ich befürchtet“, sagte er mit tränenerstickter Stimme.

„Dann weißt du also was darüber?“ fragte ALF leise.

„Ja. Meine Mutter ist eine Kleptomanin.“ Nun wurde Jakes Stimme so leise, daß ihn der Außerirdische kaum verstand.

„Aha!“ sagte ALF. „Eine was?“

Jake erklärte es ihm. „Sie stiehlt nicht absichtlich Sachen, die ihr nicht gehören. Der Arzt sagt, sie sei krank, sie sei arm dran.“

„Wenn die Ärmste so weitermacht, wird sie bald reich sein“, erwiderte ALF sarkastisch.

„Es ist wirklich eine Krankheit, eine Störung im Gehirn“, beteuerte Jake und vertraute ALF an, daß er eigentlich gehofft habe, seine Mutter wäre gekommen, um ihm zu sagen, daß es ihr bessergehe.

„Na ja, es ist eine ziemlich kleine Brosche. Vielleicht wird die Krankheit ja immer kleiner und kleiner“, versuchte ALF zu trösten.

„Hör zu! Ich schaff’ diese Brosche wieder her, keine Sorge!“

ALF wollte nur zu gerne wissen, was Jake seiner Mutter sagen werde.

„Weiß ich nicht“, gab Jake zu, „ich glaube, ich warte, bis sie schläft, und nehme sie ihr einfach wieder weg.“

„Seid ihr vielleicht die Familie von Al Capone? Du mußt mit ihr über die Sache reden“, ereiferte sich ALF.

Jake schüttelte nur traurig den Kopf. „Es wird wenig helfen", seufzte er, „zumal sie morgen wieder auf dem Weg nach New York ist."

ALF nickte. „Na prima! Dann klaut sie Manhattan, die Bronx und den Broadway."

„Hör zu, ALF", sagte Jake aggressiv, „ich habe diesen Kampf mit meiner Mutter schon tausendmal geführt. Ich habe ihn aufgegeben!"

„Was heißt das? Du willst deine Mutter aufgeben? Sie ist doch nicht irgendeine Fremde für dich!" ALF war empört. Er hatte sehr viel Sinn für Familie. Und dann so etwas!

Doch Jake ließ sich auf keine weitere Diskussion ein. „Ich habe dir versprochen, ich schaffe diese blöde Brosche wieder her, oder? Also, laß mich jetzt damit in Ruhe!!!" Wütend stürzte er aus dem Raum und warf die Tür hinter sich zu.

„Nun, wenn du die Sache so behandeln willst, schlage ich vor, du gehst jetzt besser", rief ihm ALF nach. Er war traurig wie selten zuvor in seinem jungen Melmacleben.

Wenig später klopfte es an der Tür des Gästezimmers im Hause Ochmonek. „Hallo, Mami!" sagte Jake leise. Vorsichtig tastete der Junge mit den Augen den Raum ab, um vielleicht die gesuchte Brosche zu erspähen. Elaine Ochmonek packte gerade den Koffer.

„Hübscher Koffer", stellte Jake fest, „aber es sind nicht deine Initialen drauf!"

Elaine wurde rot. „Ich – ich habe ihn gewonnen", stotterte sie. Sie legte ihrem Sohn einen Arm um die Schulter und sagte leise: „Ich, äh, würde gerne etwas mit dir besprechen."

„Ich auch", entgegnete Jake, „aber fang du an!"

Elaine machte den Vorschlag, ob Jake nicht während der anstehenden Sommerferien zu ihr nach New York kommen wolle.

Jake schüttelte den Kopf und steuerte direkt auf *sein* Thema zu.

„Ich dachte, du würdest vielleicht mit mir über das gestrige Essen bei den Tanners reden wollen?"

„Was meinst du damit?" sagte seine Mutter schnell.

„Na, über das, was es gegeben hat", fuhr Jake unbeirrt fort.

„Es gab Brathähnchen", sagte Elaine. Sie fühlte sich unwohl in ihrer Haut. Jake merkte es genau.

„Und danach?" forschte er weiter.

„Dann gab's Kaffee."

„Und dazwischen?"

Elaine lächelte gequält. „Es macht mir wirklich Freude, mit dir Erinnerungen auszutauschen. Aber würdest du mir bitte sagen, worauf du hinauswillst?"

Jake räusperte sich. Dann platzte er mit seinem Anliegen heraus: „Also, ich weiß, daß du gestern abend etwas aus Mrs. Tanners Schmuckkästchen herausgenommen hast."

„Das ist unmöglich!" rief Elaine. Ihre Augen weiteten sich vor Ärger und Angst.

„Unmöglich, daß du es genommen hast oder daß ich es weiß", fragte Jake leise.

„Ich war es nicht", wehrte sich seine Mutter. „Aber selbst, wenn ich es getan hätte: Alle saßen beim Essen am Tisch. Es *kann* keiner gesehen haben!"

Jake war den Tränen nahe. „Es hat sich gar nichts geändert, nicht wahr, Mami?" sagte er verzweifelt.

„Doch", sagte Elaine Ochmonek, „es hat sich etwas geändert: Du wirst reichlich frech!"

„Wie konntest du!“ schluchzte Jake auf. „Wieso bestiehlst du die Tanners? Sie sind meine Freunde, Mami!“

Elaines Gesicht wurde aschgrau. „Ich wollte den Schmuck sowieso zurückgeben, er ist nicht viel wert“, sagte sie kühl und wühlte in ihrer Handtasche nach der Brosche.

Jake blickte seine Mutter trotzig an. „Ich kann das alles nicht begreifen“, sagte er rauh, „du kommst hierher und hoffst, daß ich mit dir zurückgehe, und dann ziehst du hier so eine Show ab.“

Elaine sah ihren Sohn liebevoll-verlegen an. „Schatz, du weißt doch, daß ich nie die Absicht habe, so etwas zu tun. Es passiert ganz einfach.“ Gedankenverloren streifte sie durchs Zimmer und hängte ein Bild von der Wand und legte es in den Koffer. Plötzlich durchfuhr es sie wie ein Blitz. Irritiert hob sie das Bild wieder auf und hängte es hastig an seinen Platz zurück.

Jake, der ihr ruhig zugesehen hatte, fragte, ob sie noch in Behandlung sei. Seine Mutter schwieg. Sekundenlang war Stille im Raum. Dann sagte Jake müde: „Ich geb's auf. Wenn du dir nicht selber helfen willst, kann keiner was für dich tun.“

Elaine nickte langsam und ernsthaft.

„Doch. Du könntest schon. Du könntest mit mir nach Hause kommen.“

Jake erinnerte seine Mutter an die gemeinsame Abmachung: „Ich komme nach Hause, wenn es dir wieder bessergeht!“

„Aber es geht mir wieder besser!“ sagte Elaine, und als Jake sie spöttisch ansah, schränkte sie ein: „Na ja, es geht mir ein bißchen besser. Es wäre bestimmt alles viel leichter, wenn du bei mir wärst.“

„Das haben wir beide versucht. Aber du brauchst nicht

mich, du brauchst etwas anderes", stellte Jake desillusioniert fest.

„Jake ..."

„Ich möchte ja, daß alles ins reine kommt, aber du mußt es auch wollen."

„Das tue ich", rief Elaine verzweifelt.

Jakes Stimme wurde noch leiser und bestimmter: „Dann wäre es gut, wenn du jetzt rübergehen würdest und Mrs. Tanner die Nadel zurückgibst."

Elaine Ochmonek setzte sich aufs Bett und schlug die Hände vors Gesicht. „Das kann ich nicht." Sie begann zu weinen. „Tut mir leid, Jake. Ich würde gern, aber ich kann's nicht. Noch nicht." Ohne ihn anzusehen, hielt sie ihrem Sohn die Brosche entgegen. Dann stand sie schnell auf und verließ den Raum.

Es klopfte ans Fenster. Jake schreckte aus seinen Gedanken auf und sah ALF, der heftig mit seinen Pfoten fuchtelte.

„Wie lange stehst du schon da draußen?" fauchte Jake seinen außerirdischen Freund an.

„Lange genug, um festzustellen, daß du das Richtige getan hast", antwortete der Melmac.

„Ja?" fragte Jake unsicher. „Und wieso fühle ich mich dann so mies?"

Das war für ALF wirklich keine Frage. „Du durftest gestern Kates Küche genießen, hast du das vergessen?"

Jake mußte grinsen. Dieser Typ schaffte es doch immer wieder! Und als ALF ihm versicherte, daß er froh sei, wenn Jake nicht nach New York ginge, wäre ihm der Junge am liebsten um den Hals gefallen.

„Ich wünschte mir trotzdem, ich würde", sagte er leise.

ALF wollte keine Sentimentalitäten aufkommen lassen. „Es war sehr nett, was du zu deiner Mutter gesagt hast“, lobte er. „Es gibt im Leben nichts Schöneres als die Liebe zwischen einer Mutter und ihrem Kind. Außer vielleicht die Affenliebe bei den Schimpansen.“

Jake hielt dem Melmac die Brosche entgegen. „Bitte gib das Mrs. Tanner“, bat er, „und sage ihr, es täte mir, äh, uns leid.“

„Und was geschieht jetzt mit deiner Mutter?“ fragte ALF teilnahmsvoll.

Jake äußerte die Hoffnung, daß sie vielleicht jetzt endlich ihren Arzt aufsuchen werde.

ALF warf einen Blick auf die Brosche. „Ich hoffe nur, es ist ein Augenarzt“, bemerkte er, „das ist die häßlichste Brosche, die ich je gesehen habe! Sie sieht aus wie ein Blutgerinsel. Blutgerinsel? O Mann, ich lache mich tot!“ Dann machte er sich auf den Heimweg.

Nachdem der Melmac wenig später beim Frühstück ausführlich erzählt hatte, was alles im Hause Ochmonek vorgefallen war, hinterließ er Betroffenheit und offene Fragen. Vor allem bei Brian. „Ich kapiere immer noch nicht, wieso Jakes Mutter Sachen klaut und trotzdem keine Diebin ist“, wunderte sich der Junge.

Zum Glück hatte er einen Vater, der guten Rat in allen Lebenslagen wußte. „Jakes Mutter leidet unter einer psychologischen Störung, die sie dazu bringt, zwanghaft zu stehlen, ohne daß sie es eigentlich will, weil sie notleidend oder gierig wäre“, klärte Willie seinen Sohn auf.

Kate sah die Sache aus Jakes Sicht. „Wie wird der arme Junge mit der Sache nur fertig? Jake muß einiges durchgemacht haben“, stellte sie mitleidig fest.

ALF konnte Kate beruhigen: „Es geht ihm schon besser. Seine Mutter ist heute in aller Frühe nach New York zurück.“

Lynn wollte noch wissen, ob ALF wisse, welche Lösung Jake und seine Mutter gefunden hätten.

ALF wußte auch nicht mehr, als daß Jake nicht zu ihr zurückkehre, bevor sie nicht zum Arzt gehe.

„Das ist alles wenig erfreulich", stellte Lynn ernüchtert fest.

„Aber das ist vielleicht genau die Motivation, die sie jetzt braucht", wußte der psychologisch gebildete Willie anzumerken.

ALF war sich nicht so sicher, was Elaine Ochmonek wirklich brauchte. „Wißt ihr", informierte er die Familie Tanner über den letzten Stand der Dinge, „finanzielle Sorgen muß sie sich vorläufig nicht machen. Sie hat Trevors Münzsammlung mitgehen lassen. Und die ist ja bekanntlich 'n paar Cent wert." Dann biß er herzhaft in sein Toastbrot. Das Leben ging schließlich weiter ...

Die Erde bebt

Die Nacht war stockdunkel. Wolken hatten sich vor die Sterne und den Mond geschoben. Man sah die Hand kaum vor Augen. Mitternacht war gerade vorüber. In der Tannerschen Küche geschah Unheimliches. Schleichende Schritte waren zu hören, dann das Klappern von Besteck.

Langsam näherte sich eine geduckte Gestalt mit einer großen Fleischgabel dem Kühlschrank. Beinahe lautlos öffnete sie die Tür. Der Lichtschein warf den Schatten des Unheimlichen an die Wand und ließ erkennen, daß der Eindringling reichlich behaart war und eine äußerst merkwürdige Frisur trug.

„Der große orangefarbene Jäger pirscht sich an seine Beute heran. Ah! Er sieht sie – die scheue, schmale Schweinelende! Der kostbare Fang im Kühlschrankdschungel!" murmelte die krächzende Stimme des Kühlschrankknackers. Doch was war das! Ein Zettel auf der Butterdose!

„ALF! Iß das nicht!" entzifferte der Schweinelendenkidnapper.

„Papier mag ich sowieso nicht!" murmelte die Gestalt mit Blick auf den Zettel. Im übrigen machte sie sich keine weiteren Gedanken um die Botschaft, sondern führte behende ihren Plan weiter aus.

„Mit außerordentlichem Geschick handhabt der orangefarbene Jäger seine Waffe. Sobald er nahe genug ist, schlägt er zu", kommentierte das Wesen seine Tat. Millimeter um Millimeter näherte sich die furchtbare Gabel der wehrlosen Lende. Noch zehn Zentimeter, noch fünf, noch zwei.

Doch da! Was war das? Die ganze Küche begann zu beben. Der Lampenschirm wackelte, ein Bild fiel von der Wand, Geschirr klapperte, Kochbücher fielen um. Der Dieb aus dem Weltall erschrak zu Tode.

„Hat der Jäger die Götter erzürnt?“ fragte er und drückte sich ängstlich an die Kühlschranktür, die er schleunigst zugeworfen hatte. Das Beben hielt an. Jetzt fiel sogar ein Küchenstuhl um.

ALF gab sich geschlagen. „Okay, ich esse das Schweinefleisch nicht“, zischte er. Gegen himmlische Rachegelüste war ein kleiner Außerirdischer machtlos.

Sekunden später war der Spuk vorbei. Aufgeregt und schlaftrunken tauchte die komplette Familie Tanner in der Küche auf. „Ist niemandem etwas passiert? Lynn? Brian? Kate?“ keuchte Willie atemlos. Ein Blick über die Häupter seiner Lieben sagte dem Familienoberhaupt, daß zumindest rein äußerlich alles in Ordnung war.

„ALF fehlt“, stellte Brian besorgt fest.

„Wir müssen ihn sofort suchen! Los!“ kreischte Kate mit einem Anflug von Hysterie, woraufhin sich Familie Tanner im Hause verteilte. Doch schon nach kurzer Zeit ergab die Hausdurchsuchung, daß der Melmac verschwunden war. Auf dem Boden, in der Garage, im Keller - kein ALF!

„Das war sein erstes Erdbeben, der arme Kerl muß zu Tode erschrocken sein“, sagte Willie mitleidig.

Die erlösende Nachricht kam von Brian: „Ich habe ihn gefunden!“ rief er und zerrte den Melmac aus dem Küchenschrank.

„Er sieht nicht gut aus“, stellte Lynn besorgt fest. Der kleine Kerl zitterte am ganzen Körper, seine Augen starrten entsetzt ins Leere.

„Ich glaube, er hat einen Schock. ALF! Sag doch was!“ bettelte Kate.

„Apokalypse, Verderbnis, rotglühende Feuer des Jüngsten Gerichts der ewigen Verdammnis speien gellend feuriges Gift", stammelte der Angesprochene völlig durcheinander.

Willie schüttelte ihn, aber ALF war wie von Sinnen. „Helft mir, helft mir! Untergang, Verwüstung, Apokalypse!" japste er.

Willie gab ihm einen leichten Klaps auf den Po. ALF schüttelte sich - und es hatte den Anschein, als wollte er sich langsam wieder fangen. „Danke, Willie!" sagte er mit beinahe normaler Stimme.

Dann verzog er die Unterlippe, als wollte er jeden Moment losheulen. „Ich bin blind", sagte er tonlos.

„Du hast nur die Augen zu", klärte ihn Willie auf.

Langsam öffnete ALF seine Lider. „Oh!" rief er befriedigt aus und glotzte erst verwirrt, dann strahlend in die Runde. Erstaunt sah er sich in der Küche um und nahm sofort Abwehrhaltung ein. „Es wird euch vielleicht überraschen - aber mit diesem Chaos habe ich nichts zu tun", entschuldigte er sich.

Kate beeilte sich, dem Melmac zu beteuern, daß die Familie dies sehr wohl wisse. „Wir hatten ein Erdbeben, und zwar ein ordentliches", erklärte sie.

ALF nickte langsam und bedächtig.

„Verstehe. Ein ordentliches Erdbeben", sagte er in einem Tonfall, der den Anwesenden bewies, daß er kein Wort verstanden hatte.

Willie versuchte, es ihm zu erläutern. „Weißt du, die Kruste unseres Planeten besteht aus sich überlagernden Gesteinsschichten, die permanent in Bewegung sind. Und wenn der Druck von unten zu stark wird, entlädt er sich durch ..."

„Vielen Dank, Mr. Alleswisser. Kate, die Kurzfassung

bitte", unterbrach ALF, den Willies wissenschaftliche Abhandlungen langweilten.

Kate kratzte sich hinterm Ohr, dann versuchte sie es auf ihre Weise: „Du erinnerst dich, wie Godzilla Tokio vernichtete?"

„Das ist ein ziemlich übertriebenes Beispiel", beschwerte sich Willie, der eher zur Sachlichkeit neigte.

„Kurzum, es war nur ein kleines Erdbeben, und niemandem ist etwas passiert", lenkte Kate ein, „aber wir müssen daran denken, vorsichtig zu sein und ein paar Sicherheitsregeln zu beachten."

ALF grinste. „Willie, hol mal die Hausordnung, Kate kann endlich mal ein paar neue Regeln aufstellen", sagte er provozierend.

Kate wollte gerade etwas Passendes erwidern, als eine wohlbekannte Stimme sie unterbrach: „Kate? Willie? Seid ihr zu Hause?"

Rachel Ochmonek, mit Lockenwicklern im Haar und erfreulich ungeschminkt, stand aufgeregt vor der Haustür. Jake stand neben ihr und fühlte sich offenbar ziemlich unbehaglich.

„Willie, Kate, wir hatten ein Erdbeben", kreischte Rachel aufgebracht, während sie ihren Neffen vor sich her ins Haus drängte.

„Wir auch", antwortete Kate lakonisch.

„Wie geht's Lynn?" wollte Jake wissen.

„Gut", stellte Willie kurz angebunden fest.

„Soll ich sie trösten?"

„Es geht ihr gut!" Willie hatte keine Lust, nach Mitternacht mit einem Halbwüchsigen über den seelischen Zustand seiner Tochter zu diskutieren.

Aber Jake ließ nicht locker. „Wenn es nötig ist, könnte ich ...", begann er von neuem.

„Es geht ihr gut!“ Willie verlor langsam die Fassung, was endlich auch Jake verstand.

„Das freut mich zu hören“, beendete der frühreife Nachbarsjunge schließlich seine Fragestunde.

„Wo ist Trevor?“ erkundigte sich Kate höflich.

Rachel deutete gleichgültig auf die Veranda.

Erstaunt öffnete Kate die Haustür und fand einen vor Angst und Kälte zitternden Nachbarn im Bademantel vor. Mitleidig bat sie ihn ins Haus, doch Trevor blieb erst mal mißtrauisch unter der Haustür stehen und deutete nach oben. „Ist das hier einsturzsicher?“

Trevor Ochmonek blieb auf der Türschwelle stehen, obwohl Kate mehrmals versicherte, die Gefahr sei vorbei. Endlich sah Willie seine Stunde gekommen. Sein Verhandlungsgeschick war gefragt.

Er ging zu Trevor und legte ihm tröstend die Hand auf die Schulter. Hemmungslos schluchzend fiel ihm sein Nachbar in die Arme.

„Aber, Trevor, beruhigen Sie sich doch. Es ist alles in Ordnung. So hab' ich Sie ja noch nie erlebt, Trevor! Es ist doch alles wieder gut, es ist doch in Ordnung“, versuchte Willie zu trösten.

Doch Trevor Ochmonek klammerte sich immer fester an Willie. Der bekam kaum noch Luft und machte sich endlich frei. „Es ist reichlich unbequem so“, sagte er, peinlich berührt.

Langsam kam Trevor Ochmonek wieder zu Verstand. „Es tut mir leid, ich habe ein Trauma“, entschuldigte er sich.

„So komisch benimmt er sich nach jedem Erdbeben, aber auch wenn ein Science-fiction-Film im Fernsehen kommt“, stichelte seine Frau.

„Wissen Sie, Trevor, statistisch gesehen ist das Risiko,

in der eigenen Badewanne umzukommen, bedeutend größer als bei einem Erdbeben“, beruhigte ihn Willie erneut.

„Ach wirklich? Wann hat sich denn ihre Badewanne zum letztenmal aufgetan und Sie in den glühenden Schlund der Erde gezogen?“ konterte Trevor.

„Darüber muß ich nachdenken.“ Willie sah ein, daß sein Argument in diesem Fall nicht gezogen hatte.

Rachel machte der sinnlosen Konversation ein Ende. „Also, dann gehen wir wieder, wir wollten nur sicher sein, daß euch nichts passiert ist“, verabschiedete sie sich und zog ihre beiden Männer mit sich.

Kaum war die Tür ins Schloß gefallen, erschien ALFs Kopf in der Durchreiche. „Wir leben auf einem Planeten mit einem glühenden Schlund?“ fragte er entsetzt.

„Ach, Trevor hat nur übertrieben. Ihn möchte ich nicht bei einem wirklich schlimmen Erdbeben erleben“, versuchte Kate den Vorfall herunterzuspielen.

ALF war verunsichert. „Aber wir hatten doch gerade ein schlimmes Erdbeben, oder nicht?“ fragte er.

Kate zuckte betont lässig mit den Schultern. „Ach, die können noch schlimmer sein.“

„Wieviel schlimmer?“

„Äh, ein bißchen schlimmer.“

ALF ließ nicht locker. „Könnten sie auch sehr viel schlimmer sein?“

Kate fühlte sich in die Enge gedrängt. „Ach ja, manchmal. Aber wirklich nicht oft. Bleib nur ganz ruhig, ALF.“

ALF nahm den Faden auf. „Genau! Nur die Ruhe!“ Dann untersuchte er die Seitenwände der Durchreiche. „Ist das einsturzsicher?“ forschte er.

In dieser Nacht schlief ALF freiwillig in der Garage. Wenn dort die Decke einstürzte, überlegte er, tat das vielleicht weniger weh, als unter einem ganzen Haus begraben zu werden.

Am nächsten Morgen untersuchten die Tanners die Schäden des Bebens. „Wißt ihr, dieser Erdstoß war vielleicht sogar eine ganz gute Sache“, überlegte Willie, während er zwei Bretter in der Garage zusammenhämmerte.

ALF, der ihm vom bequemen Hochsitz der Werkbank aus zusah, glaubte, nicht richtig gehört zu haben. „Wenn du das wirklich so genossen hast letzte Nacht, warum setzt du dir dann nicht einen Blitzableiter auf den Kopf und gehst bei Gewitter spazieren?“ fragte er.

Kate versuchte, das Mißverständnis auszuräumen: „Ich glaube, Willie meint, daß es gut wäre, wenn wir mal wieder Bilanz ziehen und unsere Vorräte überprüfen würden.“

Lynn las die entsprechende Passage aus dem „Katastrophenhandbuch“ vor: „Hier steht, es sollten für jeden von uns pro Tag zwei Liter Wasser vorrätig sein. Für zwei Wochen sind das, warte mal, hundertvierzig Liter.“

Willie warf einen Blick auf die Vorräte an Mineralwasser, die die Tanners vor geraumer Zeit angelegt hatten. Zu seinem Erstaunen waren alle Kästen leer!

„Moment, ich habe ein paar Fragen“, mischte sich ALF mit etwas nervösem Unterton ein. „Wozu brauchen wir einen so großen Wasservorrat?“

„Na ja, für den Fall, daß unser Leitungswasser verseucht wird“, erklärte ihm Willie ungeduldig.

Brian wollte aus dem Hintergrund wissen, wie es denn mit den Nahrungsmitteln stünde. Er hatte von der ganzen Bilanzzieherei langsam Hunger bekommen.

Willie zählte auf: „Wir haben für zwei Wochen mindestens folgende Lebensmittel: Erdnußbutter, Schokoriegel, Trockenmilch, Büchsenfleisch, Fisch …“ Er öffnete schwungvoll die Vorratstruhe. Ihr Inhalt entsprach dem der Getränkekästen.

„Wir hatten Erdnußbutter, Schokoriegel, Trockenmilch, Büchsenfleisch, Fisch“, knurrte Willie mißmutig.

Vier fragende Augenpaare hefteten sich auf einen Außerirdischen. „Es war auch nicht annähernd ein Zweiwochenvorrat, ich habe ihn in siebenunddreißig Minuten weggeputzt“, verteidigte sich ALF.

„Das waren unsere Überlebensrationen“, sagte Willie mit Nachdruck.

„Und ich habe überlegt. Jetzt weißt du wenigstens, daß es funktioniert“, erwiderte der Melmac cool.

Willie nahm sich seinen Inventurblock. „Nahrungsvorräte erneuern. Vorhängeschloß erneuern“, schrieb er.

Zwei Tage später tauchte der Lieferwagen vor dem Haus der Tanners auf. Der Fahrer kündigte die bestellte Wasserlieferung an. Während er die Kästen auslud, wurden Willie und Kate immer unruhiger. Und als sie schließlich die Rechnung präsentiert bekamen, traf die beiden beinahe der Schlag. „Vierhundertsechsundsiebzig Dollar? Ich fürchte, soviel Wasser haben wir nicht bestellt“, sagte Kate mit zittriger Stimme. Der Händler zog unwirsch die Augenbrauen hoch.

„Wohnt hier ein Gordon Shumway?“

Willie schickte ein Stoßgebet zum Himmel. „Nur einmal hatte ich gehofft, es möge doch bitte ein echter Irrtum sein.“ Er hatte das Gefühl, der halbe Ozean habe sich in Flaschenform über seiner Wohnung entleert – Hunderte von Mineralwasserkisten standen in allen Räumen. „Sagen Sie“, fragte Willie mit leiser Hoffnung in der Stimme, „gibt es eine Möglichkeit, daß Sie ein paar, äh, Dutzend davon zurücknehmen?“

„Das macht der Abholer. Ich bin nur der Lieferant“,

belehrte der Mann Willie und machte auf dem Absatz kehrt. „Wiedersehen, oder wie wir so gerne sagen, au reservoir!"

Ein fröhlicher ALF kam ins Wohnzimmer. „Was soll's denn sein? Eine warme Suppe? Kakao mit kleinen Kuchenstückchen drin? Oder vielleicht lieber Wasser pur ohne alles?"

Ein Blick auf die Gesichter der Tanners sagte mehr als tausend Worte.

„Ich kenne diesen Blick. Und ich finde ihn beunruhigend", sagte er leise. Er zog es vor, sich so schnell wie möglich wieder in die Garage zu begeben. Eine Diskussion mit einem aufgebrachten irdischen Ehepaar hielt der Melmac in diesem Moment nicht für sinnvoll.

Ein paar Minuten später wurden die Tanners von hämmernden Geräuschen aufgeschreckt. Willie entschloß sich, der Sache auf den Grund zu gehen. Er erwischte ALF, wie er im Begriff war, auf dem Dachboden sein Bett an die Wand zu nageln.

„Warum nagelst du dein Bett fest?" fragte Willie.

„Ich könnte es mit Klebeband versuchen, aber das halte ich für wenig sinnvoll", sagte ALF.

Willie wandte ein, daß das Annageln eines Bettes bei Erdbeben kaum helfe.

„Es wird verhindern, daß ich herausfalle", argumentierte ALF. „Außerdem lege ich zur Stoßmilderung eine Stoßstange rings ums Bett. Und darunter für den Fall einer Überschwemmung Schwimmbrücken. Glaube mir, Willie, dieses Bett wird der sicherste Ort im ganzen Haus."

Willie machte den Mund auf, aber er kam nicht dazu, etwas zu entgegnen, denn jetzt war der Außerirdische in Fahrt. „Ich weiß, was du sagen willst. Ganz klar, ich kann dir auch so ein Bett bauen. Für 99,95 – ja, genau für 99,95!"

Als würde sich die Erde ärgern über solchen Wucher, begann sie leise zu beben. ALF sprang in sein Bett und zog die Decke über den Kopf.

„Komm her, das ist nur ein leichtes Nachbeben", versuchte Willie ihn zu beruhigen. ALF schüttelte den Kopf und kroch ganz tief unter die Decke. Das war sein Glück. Denn durch die Erschütterung fiel der Globus um, der auf dem Nachtkästchen stand, und landete auf ALFs Kopfkissen.

„Zwei Sekunden früher, und das Gewicht der ganzen Welt hätte da gelastet, wo mein Kopf sitzt", sagte der Melmac mit zitternder Stimme. Sein Herz raste.

Willie mußte unwillkürlich schmunzeln. „Der hätte dir nichts getan. Das ist nur ein Pappglobus", stellte er fest.

Aber ALF ließ sich nicht beruhigen. „Verstehst du denn nicht, Willie, das ist ein Zeichen! Ganz egal, was du tust, wie viele Vorsichtsmaßnahmen du triffst – früher oder später kriegt dieser Planet dich doch."

„Ach, jetzt beruhige dich doch erst mal. Es passiert dir nichts."

„Ja, aber wie lange noch? Gib's zu, Willie, die Erde gefährdet deine Gesundheit!"

Während am nächsten Morgen die Tanners beim Frühstück saßen, kam Jake vorbei und erzählte, daß sein Onkel den Erdbebenschock noch immer nicht ganz überwunden hatte. „Er schläft auf der Terrasse", erzählte er. „Der einzige Vorteil ist, daß er beim Aufwachen bereits die Morgenzeitung in Händen hält."

ALF hatte sich heute etwas verspätet. Er kam erst jetzt zur Tür herein und verhielt sich merkwürdig. Das heißt, er verhielt sich sogar für seine Verhältnisse merkwürdig.

Er wirkte geradezu selig und begrüßte jeden mit einem Händedruck.

„Na, Willie, laß dich anschauen. Hallo, Kate, süße, liebe Kate! Na, Lynn? Himmel, bist du groß geworden! Und du, Brian, ist das noch der kleine Junge, den ich auf den Schultern trug? Und da ist ja auch mein lieber Jake. Was ist ein Freund? Jake ist ein Freund!“ Dann setzte er sich mit beglücktem Lächeln an den Tisch, ließ wohlwollend seine Blicke auf den verdutzten Anwesenden ruhen und sagte entspannt: „Laßt uns leben. Einfach nur leben.“

Kate überlegte, daß es das beste wäre, ALFs seltsamem Verhalten keinerlei Aufmerksamkeit zu schenken. Mit dem selbstverständlichsten Benehmen der Welt lud sie Jake zum Frühstück ein, und schweigend futterten alle vor sich hin.

Es war ALF, der, in jeder Backe ein Brötchen, das Schweigen brach. „Ach, das große Spiel, das man Leben nennt“, seufzte er zufrieden.

Willie beschloß, ALFs Verhalten auf den Grund zu gehen. „Soll ich dich jetzt fragen, was der tiefe Sinn deines Verhaltens ist?“ bemerkte er.

ALF sah ihn an wie ein Vater seinen geistig minderbemittelten Sohn. „Das ist ganz einfach, mein Willie. Die Beinahe-Tragödie der letzten Nacht hat mich gelehrt, was das heißt: um ein Haar!“

„Auf ein Haar mehr oder weniger kommt es doch bei dir nicht an“, warf Lynn kichernd ein.

ALFs Reaktion auf diese Stichelei versetzte die Tanners erneut in Erstaunen.

Er begann wie irre zu lachen.

„Hahaha, ach du, meine liebe, witzige, weltgewandte Lynn!“

Das Lachen ALFs klang so irrsinnig, daß die anderen zwanghaft einfielen. Jeder war inzwischen davon überzeugt, daß der Melmac bei dem Erdbeben eine kalte Lötstelle im Gehirn abbekommen hatte. Und Verrückte soll man ja bekanntlich nicht reizen. Erst recht nicht, wenn sie nicht von dieser Welt sind.

So abrupt, wie ALF zu lachen begonnen hatte, so plötzlich hörte er damit auf und fuhr mit dem Pathos eines zweitklassigen Showmasters fort: „Die Situation der Gefahr ließ mich nachdenken. Ich habe versucht, meinem Schicksal zu entkommen, aber da gibt es kein Entkommen. Denn wenn mich nicht ein Erdbeben erwischt, dann vielleicht der Monsun. Oder eine Lawine. Oder eine Feuersbrunst“ – er warf einen Blick auf den gedeckten Frühstückstisch – „oder eine Lebensmittelvergiftung.“

Kate wurde ungeduldig. Sie wollte wissen, worauf ALF hinauswollte. Der Melmac lehnte sich entspannt zurück, verschränkte die Arme hinter dem Nacken und schloß die Augen. „Die Quintessenz ist: Jeder Atemzug, den ich tue, kann mein letzter sein. Also werde ich jeden Moment genießen, der mir noch bleibt.“ Er öffnete die Augen und stellte sachlich fest: „Und schon ist wieder einer dahin.“

Jake schüttelte sich, als hätte er Wasser über den Kopf geschüttet bekommen. „Was ist mit ALF los?“ fragte er.

Der antwortete selbst: „Gar nichts, mein Freund. Ich habe nur ab heute eine neue Philosophie: Iß, trink, sei fröhlich. Denn morgen kratzen wir ab.“

„Was, morgen schon?“ fragte Brian erschrocken, der den tieferen Sinn hinter ALFs Philosophie noch nicht ganz begriffen hatte.

„Das ist nur so eine Redensart, Brian, und noch dazu eine verstümmelte“, versuchte Willie Tanner seinen Sohn zu beruhigen.

Währenddessen machte ALF den Vorschlag, daß sich alle an den Händen fassen und „Don't worry, be happy" singen sollten. Nur Rachel Tanner, die nach ihrem Neffen brüllte, verhinderte, daß dieses Frühstück in die Annalen der Musikgeschichte eingehen konnte.

Am späteren Nachmittag quälte sich Lynn mit Französischvokabeln herum, als der Melmac ihr Zimmer betrat. „Lynnilein, meine bezaubernde Frühlingsblume", flötete er, „allein dein Anblick schlingt mir einen Knoten um den Hals, einem Kropf nicht unähnlich."

Weil Lynn diesen Vergleich reichlich unpassend fand, schlug ALF vor: „Wie wäre es mit einer Eiterbeule?"

Lynn wußte weiteren Vergleichen mit dem Hinweis zuvorzukommen, daß sie jetzt Vokabeln und später Daten für eine Geschichtsarbeit büffeln müsse. Damit gab sie ALF ein passendes Stichwort für seine philosophischen Betrachtungen. „Geschichte besteht nur aus Geschichten von gestern. Allein wichtig ist das Heute. Jetzt. Dieser Moment. Koste ihn aus, Lynn!"

„Lieber ALF, wenn ich heute nicht lerne, kann ich morgen um 9 Uhr 45 eine Katastrophe auskosten."

„Wieviel Erdstöße brauchst du, um das wahre Licht zu erkennen?" argumentierte der Weltbekehrer.

„Wir hatten nur zwei", sagte Lynn. Ihre Sachlichkeit führte jedoch lediglich dazu, daß ALF zu einer neuen Predigt ansetzte.

„Nun, vielleicht schaue ich den Dingen etwas tiefer auf den Grund als du. Aber wenn ich an die vielen Augenblicke auf dem Melmac denke, die für immer verloren sind, weil ich mir nicht die Zeit genommen habe, sie auszukosten! Siehst du, ich hab' sie vergessen. Ach, ich wünschte, ich hätte alles genossen! Lynn, hör auf meinen Rat! Lebe hier und jetzt!"

Seine Worte waren auf wenig fruchtbaren Boden gefallen. Denn Lynns Antwort lautete: „Hör du auf meinen Rat: Mach 'ne Fliege. Und zwar sofort!"

„Ich ziehe mich zurück", sagte ALF keineswegs beleidigt. „Wenn du mich brauchst, ich genieße den göttlichen Augenblick und sehe zu, wie Brian wächst."

„Gut, gut", sagte Lynn ungeduldig, längst wieder in ihr Französischbuch vertieft.

Doch bei ALFs folgender Bemerkung zuckte sie doch zusammen: „Und noch etwas, Lynn: Ich liebe dich!"

Während Lynn noch erschüttert über diese Liebeserklärung nachdachte, war ALF längst damit beschäftigt, Brian „beim Wachsen" zuzuschauen. Konkreter gesagt, die beiden spielten in der Garage mit der elektrischen Eisenbahn.

„Vielleicht überrede ich Dad, irgendwohin zu ziehen, wo es sicherer ist", sinnierte der Junge.

„Zum Beispiel?"

„Keine Ahnung. Vielleicht Kansas?"

ALF wies auf die Gefahr der Tornados in diesem Landstrich hin, was Brian auf Hawaii brachte. Dort, fürchtete ALF, könnten die Vulkane einen verschlingen.

„Kanada?"

„Blizzards!"

„Florida?"

„Nur Grufties. Wir müssen leben, Brian, leben. Denn weißt du, früher oder später ..."

Jake, der seinen Kopf zur Garage hereinsteckte, verhinderte weitere Ansprachen des Melmac über Sein oder Nichtsein. Das heißt, nicht ganz. Denn überschwenglich begrüßte ALF den Nachbarsjungen: „Jake! Nicht ganz mein Bruder und doch mehr als ein Freund! Hast du das Leben ..."

„Ja, ja, ja.“ Jake wußte, was passieren würde, wenn er nicht einschritt. „Ich koste das Leben aus, und zwar alles, was kommt.“

ALF nickte befriedigt. „Das ist gut. Denn das Leben ist eine Fahrt in den Tod. Und jeder Tag, den du erlebst, ist eine Haltestelle vor der Endstation. Bis zu dem Tag, an dem der große Bahnhofsvorsteher im Himmel endlich die Notbremse zieht.“

Brian hatte von ALFs schwulstigen Redensarten die Nase voll. „Ich glaube, ich genieße erst mal mein Zimmer.“

„Okay, Brian“, sagte ALF gütig. „Und genieße deine lieben Eltern für mich mit. Ach, noch was, Brian ...“ - zögernd drehte sich der Junge um - „... ich liebe dich!“

Selten wurde ein Garagentor schneller geschlossen als in diesem Augenblick, und hastige Kinderschritte entfernten sich in Richtung Haus.

„Meinst du nicht, du machst Brian langsam angst?“ gab Jake zu bedenken.

ALF verstand nicht. „Ich mache ihm angst? Wieso? Ich lehre ihn, das Leben zu genießen.“

Jake fand, es sei sinnlos, mit einem religiösen Fanatiker zu diskutieren.

„Ganz wie du meinst“, erwiderte er kurz angebunden und war im Begriff, die Garage zu verlassen.

„O Jake“, rief ihm ALF nach, „nur für den Fall, daß wir uns zum letztenmal sehen ...“

„Würdest du endlich mit dieser Zum-letztenmal-Nummer aufhören!“ fuhr ihn sein Freund an. „Ich gehe bloß zu mir rüber. Was soll mir denn da passieren?“

Diese Frage hätte er nicht stellen dürfen. Denn ALF hatte jede Menge Vorschläge: „Du könntest in der Wanne ausrutschen, dich an deinem Essen verschlucken, die

Treppe runterfallen, über den Hund stolpern, dich versehentlich die Toilette runterspülen ..."

„Ich komme wieder, wenn's dir bessergeht", beschied Jake und machte sich endgültig auf den Heimweg. Die letzten Worte, die er im Ohr hatte, waren: „Jake! Ich liebe dich! Ehrlich!" Dann war ihm endlich die Flucht vor dem liebestollen Melmac gelungen.

Als Willie seinen Sohn zum Abendessen rief und keiner antwortete, machte er sich in dessen Zimmer auf die Suche. Doch auch hier war Brian nicht – scheinbar. Ein weißer Turnschuh, der sich bewegte, ließ Willie fündig werden: Brian lag unter seinem eigenen Bett.

„Was machst du denn hier?" fragte Willie.

„Ich wohne hier. Hier bin ich in Sicherheit, wenn was passieren sollte."

„In Sicherheit wovor?"

„Och, vor allem."

Willie spürte, daß mit seinem Sohn etwas nicht in Ordnung war.

„Es ist nicht gut, die Dinge in sich hineinzufressen. Wenn dich irgendwas quält, dann ist es wichtig, daß du mit jemandem drüber sprichst."

„Das meine ich auch." Kates Stimme erschreckte sowohl Willie als auch Brian. Unbemerkt hatte sie die letzten Worte ihres Mannes gehört und stand jetzt in der Tür. Doch weil sie nur Willie sah, fragte sie: „Wieso sprichst du denn mit Brians Bett?"

„Hallo, Mami!" erscholl es unter der Matratze.

Kate mußte lachen. „Was machst du denn da unten?" fragte sie ihren Sohn.

„Das ist der einzige Ort, wo er sich sicher fühlt", stellte Willie trocken fest. Dann wurde er ernst. „Brian, wieso hast du solche Angst?"

„Weil wir vielleicht schon morgen abkratzen müssen."

„Das kenne ich doch von irgendwoher", stellte Kate fest.

„Hör mal, Brian", belehrte Willie seinen Jüngsten, „keiner von uns hat das ewige Leben gepachtet. Und wenn man dauernd über all die üblen Dinge nachdenkt, die passieren könnten, verpaßt man all das Schöne, was wirklich passiert!"

Zunächst passierte, daß ALF ins Zimmer trottete, nach wie vor in Erlöserlaune. „Hallo, ihr Lieben! Ich genieße euch alle!" begrüßte er die Anwesenden.

„Prima! Dann fang doch mal mit Brian an. Er ist unter dem Bett!" sagte Kate bissig.

„Was tut er da?" fragte ALF verwundert.

„Hast du mal von Katastrophen-Angstzuständen gehört?" fragte Willie den Außerirdischen.

„Klar", strahlte ALF, „das ist ein Computerspiel auf Melmac."

Willie schüttelte den Kopf. „Nein, das bedeutet, daß du dein Leben lang das Schlimmste erwartest."

„Und?" fragte ALF.

„Das ist genau das, was du gerade tust."

„Tja", erwiderte ALF, „ich fühle mich aber ziemlich wohl dabei!"

„Von mir aus", mischte sich Kate verärgert ein, „tu, was du willst. Aber du verängstigst Brian."

ALF ließ diesen Einwand nicht gelten. „Das glaube ich nicht. Der genießt die Staubflocken. Komm doch mal vor, Brian!"

„Nein, ich bleibe hier unten", sagte eine zaghafte Stimme unter dem Bett.

„Wow, extrem!" Das hatte ALF nicht erwartet.

„Es ist nicht schlimm, vorsichtig zu leben", merkte Willie an, „aber wenn du jeden Tag mit deiner Sterblichkeit belastest, dann wird auch jeder Tag unter deiner Todesangst zu leiden haben, und du wirst überhaupt nichts mehr genießen können, verstehst du mich, ALF?"

„Nein!"

„Aber ich hab' verstanden", meldete sich Brian zu Wort. „Du meinst, man soll keine Angst haben, bevor irgend etwas passiert."

„Warum hast du es denn nicht so gesagt, Willie?" fragte ALF, der jetzt auch begriffen hatte.

„Ich dachte, das hätte ich ..."

ALF war in Gedanken schon wieder weiter. „Das einzige, was ich wissen möchte: Bleibt da noch genügend Platz zum Genießen?"

Befreit lachte Willie auf. „Aber selbstverständlich! Du kannst das Leben doch nur mit Freude genießen und nicht aus Angst."

ALF schwieg einen kurzen Moment, dann faßte er zusammen: „Wenn ich das recht verstehe, heißt das, wir sollen essen, trinken und fröhlich sein, denn wir werden auch morgen essen, trinken und fröhlich sein."

„Sagen wir essen, trinken und aufwischen, was du verschüttet hast", sagte Willie mit gewohntem Realitätssinn.

Kate forderte Brian auf, endlich wieder unter dem Bett hervorzukriechen. Erst jetzt stellte sich heraus, daß sich der Junge einen Footballhelm aufgesetzt hatte.

ALF entschuldigte sich dafür, daß er Brian so verängstigt hatte.

Der winkte großmütig ab: „Null Problemo."

Zögernd fragte Willie seinen Sohn: „Willst du nicht ..."

„Der Helm bleibt auf", war die entschlossene Antwort.

Am anderen Tag hatten die Tanners wieder Besuch. Derselbe Lieferant, der vor kurzem kistenweise Mineralwasser angekarrt hatte, war zurückgekehrt, um einen großen Teil der Ware wieder abzuholen. „Ich dachte, sie liefern nur und holen nicht ab", stellte Willie verwundert fest.

„Ich bin befördert worden. Ich hab' Glück, was?"

Willie gab ihm einen Scheck. „Ich glaube, das deckt die Lieferung und die hundertvierzig Liter, die wir behalten und - äh - die Abholung", stellte er fest.

„Legen Sie noch etwas drauf für meinen Masseur?" fragte der Mann und hielt sich den schmerzenden Rükken.

„Nein."

„Tja dann, danke für alles."

Als der Lieferwagen um die Kurve gebogen war, wußte Willie, daß er sich nach einem anderen Lieferanten würde umsehen müssen. Und das müßte bald sein. Denn ein zeternder ALF bog um die Ecke. „Hey! Ist mein ganzes Wasser weg?" fragte er aufgebracht.

„Ja, Gott sei Dank", stöhnte Willie erleichtert.

ALF kaute mit seinem rechten oberen Zahn auf der Unterlippe. „Das ist schade. Ich hatte eine tolle Idee. Willst du sie hören?"

„Ehrlich gesagt, nein!"

„Aber sie ist absolut aktuell. Sie ist der erste Höhepunkt der neunziger Jahre!"

Willie winkte ab. „Wir wollen nicht mehr davon sprechen."

Enttäuscht drehte sich ALF um. „Gut. Ich glaube, ohne eine Wasserrutsche wird der Tanner-Vergnügungspark kein Erfolg."

Erst jetzt bemerkte Willie, daß ALF einen Spaten in der Hand trug. Er bekam das mulmige Gefühl, daß auch für das Werkzeug schleunigst ein Vorhängeschloß benötigt wurde ...

Der Geburtshelfer

ALF war guter Hoffnung. Er stand vor der Wickelkommode, die im neuen Kinderzimmer auf das Baby wartete, und übte.

„So wird das Kind gewickelt, fein. Das muß sein, das muß sein", summte der Melmac, während er einer lebensgroßen Puppe eine Windel anzulegen versuchte. „So wickeln wir es stramm und fest, bis ..."

In diesem Moment entglitt die Puppe ALFs Händen und fiel zu Boden. Verdutzt betrachtete der Außerirdische sein Mißgeschick. Doch sofort kam ihm eine neue Idee: „Bis es einer fallen läßt", sang er fröhlich weiter.

Erst in diesem Moment bemerkte er Lynn, die sich das Schauspiel die ganze Zeit von der Tür aus angesehen hatte.

„Was machst du denn da?" erkundigte sie sich verwundert.

„Ich übe für die babyreiche Zeit", erklärte ALF, „aber gut, daß du kommst, ich habe nämlich eine Frage, über die ich schon die ganze Zeit nachdenke."

Wichtigtuerisch legte er seine Riffelnase in noch ein paar mehr Falten und platzte dann raus: „Wie hoch können Erdenbabys springen?"

Lynn lachte. „Nicht sehr hoch!"

„Warum reden die Leute dann immer von einem springlebendigen Kind?" ALF begriff noch immer nicht alles, was auf diesem merkwürdigen Planeten so vor sich ging. Auch Lynns Antwort war für ihn wenig befriedigend.

„Das ist so eine Redensart", sagte Lynn. Dann hob sie die Puppe auf und zeigte ALF, wie ein Baby richtig gewickelt wird. „Hier, so wird das gemacht. Und merk dir: Mit einer sportlichen Übung hat das Wickeln nichts zu tun.“

ALF stellte sich vor, wie es sein würde, wenn endlich das echte Tanner-Baby auf der Welt sein würde. Und im Moment war ihm gar nicht wohl dabei.

Lynn schien von alledem nichts zu bemerken. Geduldig demonstrierte sie dem Asylanten vom anderen Stern mit unendlicher Geduld, wie ein Erdenbürger im Miniformat gewickelt wird: „Du legst das Baby auf die Windel, dann faltest du die Windel darüber, dann befestigst du sie - und fertig. Jetzt bist du dran!“

Stolz hielt sie dem Melmac die Babypuppe hin. Doch ALF schüttelte sich und rümpfte die Nase. Eben war ihm eingefallen, daß im Gegensatz zur Puppe bei dem künftigen Tanner-Baby die Windeln wohl nicht immer so blütenweiß aussehen und frisch duften würden ...

Plötzlich hatte er es eilig, das Kinderzimmer zu verlassen: Im Fernsehen lief eine Sendung, die sich mit Schwangerschaft und Geburt beschäftigte. Das durfte er einfach nicht verpassen ... Wenig später saß der Melmac erdnußmampfend vor dem Bildschirm.

„Hallo, ALF! Was guckst du denn?“ wollte Brian wissen, als er ins Wohnzimmer gestürmt kam.

„Ich gucke überhaupt nicht, ich studiere“, klärte ihn sein Freund auf.

„Und was studierst du?“

„Die Gebärmethode von Petrie“, murmelte ALF geistesabwesend. Eifrig kritzelte er währenddessen unleserliche Hieroglyphen auf einen Zettel.

„Aber du guckst die Rudi-Carrell-Show“, sagte Brian ungläubig.

ALF sah ihn ein wenig altklug an. „Genau. Und Rob Petrie ist der vollkommene Fernsehvater.“

Nachdenklich schüttelte Brian den Kopf: „Mein Daddy hat mir erzählt, wo die Babys herkommen. Aber von der Rudi-Carrell-Show war nicht die Rede."

ALF legte seine Zottelpfote um die Schulter des Jungen. Grinsend stellte er fest: „Dein Vater ist ein lieber Mann. Aber manchmal glaube ich, er wurde mit dem Kleidersack gepudert."

Ehe Brian darauf etwas erwidern konnte, kam Kate ins Zimmer gestolpert, im wahrsten Sinne des Wortes.

„Brian, ich habe dir schon hundertmal gesagt, du sollst deinen Baseballhandschuh nicht auf dem Boden liegenlassen", schimpfte sie und warf einen verächtlichen Blick auf das Ding, das sie beinahe zu Fall gebracht hatte.

Spöttisch schüttelte ALF den Kopf. „Oh, oh, die gestrenge Frau Mama!"

„Entschuldige, Mami, hast du gut geschlafen?" erkundigte sich Brian besorgt.

„Aber wenn schon, dann offenbar nicht lange genug", merkte ALF ungerührt an.

Kate versuchte, Fassung zu bewahren. „Sieh mal, ALF, der Körper einer Frau macht viele Veränderungen durch, wenn sie schwanger ist", versuchte sie zu erklären. „Sie kann ihre Gefühle nicht immer kontrollieren." Kate machte eine Pause und sah dann die beiden liebevoll an. „Es tut mir leid, daß ich manchmal so gereizt bin", beendete sie ihren Vortrag.

„Schon gut, Mami", tröstete Brian. „Daddy hat gesagt, wie gereizt du auch bist, wir sollen es mit Humor nehmen."

„Sag deinem Vater, er soll sich seinen Humor an den Hut stecken", brauste Kate erneut auf.

„He, he! Bloß, weil du etwas schwer geladen hast, mußt du doch nicht alle Umgangsformen außer acht lassen", beschwerte sich ALF und verwies auf die Rudi-Carrell-Show, in der man auch höflich miteinander umging.

„Er nimmt nämlich Fernunterricht als Geburtshelfer", klärte Brian seine erstaunt dreinblickende Mutter auf.

Kate mußte lachen. „Geburtshelfer durchs Fernsehen! Das ist wirklich nett von dir, ALF, daß du mir helfen willst. Aber in diesem speziellen Fall glaube ich, daß Willie etwas qualifizierter ist."

ALF klappte seinen Riesenriffelrüssel dreimal wortlos hintereinander auf und zu. Kates Worte hatten ihn mitten ins Herz getroffen.

Nur mühsam faßte er sich. „Ja?!" sagte er gedehnt: „Und wo ist er dann, hä? Beantworte es mir! Wo ist er? Hä? Wo? Hä?" ALF war außer sich vor Wut. Und sie steigerte sich noch, als genau in diesem Moment Willie nach Hause kam und fröhlich „Ich bin da-ha!" rief.

„Ich hasse es, wenn er sich so produziert", grummelte ALF. Und als Willie auch noch fragte, ob es heute etwas Besonderes gegeben hätte, fauchte ihn der Melmac an: „Ich bereite mich darauf vor, unserer geliebten Mutter aus ihren gesegneten anderen Umständen zu helfen."

„Äh, traditionsgemäß ist dies die Rolle des Vaters", stammelte Willie und versuchte ALFs Einwand auf die leichte Schulter zu nehmen.

„Wirklich?" fragte ALF. „Auf Melmac bestand die Rolle des Vaters darin, sich schußbereit zu halten und zu rufen: ‚Pull! Pull!'"

„Du meinst: ‚Pressen, pressen!'" unterbrach Kate.

ALF schüttelte den Kopf. „Nein. Auf Melmac kriegten die Mütter ihre Kinder, wenn die Väter zum Tontaubenschießen gingen." Mit dieser Erklärung ließ es der Außerirdische bewenden und zog sich in die Garage zurück. Dort wartete jede Menge Lektüre auf ihn ...

Doch die Tanners hatten sich mal wieder zu früh auf einen ruhigen Abend gefreut. Gerade als Kate im Bett Atemübungen und Willie noch im Bad Toilette machte, ging sacht die Schlafzimmertür auf. Es war ALF, mit einem dicken Schmöker unter dem Arm.

„Hallo, Kate", rief er, „wußtest du, daß einige Ärzte der Meinung sind, Frauen sollten im Stehen gebären?"

Kate atmete weiter, ohne auf die neue Geburtstheorie einzugehen. Das wiederum störte den Melmac überhaupt nicht. Er nahm dieselbe Position wie die schwangere Kate ein und versuchte, im Rhythmus genau wie sie zu atmen. Plötzlich sprang er auf und rief hektisch: „Es ist soweit! Es ist soweit!"

Kate lächelte mild. „Ganz ruhig, ALF, es ist noch nicht soweit."

ALF ließ sich kaum beruhigen.

„Aber ist es nicht längst soweit, daß es soweit sein müßte?" fragte er ungeduldig.

Willie kam müde ins Schlafzimmer geschlurft und wurde von einem völlig entsetzten ALF angebrüllt: „Willie, wieso trägst du einen Schlafanzug?"

Unwirsch antwortete Willie, weil er jetzt ins Bett gehe.

„Als in der Rudi-Carrell-Show das Baby kam, schlief der werdende Vater jede Nacht in seinem Anzug. Genauer gesagt, in einer Kombination aus Hose, einer sportlichen Jacke und einer sehr hübschen Krawatte. Und er legte seinen Hut auf die Ablage über dem Bett. Nur, was er mit den Schuhen machte, weiß ich nicht mehr."

Kate und Willie starrten ALF stumm und ungläubig an. Der Melmac hob entschuldigend die Hände. „Ich weiß, ich weiß, ich schwatze etwas viel. Ich bin ein kleines Plappermäulchen. Ich hör' gleich auf. Aber ich hab' vergessen, wie man aufhört."

Kate seufzte tief. „ALF, ALF, ALF, hol ganz einfach tief Luft", schlug sie vor.

ALF war nun guten Willens und atmete tatsächlich tief ein. Aber das nutzte recht wenig.

„Ich kann nicht", stöhnte er deshalb, „atmen allein hilft nichts. Was ist, wenn ich ewig weiterquassle? Wie Karl Dall?"

„Du mußt dich wirklich beruhigen", schaltete sich Willie wieder ein. „Du kriegst ja nicht das Baby."

ALF fauchte ihn böse an: „Du hast gut reden, du bist ein Phlegmatiker. Ich zittre wie Espenlaub. In der Rudi-Carrell-Show ..."

Kate hatte jetzt endgültig die Nase voll. „ALF, zum letztenmal: Die Rudi-Carrell-Show ist eine Fernsehgeschichte, in der jeder übertreibt, damit das Publikum lacht. Die Schauspielerin, die die Mutter spielt, war nicht richtig schwanger."

ALF schlug mit der Faust in die flache Hand. „Hab' ich mir's doch gedacht! Sie war auch nie so kolossal wie unser Mount-Kate-Everest", rief er aus.

Willie nickte stumm.

Wütend setzte sich Kate im Bett auf: „Erst bin ich gereizt, jetzt bin ich fett! Also wirklich, Willie! Ich weiß gar nicht, warum du mich überhaupt geheiratet hast!"

„Könnten wir später darüber reden, Liebes?" Willie warf einen ziemlich eindeutigen Blick auf ALF. Doch der blieb ungerührt sitzen.

Willie wurde deutlicher: „ALF, ich möchte jetzt gern mit meiner Frau reden."

„Der gereizten, fetten?" ALF rührte sich immer noch nicht.

Wenn Kates Blicke hätten töten können, wäre ALF jetzt in der Melmac-Hölle gewesen.

„He, es gibt Künstlerinnen, die haben ihre ganze Karriere auf Fettsucht aufgebaut“, gab er zu bedenken.

Jetzt wurde Willie energisch: „Ich habe meiner reizenden schlanken Frau durch zwei Schwangerschaften geholfen. Und ich werde ihr auch durch diese dritte helfen. Und zwar ohne außerirdischen Assistenten. Ist das klar?“

Endlich erhob sich der Melmac, wenn auch höchst bedächtig. Als er langsam davonschlurfte, fiel Kates Blick in eine Ecke des Schlafzimmers, wo eine kleine, anscheinend prall gefüllte Reisetasche stand.

„Hast du die für mich gepackt?“ fragte sie ihren Mann. Willie schüttelte verwirrt den Kopf. Dann sprang er aus dem Bett und öffnete die Tasche. Sie enthielt Kartoffelchips, eine gerahmte Fotografie von ALF und eine kleine Flasche Sekt. Grinsend sahen sich die beiden an.

„Das gibt's als Taufgeschenk“, tönte es von der Tür, bevor sich der Außerirdische für diese Nacht endgültig in seine Garage trollte.

Das Thema „Baby“ an sich war für ALF damit noch keineswegs ausgestanden, im Gegenteil. Immer wieder schaute er sich in den nächsten Tagen auf Video die entscheidenden Szenen der Rudi-Carrell-Show an – vorwärts, rückwärts und in Zeitlupe.

Doch als Lynn den Vorschlag machte, daß ALF sich auch ein wenig bei der Hausarbeit nützlich machen könne, wenn er schon Kate helfen wolle, wäre der Melmac beinahe aus dem Fernsehsessel gefallen.

„Mit solchen Niedrigkeiten verschüttest du meine Talente“, wies er Lynns Ansinnen weit von sich. Und gewissermaßen als Begründung fuhr er fort: „Da niemand sonst unseren hauseigenen Babyboom ernst nimmt, bin ich es, der sich die Videoversion einprägen muß.“

Lynn sah, daß ALF auf hundertachtzig zuging. Deshalb versuchte sie ihn zu beruhigen - und zwar mit der Feststellung, daß die Geburt eines Babys etwas ganz Normales sei und Kate sie hervorragend überstehen werde.

Doch ALF bügelte diesen Versuch mit der Bemerkung nieder: „Das haben sie auch bei der Jungfernfahrt der ‚Titanic' gesagt."

Lynn schüttelte verständnislos den Kopf. Manchmal fragte sie sich in diesen Tagen, welche Psyche eigentlich durch die Schwangerschaft verändert werde, Kates oder ALFs.

Sie beschloß, Wäsche aufzuhängen und ALF und Rudi Carrell mit seiner Sippschaft allein zu lassen.

Wenig später klingelte das Telefon. Kate rief vom Büro aus an. Ohne richtigen Grund eigentlich. Sie wollte lediglich ALF eine Freude machen und sich mal melden. Doch genau damit sorgte sie für Panik auf der Titanic.

„O mein Gott! Bleib ruhig, Schatz, bleib ganz ruhig", brüllte der außerordentlich besorgte Außerirdische in die Muschel. „Ruf Willie! Nein! *Ich* rufe Willie! Willieeeee!!!!"

Kate versuchte ALF zu beruhigen. Doch ALF ging auf nichts mehr ein. „In welchen Abständen kommen die Wehen? Hast du schon heißes Wasser gemacht? Wie soll ich dir helfen, wenn du dich nicht beruhigst?"

Der Melmac ließ den Hörer fallen und rannte wie ein wildgewordener Handfeger durchs Zimmer. Sein Geschrei versetzte Lynn so in Aufregung, daß sie ins Wohnzimmer gestürzt kam.

„Was brüllst du denn so?" wollte sie wissen.

„Was schon? Ich helfe deiner Mutter durch das Wunder der Geburt ..." Dann stöhnte er auf. Er merkte, wie ihm ganz komisch wurde. „Oh! Hoffentlich steh' ich das durch", flüsterte er.

Erst jetzt sah Lynn, daß der Telefonhörer vom Tisch herunterbaumelte. Sie hob ihn auf. „Mutti, du? Ist alles okay?"

Das Mädchen stutzte, dann beendete sie mit einem beiläufigen „Okay, ich kümmere mich drum" das Gespräch.

Bei ALF schrillten schon wieder alle Signalglocken. „Es ist soweit! Ruf einen Krankenwagen!" schrie er.

Lynn verzog mißmutig das Gesicht. „Es ist lediglich soweit, den Schmorbraten zum Auftauen aus dem Tiefkühlfach zu nehmen. Also wirklich, ALF!" Sie machte auf dem Absatz kehrt und ließ den Melmac einfach stehen.

ALF senkte schuldbewußt den Kopf. „Ich hab' den ganzen Schmorbraten aufgegessen", gestand er kleinlaut. „Ich glaube, wir brauchen auf jeden Fall einen Krankenwagen."

Er spürte, wie ihm ganz flau im Magen wurde. Aber er war sich in diesem Moment nicht sicher, ob die bevorstehende Geburt oder der Schmorbraten an diesem Zustand schuld war. Wahrscheinlich beides.

Doch Kates Schwangerschaft ließ den Melmac in der nächsten Zeit überhaupt nicht zur Ruhe kommen. Eines Nachts beschloß er, die Probe aufs Exempel zu machen. Mit einer Stoppuhr bewaffnet, schlich er sich ins Tannersche Schlafzimmer und baute sich neben Willies Bett auf. Der und seine Frau schliefen wie die Murmeltiere.

„Liebling, es ist soweit", flüsterte ALF und drückte im selben Moment die Stoppuhr.

Willie Tanners Reaktion war ein ausgedehntes Schnarchen.

ALF erhöhte die Phonzahl. „Liebling, es ist soweit."

Willie bewegte sich ein wenig, ohne jedoch aufzuwachen.

Jetzt gab ALF alles: „Liebling, es ist soweit!!!!“ brüllte er.

Willie und Kate wußten nicht, wie ihnen geschah. Schlaftrunken stierten sie aus ihren Betten. ALF warf abschätzend einen Blick auf seine Stoppuhr und schüttelte enttäuscht sein zotteliges Haupt. „Ganze neunzehn Sekunden, Wilhelm!“ tadelte er. „Bis du aufgewacht bist, hat das Baby seinen Führerschein gemacht und kann allein ins Krankenhaus fahren.“

Energisch verschränkte der nächtliche Störenfried seine Arme vor der Brust. „Das war ein Wehen-Alarm, genauer gesagt, eine Wehen-Alarm-Probe“, verkündete er.

Kate ließ sich müde ins Kissen fallen und seufzte. „ALF, du mußt damit aufhören. Das Baby wird kommen, wenn es dazu bereit ist und wenn ich dazu bereit bin.“ Mit Nachdruck fügte sie hinzu: „Wenn du mir wirklich helfen willst, dann bitte gib Ruhe!“

ALF verstand die Welt nicht mehr. „Gib bitte Ruhe, sagt sie! Man könnte fast meinen, sie wär' diejenige, die das Baby kriegt.“

Kate verlor die Nerven. „Ich *bin* auch diejenige, die das Baby kriegt!!!“ brüllte sie los.

„Hey, bleib ganz ruhig, Katilein! Diese geballte Feindseligkeit kann nicht gut sein für das Tannerchen in dir“, beschwichtigte der Melmac.

„Immer noch besser als deine Alarmübungen mitten in der Nacht“, behauptete Kate.

ALF machte Anstalten, sich in eine Ecke des Schlafzimmers zu verziehen. Kate zupfte Willie am Ärmel seines Schlafanzugs. „Willie, du mußt ihn endlich stoppen“, stöhnte sie müde. „Sag ihm, daß er gehen soll!“

ALF blickte verständnislos die beiden Tanners an. „Stoppen oder gehen? Was denn nun?"

Kate ließ sich erneut in ihr Kissen zurückfallen. Sie fühlte sich kraftlos wie selten zuvor. „O Willie, ich bin eine erschöpfte, schwangere Frau!"

„Fett und reizbar hast du vergessen!" ergänzte der Melmac mit der ganzen Fülle seines Melmac-Charmes.

Jetzt reichte es Kate. „Willie, hilf mir aus dem Bett!" befahl sie.

ALF beschlich langsam das unbestimmte Gefühl, daß die Stimmung sich allmählich gegen ihn wendete. Doch ehe er das Weite suchen konnte, traf ihn bereits Kates Kopfkissen.

„Mach nur so weiter, Kate! Aber dann sehe ich schwarz für dein Geschenk zur Geburt!" Mit dieser massiven Drohung verabschiedete sich der Melmac und zog sich schmollend zurück.

Doch nicht nur ALF war in diesen Tagen besorgt. Auch Willie zeigte sich rührend um seine Frau bemüht. So kümmerte er sich ums Frühstück - wenn auch mit zweifelhaftem Erfolg.

Brians Gesicht sprach Bände. „Daddy, was hast du mit diesen Pfannkuchen gemacht?" rief er eines Morgens entsetzt.

Willie kam regelrecht ins Stottern, so überrascht war er über diese Frage. „Ich - ich habe ein bißchen Müsli und gehackte Nüsse reingetan. Und Rosinen."

„Warum nur?" fragte Brian angewidert.

„Damit es dir schmecken soll."

Brian gab auf. „Wenn es mir schmecken soll, dann muß es das ja wohl", sagte er tonlos.

Inzwischen war auch Lynn mit der Morgentoilette fertig. Sie fragte nach ALF, der heute morgen beim Frühstück nicht zugegen war. Doch Kate konnte ihr helfen. Sie stöhnte leise: „Keine Angst. Ich habe ihn um 3.12 Uhr, 5.17 Uhr und 6.28 Uhr gesehen", sagte sie müde.

Lynn begriff: „Wieder Nachtpatrouille!"

Kate bekam kaum ihre Augendeckel hoch. „Er wollte sichergehen, daß ich das Baby nicht im Schlaf bekomme."

Lynn tröstete ihre Mutter: „Ich finde es ganz süß, daß sich ALF solche Sorgen um dich macht."

Kates Blick sprach für sich. ALFs Blick auch. Er betrat in diesem Augenblick die Küche - wie ein müder, alter Melmac, der kurz vor Erreichen des zweitausendsten Lebensjahres stand.

Er stieß einen herzhaften Rülpser aus und bat die Tanners, ihm liebenswürdigerweise ein oder zwei Kannen Kaffee über den Kopf zu schütten.

„Du siehst ja schrecklich aus, ALF", stieß Brian hervor.

„Ich finde, du untertreibst", entgegnete der Außerirdische schlapp.

Willie wollte wissen, ob er in der letzten Nacht überhaupt geschlafen habe.

„Wie könnte denn jemand in einer Zeit wie dieser schlafen", klagte der besorgte Melmac.

Beinahe im Chor bestätigte der Rest der Familie, durchaus hervorragend schlafen zu können.

„Wieso eigentlich habe ich das Gefühl, ich kriege dieses Baby allein", regte sich ALF nun auf.

Willie hatte jetzt endgültig die Nase voll. Er verdrehte seine Augen und holte dann zu einer seiner gefürchteten Grundsatzdebatten aus: „ALF, sowenig es uns auch gefällt, mitten in der Nacht von dir geweckt zu werden, so sehr wissen wir deine Sorge zu schätzen. Nicht wahr, Kate?"

„Nein“, fuhr Kate völlig emotionslos dazwischen. Sie wußte im Augenblick wirklich nicht, was leichter zu ertragen war: ALFs Gejammere oder Willies Gequatsche.

„Nicht? Aha!“ Willie war aus dem Konzept. Er fing von vorn an. „Wie ich dir schon bei zahlreichen Gelegenheiten gesagt habe, sind wir durchaus in der Lage, mit dieser Geburt fertig zu werden, ohne diesen Vorgang mit deinen Tag- und Nachtaktionen in den Rang eines Festivals zu heben.“

ALF sah den werdenden Vater gelangweilt an.

„Ich weiß“, fuhr Willie fort, „daß dies ein ziemlich langer Satz war. Aber ich hoffe, er war trotzdem verständlich.“

Doch Willies letzten Satz hatte ALF schon gar nicht mehr richtig mitbekommen. Er hatte seinen Kopf auf den Küchentisch gelegt und sofort zu schnarchen angefangen.

Lynn schüttelte den Schläfer sanft, um ihn erneut in seinen Schlafkorb zurückzuschicken.

ALF aber wachte auf und brüllte sofort los: „Es ist soweit, es ist soweit!“ Dann ließ er wieder den Kopf sinken und schlief weiter.

Mitten in der Nacht hörte Kate aus dem Babyzimmer plötzlich ein Gebrülle wie auf dem Sportplatz. Mühsam schleppte sie sich dorthin, und sie fand ALF, wie er mit einer zusammengeknüllten Windel Fußball spielte.

„Ich habe den Windelball erfunden“, verkündete er stolz. „Wie wäre es mit einem kleinen Match einer gegen anderthalb?“

„Nicht um drei Uhr morgens“, entgegnete Kate gelassen. So langsam gewöhnte sie sich an die nächtlichen Überraschungen.

ALF wurde nervös. „Ist es ... ist es???“

„Nein“, sagte Kate knapp. „Ich bin nur von deinem Sportkommentar aufgewacht.“

„Irgend etwas muß ich ja machen, um mich wach zu halten“, entschuldigte sich die Sportskanone. „Ich würde sonst glatt einschlafen.“

„Schlafen ist eine wundervolle Sache“, sagte Kate versonnen. „Du läßt den Kopf sinken, die Augen werden schwer, du fliegst ins Land der Träume - na, ALF, wie wär's?“

ALF streckte beide Arme weit von sich und rief: „Versuche nicht, mich zu verführen! Ich habe versprochen, dem neuen Tanner auf die Welt zu helfen. Und ein Melmac hält sein Wort, wenn auch nicht immer seine Versprechen.“

Kate streckte ihm die Hand entgegen: „ALF, ich verspreche dir, wir schaffen es allein! Geh endlich schlafen.“

ALF grinste müde. „Kate, ich kann verstehen, daß deine Launen swingen wie bei Benny Goodman. Aber ich fürchte nichts. Ich stehe dir treu zur Seite.“

Kate Tanner gab auf. „Wenn du darauf bestehst, wach zu bleiben, sei bitte leise“, bat sie.

„Null Problemo! Vielleicht erfinde ich inzwischen das Windeltennis. Wo hast du das große Netz hingetan?“

Kate schüttelte energisch ihr Haupt. „Kein großes Netz!“

„Kleines Netz?“

Doch Kate blieb hart.

„Wer braucht schon ein Netz“, tröstete sich der Melmac, „dann erfinde ich eben Windelkorbball.“

Dabei gähnte er so offenherzig, daß Kate der Gedanke kam, daß sich in den offenen Rüssel locker eine Windel stecken ließe. Windelrüsselball? Ach Quatsch, sie ging jetzt schlafen!

Es geschah noch in derselben Nacht, daß es doch soweit war. Vorsichtig führte Willie seine Frau die Treppe hinunter.

ALF schlief den Schlaf des Gerechten, an die Wickelkommode gelehnt, den Kopf mit einer zusammengeknüllten Windel abgestützt.

Lynn, die ihrer Mutter die Tasche trug, hatte Mitleid. Sie wollte ALF das Spiel nicht verderben und versuchte, den Außerirdischen zu wecken.

Der rührte sich nicht. Lächelnd schloß das Mädchen die Babyzimmertür. Das würde eine Überraschung für den Melmac werden!

Als ALF erwachte, war es heller Tag. Irgendein fremdes Geräusch hatte ihn geweckt. Schlaftrunken rieb er sich die Augen. Dann rieb er sie noch einmal. „Heilige Invasion der Klapperstörche! Wie kommt das denn da rein!" rief er aus.

In der Wiege lag ein Baby!

„Willie!!!" brüllte ALF.

Sofort steckte Willie Tanner den Kopf ins Babyzimmer. „Ach, du bist ja wach! Endlich bist du aufgewacht. Alles in Ordnung?" fragte er besorgt.

„Mir geht's gut", sagte ALF verdattert. „Aber dieses Ding da in der Wiege sieht aus wie ein B A B Y!"

Willie nickte stolz. „Ich weiß, ALF! Darf ich vorstellen: mein Sohn! Eric William Tanner. Wir haben ihn heute morgen nach Hause geholt."

In ALF brach eine Welt zusammen. „Ist mir irgend etwas entgangen?" fragte er enttäuscht.

„Könnte man sagen", stellte Willie schmunzelnd fest. „Lynn hat versucht, dich aufzuwecken, als wir ins Krankenhaus mußten. Aber du hast geschlafen wie ein Stein. Du hast zwei Tage durchgeschlafen."

ALFs Augen wurden Schlitze. „Du meinst, ich hätte das frohe Ereignis verschlafen?"

„Ich fürchte, ja!"

„Und Kate konnte nicht warten, bis ich wieder wach bin?"

„Ich fürchte, nein!"

ALF schüttelte den Kopf. Er war auf sich selbst sauer. „Ich kann's einfach nicht fassen. Wie es aussieht, habt ihr mich wirklich nicht gebraucht. Ich glaube, ich bin ein Trottel."

Willie legte tröstend eine Hand auf ALFs Schulter. „Es ist schon so, daß wir dich gebraucht haben, ALF. Aber wenn eine Frau ihr Baby nun wirklich kriegt, bist du – überflüssig, verstehst du das?"

Er sah verträumt aus dem Fenster.

Der Melmac fühlte sich seltsam. „Ich glaube, ich verstehe das." Er warf einen Blick auf den glücklichen Vater. „Woran denkst du, Wilhelm", fragte ALF beinahe feierlich.

„Ich dachte gerade an den Tag, als wir Lynn aus der Klinik geholt haben. Und dann Brian. Und nun diesen kleinen Kerl."

„Ich habe dich noch nie so glücklich gesehen", sagte ALF gerührt. „Ich habe überhaupt noch nie irgend jemanden so glücklich gesehen."

Willie war verlegen. „Na ja, natürlich bin ich glücklich. Wir haben mitgeholfen, ein neues Leben auf die Welt zu bringen. Und ich glaube, es gehört zum Schönsten und Wichtigsten, was wir tun können."

ALF war getroffen. „Das werde ich wohl nie beurteilen können", sagte er traurig.

Willie erschrak. „Entschuldige, bitte! In meiner Begeisterung habe ich daran gar nicht gedacht."

„Auf Melmac habe ich nie groß ans Kinderkriegen gedacht", sagte ALF geistesabwesend. „Du weißt ja, wenn du erst zweihundertzwanzig bist, glaubst du, das ganze Leben liegt noch vor dir."

„Kann ich mir vorstellen." Willie nickte zustimmend.

„Aber jetzt, wenn ich mir überlege, daß es mir wohl nie möglich sein wird, Vater zu werden ..."

Willie spürte, wie es ihm die Kehle zuschnürte.

„Nun, das weißt du doch noch gar nicht", sagte er, aber es klang wenig optimistisch.

„Los Angeles ist eine einsame Stadt, wenn du der einzige Ockerfarbige bist", stellte ALF theatralisch fest.

„Du darfst die Hoffnung nicht aufgeben. Wenn dir das so wichtig ist, darfst du die Hoffnung niemals aufgeben. Und in der Zwischenzeit werden wir deine Hilfe brauchen, um Eric großzuziehen."

„Meinst du wirklich?"

ALFs Blick war voller Hoffnung, und Willie fuhr eilig fort: „Aber sicher! Wer soll ihm denn so was beibringen wie Bouillabaseball oder Pasta-Polo und andere herrliche Sportarten wie das Weit- und Hochwerfen von zerbrechlichen Gegenständen?"

„Du denkst an Springmaus-Hockey", hakte ALF nach.

Ehe Willie auf diesen ekligen Gedanken einsteigen konnte, stürmte Brian ins Zimmer. „Na, ALF, endlich aufgewacht?"

„Ja, und wie ich sehe, hast du jetzt einen Bruder."

„Mami sagt, es ist Zeit für seine Milch", stellte Brian fachmännisch fest. Dann sauste er wieder aus dem Zimmer.

ALF betrachtete das Baby nachdenklich. „Es sieht aus wie du", sagte er zu Willie.

Willie bedankte sich lachend.

„Andererseits", überlegte ALF, „sehen alle weißen Babys aus wie du."

Willie nahm den kleinen Kerl aus seiner Wiege und hob ihn hoch. „Sag: ‚Guten Tag, ALF!'" forderte Willie seinen Sohn auf.

ALF versuchte, sein freundlichstes Gesicht aufzusetzen. „Hallo, Eric! Wie geht's dir, mein Sohn", säuselte er. Dann warf er einen gerührten Blick zu Willie. „Er hat mich angelächelt!" rief er glücklich.

„Ja, das hat er", sagte Willie Tanner. Er hatte Tränen in den Augen.

ALF beschloß, daß Eric William Tanner so bald wie möglich die ganze Wahrheit über ihn, den Außerirdischen, erfahren sollte. Schon am nächsten Tag setzte er sich vor die Wiege und erzählte dem Baby sein ganzes Leben.

„... und dann haben die Tanners jedenfalls beschlossen, daß ich dableiben kann. Und da bin ich nun", beendete er schließlich seine Geschichte. Zufrieden lehnte er sich zurück, während das Baby vergnügt in der Wiege zappelte.

„Eigentlich gar kein so übler Ort zum Leben", dachte er. Dann entschloß er sich, Eric William gleich ein paar Tips mit auf den Lebensweg zu geben, die ihm das Dasein auf dem blauen Planeten erleichtern sollten. „An Kate mußt du dich erst noch gewöhnen. Aber ich bin sicher, das hast du auch schon gemerkt."

Er dachte kurz nach, dann fuhr er fort: „Also: Willie hat gesagt, er braucht mich, weil ich dir verschiedenes beibringen soll. Und da denke ich mir, wir fangen am besten mit dem Wichtigsten an."

Er fischte die Taste für die TV-Fernbedienung vom Wohnzimmertisch. „Das sind die Kanalwähltasten, und das hier unten ist die Taste für die Lautstärke", erläuterte er. Dann wies er auf den Fernsehapparat in der anderen Ecke des Zimmers. „Und damit steht dir die gesamte Welt mit einem Fingerdruck zur Verfügung."

ALF schaltete den Videorecorder ein. Die Titelmelodie der Rudi-Carrell-Show erklang. Zufrieden kreuzte der Melmac die Arme über seiner behaarten Brust.

„Tja, das ist das Leben, hab' ich recht, Eric?"

Eric lachte den Außerirdischen strahlend an.

„Was frag' ich da? Wie kannst du das wissen? Du bist brandneu", überlegte ALF. Dann wiederholte er mit Nachdruck: „Also, glaube mir: Das ist das Leben!"

ALF konzentrierte sich auf die Sendung. „Jetzt laß dir mal ein bißchen was über diese Show erzählen. Schau mal auf den Großen mit der Brille" – ALF deutete auf den Bildschirm –, „der hat Ähnlichkeiten mit Willie. Der Unterschied ist nur, daß der hier noch viel kurzsichtiger ist."

Im gleichen Augenblick rannte der Typ im Fernseher gegen einen Laternenmast. „Na, siehst du, was hab' ich gesagt!" triumphierte ALF. Es stimmte schon: Das ist das Leben!

Zärtlich warf ALF einen Blick auf Eric. Auf den, so war er sich ganz sicher, wartete auch noch so mancher Laternenmast ...